미겔 스트리트

Miguel Street

세계문학전집 92

미겔 스트리트

Miguel Street

V. S. 나이폴

이상욱 옮김

민음사

차례

내 어머니와 캄라를 위해

1
보가트

매일 아침 자리에서 일어난 해트는 자기 집 뒤쪽 베란다 난간에 기대앉아 건너편을 향해 고함을 질렀다. "그쪽에 무슨 일 없나, 보가트?"

보가트는 잠자리에서 돌아누우면서 아무도 듣지 못할 나지막한 소리로 중얼댔다. "그쪽은 무슨 일 없나, 해트?"

그가 왜 보가트라고 불리는지는 알 수 없었다. 하지만 나는 그에게 그런 이름을 붙여준 사람이 해트가 아닌가 싶다. 「카사블랑카」라는 영화가 제작된 연도를 사람들이 기억하는지 모르겠다. 그 영화의 주인공 역을 맡았던 보가트의 명성이 포트오브스페인에 불길처럼 번진 결과 수많은 젊은이들이 보가트 풍의 비정한 태도를 흉내 내게 된 것도 바로 그해였다.

사람들이 그를 보가트라고 부르기 전에 그는 '페이션스'라는 별명을 가지고 있었다. 그 이유는 그가 아침부터 밤까지 '페이션스'라는 카드패 떼기를 하곤 했기 때문이다. 그러나 그가 카드놀이를 좋아한 적은 없었다.

보가트의 작은 방을 찾아간 사람들은 으레 그가 앞에 놓인 작은 탁자 위에 일곱 줄의 카드를 펴놓고 침대에 앉아 있는 모습을 볼 수 있었다.

"그쪽은 무슨 일이 없나, 이 사람아?" 그는 조용히 묻고 나서 십 분 내지 십오 분간 아무 말도 하지 않곤 했다. 이럴 때면 사람들은 보가트에게 정말이지 아무 말도 해서는 안 될 것 같은 생각이 들었는데, 그것은 그가 그렇게나 권태로워 보였고 또 우울해 보이기도 했기 때문이다. 그의 눈은 자그마했으며 졸음에 겨워 보였다. 얼굴은 살이 피둥피둥했으며 머리카락은 윤기가 흐르는 검정색이었다. 팔뚝은 통통했다. 그러나 그는 우스운 사람은 아니었다. 그는 사람들을 사로잡을 듯이 나른한 동작으로 모든 일을 했다. 그가 카드패를 늘어 놓기 위해 엄지손가락에 침을 바를 때조차도 그 동작은 우아해 보였다.

그는 내가 아는 한 세상에서 가장 권태로운 사람이었다.

그는 양복점을 해서 밥벌이를 하는 척했다. 심지어 내게 돈을 주고 다음과 같은 간판을 하나 만들게 하기까지 했다.

재단 및 재봉

양복 주문 배수

염가 봉사

그는 재봉틀 한 대와 파란색, 흰색, 갈색 분필을 약간 샀다. 하지만 나는 그가 다른 양복점과 경쟁을 벌일 수 있으리라고 생각할 수 없었을뿐더러, 그가 양복 짓는 것을 본 기억도 없다. 그는 바로 옆집에 사는 목수 포포와 약간 닮은 데가 있었다. 지금 생각하니 포포 또한 가구라고는 하나도 만들지 않으면서 그가 장붓구멍이라고 부르던 것을 만든답시고 늘 대패질과 끌질만 하고 있었다. 내가 그에게 "포포 아저씨, 무엇을 만들고 계세요?" 하고 물을 때마다 그는 "얘야, 그게 바로 문제야. 나는 이름 없는 물건을 만들고 있거든."이라고 대답하곤 했다. 그런데 보가트도 이처럼 무엇이건 만드는 일이 없었다.

나는 어린애였기 때문에 보가트가 무슨 수단으로 돈을 수중에 넣는지 궁금해한 적이 한 번도 없었다. 나는 그저 어른들은 으레 돈을 가지고 있겠거니 생각했을 뿐이다. 포포에게는 잡일을 맡아서 하는 아내가 있었기 때문에 그는 결국 많은 사람들의 친구가 되고 말았다. 나는 보가트에게도 어머니나 아버지가 있었을까 생각해 보려 했지만 그렇게 되지가 않았다. 그는 자기의 작은 방에 여인을 불러들인 적이 한 번도 없었다. 그 작은 방은 하인의 방이라고 불리고 있었지만 큰채에 사는 사람들의 시중을 드는 하인이 그 방에 거처한 적은 없었다. 그 방은 건축가가 관습에 따라 하인 방으로 지어 놓은 것이었을 따름이다.

보가트가 친구들을 사귈 수 있었다는 것은 아직까지도 내게 일종의 기적이라고 여겨진다. 그는 많은 친구들과 사귀었다. 한때 그는 우리 거리에서 가장 인기 있는 사람이 된 적도 있었다. 그가 우리 동네의 모든 명사(名士)들과 보도 위에 웅크리고 앉아 있는 것을 나는 흔히 보았다. 그런데 해트라든가 에드워드, 에도스 같은 사람이 이야기를 하고 있을 때 보가트는 땅을 내려다보면서 손가락으로 보도 위에 동그라미를 그리곤 했다. 그는 소리 내어 웃는 일이 한 번도 없었다. 또 그는 이야기를 한 일도 없었다. 그런데도 불구하고 잔치라거나 뭐 그런 행사가 있을 때면 사람들은 "보가트를 불러야지. 그 친구, 지독히 속상해할걸." 하고 말했다. 지금 생각해 보건대 어떤 의미에서는 그가 동네 사람들에게 커다란 위안이 되고 있었고 또 그들의 마음을 편안하게 해 주었던 것 같다.

그래서, 내가 말한 것처럼, 매일 아침 해트는 커다란 목소리로 "그쪽에 무슨 일 없나, 보가트?"라고 외치곤 했다.

그러고 나서 그는 보가트가 "그쪽은 무슨 일 없나, 해트?"라고 대꾸할 때의 그 애매한 투덜거림을 기다리곤 했다.

그러나 어느 날 아침, 해트가 고함쳐 안부를 물었을 때 보가트 쪽에서는 아무런 대꾸도 없었다. 결코 변경될 수 없을 것 같던 습관 하나가 이날 사라지고 만 것이다.

보가트가 없어져 버렸다. 그는 우리에게 한마디도 남기지 않고 떠나가 버렸던 것이다.

거리 사람들은 꼬박 이틀 동안 말이 없었으며 슬픔에 잠겨 있었다. 그들은 보가트의 작은 방에 모였다. 해트는 보가트의 탁자 위에 놓여 있던 카드 한 벌을 집어 들고 그 주인을 생각하듯 한꺼번에 두세 장씩 탁자 위에 떨어뜨리곤 했다.

해트는 말했다. "자네들은 그가 베네수엘라로 갔다고 생각하나?”

하지만 아무도 몰랐다. 보가트는 그들에게 별로 말을 안 했던 것이다.

그런데 이튿날 아침이 되자 해트는 자리에서 일어나 궐련에 불을 붙이고 자기 집 뒷베란다로 가서 고함을 지르려고 하다가 문득 보가트가 떠났다는 사실을 떠올렸다. 그가 그날 아침 여느 때보다 일찍 젖소들의 젖을 짜게 되자 젖소들이 싫어했다.

한 달이 지났다. 그리고 다시 한 달이 지났다. 보가트는 돌아오지 않았다.

해트와 그의 친구들은 보가트의 방을 자기네 클럽하우스로 쓰기 시작했다. 그들은 거기서 ‘와피’라는 카드 도박을 하거나, 럼주를 마시며 담배를 피웠고, 또 더러는 어쩌다 굴러들어 온 낯선 여인을 그곳으로 끌어들이기도 했다. 얼마 후에 해트는 도박과 닭싸움을 주최한 죄로 경찰의 조사를 받게 되었는데 이 말썽에서 헤어나기 위해 그는 많은 돈을 뇌물로 바쳐야만 했다.

이윽고 사람들은 보가트란 사람이 미겔 스트리트에 찾아온 적도 없었던 것처럼 느끼게 되었다. 하여간 보가트는 그 거리에서 겨우 사 년인가 살았을 뿐이었다. 어느 날 그는 여행가방 하나를 들고 나타나서 방을 구했는데, 마침 자기 집 문앞에 웅크리고 앉아서 담배를 피우며 석간신문에 난 크리켓 시합 결과를 읽고 있던 해트에게 말을 걸게 되었다. 그때도 그는 말을 많이 하지는 않았다. 이건 해트의 말이지만, 보가트는 “혹시 세놓을 방을 아세요?”라고 물어 왔을 따름이라는 것이었다. 그래서 해트가 바로 이웃집 뜰에 있는, 가구가 갖춰진 월세 8달러의 하인 방으로 그를 인도하게 되었다. 곧바로 그는 그 방에 자리 잡았고 한 벌의 카드를 끄집어내어 페이션스 패 떼기를 시작했다.

바로 이 점이 해트에게 감명을 주었다.

이 페이션스 놀이를 제외하고는 그가 무엇을 하는지 늘 아무도 몰랐다. 그래서 그에게 '페이션스'라는 별명이 붙게 되었다.

해트와 그 밖의 모든 사람들이 보가트를 까맣게 잊어버리거나 거의 잊게 되었을 때 그가 돌아왔다. 그는 어느 날 아침 7시 무렵에 나타나서 에도스가 어떤 여인과 자기 침대에 누워 있는 것을 보았다. 여인은 벌떡 일어나서 비명을 질렀다. 에도스도 벌떡 일어났지만, 겁에 질렸다기보다는 당황한 표정이었다.

보가트는 말했다. "비켜 주게나. 피곤해서 좀 자야겠어."

그는 그날 오후 5시까지 잤다. 그가 잠에서 깨어났을 때 그의 방에는 벌써 옛 친구들이 가득 차 있었다. 에도스는 자기가 아침에 당했던 곤혹을 감추기 위해 아주 큰 소리로 시끄럽게 떠들고 있었다. 해트는 럼을 한 병 가져왔다.

해트가 말했다. "그쪽에 무슨 일 없나, 보가트?"

그리고 보가트가 이 물음에 응답하면서 "그쪽은 무슨 일 없나, 해트?"라고 되물어 오자 해트는 즐거워했다.

해트는 럼주 병마개를 따고 나서 보이이에게 소다수를 한 병 사 오라고 소리쳤다.

보가트가 물었다. "자네 젖소들은 잘 있나, 해트?"

"아무 탈 없이 잘 있지."

"그런데 보이이는?"

"그 애도 아무 일 없어. 내가 방금 그 녀석 이름 부르는 것 못 들었어?"

"그리고 에롤은?"

"그 애도 괜찮아. 그런데 자네는 무슨 일 없나, 보가트? 아무 탈도 없느냐고?"

보가트는 고개를 끄덕이고 나서 마드라스 풍으로 칵테일한 럼을 길게 쭈욱 들이켰다. 그는 한 잔, 또 한 잔 거푸 들이켰다. 그들은 이내 술병을 비우고 말았다.

"걱정들 말게나." 보가트가 말했다. "내가 가서 한 병 더 사 오지."

사람들은 보가트가 그렇게나 많은 술을 마시는 것을 전에는 본 일이 없었다. 그가 그렇게나 말이 많은 것도 처음 보았다. 그래서 그들은 모두 놀랐다. 아무도 보가트에게 그동안 어딜 갔다 왔느냐고 감히 묻지 못했다.

보가트가 말했다. "자네들, 보아하니 그동안 내 방을 아주 열나게 사용한 모양이군."

"자네가 없으니까 전 같지가 않았다고." 해트가 대답했다.

그러나 사람들은 모두 걱정하고 있었다. 보가트는 말할 때 입술을 거의 열지 않았다. 그의 입은 약간 비틀어져 있었고 그의 악센트는 약간 미국 영어 투로 되어 가고 있었다.

"슈어, 슈어.(아무렴, 아무렴.)" 하고 말하는 것으로 보아 보가트는 미국식 악센트를 제대로 익히고 있었다. 그는 꼭 배우 같았다.

해트는 보가트가 술에 취해 있다고 장담할 수 없었다.

해트란 사람은 외모가 렉스 해리슨이라는 배우를 연상시킨다는 점을 말해 두어야겠다. 그는 자기가 렉스 해리슨과 닮았다는 사실을 강조하기 위해 온갖 수단을 다 쓰고 있었다. 그는 머리카락을 뒤로 빗질해 넘기고 있었고, 눈을 가늘게 뜨고 있었으며, 말하는 투도 해리슨과 아주 비슷했다.

"제기랄, 보가트." 해트가 말했다. 이때 그는 렉스 해리슨을 아주 닮아 있었다. "당장에 모든 것을 우리에게 말해 주는 게 좋겠어."

보가트는 이빨을 히죽 내보이면서 비꼬고 빈정대는 듯이 웃었다.

"아무렴, 말해 주고말고." 그는 이렇게 말하면서 일어서서 두 엄지손가락을 허리띠 속에 끼웠다. "아무렴, 내 모든 것을 이야기해 주지."

그가 궐련에 불을 붙이고 몸을 뒤로 젖히자 담배 연기가 그의 눈으로 들어갔다. 그는 곁눈질을 하면서 길게 늘인 말투로 이야기를 시작했다.

그는 어떤 배에서 일자리를 얻어 영국령 가이아나까지 가게 되었다고 했다. 거기서 그는 배를 버리고 내륙으로 들어갔다. 그는 루푸누니 지방에서 카우보이가 되어 브라질로 물자(무슨 물자인지는 말하지 않았다.)를 밀수출하는 한편, 브라질에서 소녀들을 모아서 조지타운으로 데리고 가는 일을 했다고 말했다. 그는 조지타운에서 가장 훌륭한 매춘굴을 운영하다가 그로부터 뇌물을 받은 경찰이 배신하는 통에 체포되었다.

"고급 유곽이었어." 그는 말했다. "건달들은 얼씬도 못했지. 손님들은 모두 판사, 의사, 거물급 공무원들뿐이었으니."

"그래서 어떻게 되었나?" 에도스가 물었다. "감옥에 들어갔어?"

"자넨 어쩌면 그렇게 멍청한가?" 해트가 말했다. "장본인이 지금 우리 앞에 있는데 감옥이라니. 자네들은 왜 그렇게 멍청한가? 장본인의 이야기를 들어 보는 게 어때?"

그러나 보가트는 기분이 상했다. 그래서 그는 다시 한마디도 하지 않았다.

그런 일이 있고 나서부터 이들의 관계는 변했다. 보가트는 영화에 나오는 바로 그 보가트가 되었고, 해트는 해리슨이 되었다. 그리고 아침마다 주고받던 대화도 다음과 같이 바뀌고 말았다.

"보가트!"

"닥쳐, 해트!"

보가트는 이제 거리에서 가장 무서운 사람이 되었다. 빅 풋까지도 그를 두려워한다는 소문이 돌았다. 그는 술을 마시고 욕을 했으며 일류 노름꾼들과 노름을 했다. 그는 저희끼리 거리를 지나가는 소녀들을 보고 무례한 말을 큰 소리로 해댔다. 그는 모자를 하나 사서 테두리가 눈을 덮도록 끌어내린 채 쓰고 다녔다. 사람들은 언제나 그가 자기 뜰의 콘크리트 울타리에 기대서서 두 손을 주머니에 찌르고 한쪽 발로 벽을 누른 채 노상 입에 궐련을 물고 있는 광경을 볼 수 있었다.

그러다가 그가 다시 사라졌다. 그는 자기 방에서 패거리들과 카드놀이를 하다가 일어서더니 "변소에 갔다 올게."라고 말한 후에 없어졌다.

사람들은 넉 달 동안 그를 보지 못했다.

그가 돌아왔을 때 그는 약간 더 뚱뚱해져 있었지만 약간 더 공격적인 사람이 되어 있었다. 그는 이제 순전한 미국식 악센트를 쓰고 있었다. 미국식 악센트를 완벽하게 흉내 내기 위해서 그는 어린아이들을 상대로 이야기를 장황하게 늘어놓기 시작했다. 그는 길거리에서 애들을 부른 후에 껌과 초콜릿을 살 돈을 주기도 했다. 그는 애들의 머리를 즐겨 쓰다듬었고 좋은 말로 타이르기도 했다.

그가 세 번째로 사라졌다가 돌아왔을 때 그는 어린아이들(그는 늘 조무래기들이라고 불렀다.)을 위한 성대한 파티를 열었다. 그는 여러 상자의 솔로, 코카콜라와 펩시콜라, 한 말이나 되는 과자를 샀다.

그러던 중 미겔 스트리트 49번지에 살고 있던 찰스 경사가 찾아와서 보가트를 체포했다.

"가만히 있는 게 좋을 거야, 보가트." 찰스 경사가 말했다.

그러나 보가트는 경관의 말뜻을 알아듣지 못했다.

"무슨 일입니까? 난 아무런 나쁜 짓도 하지 않았어요."

찰스 경사가 그에게 말해 주었다.

신문에 약간 시끌벅적한 뉴스가 나왔다. 기소 내용은 중혼죄였다. 그러나 신문이 언급조차 하지 않은 세부적인 내막을 알아내는 일은 해트가 맡았다.

"이봐." 해트가 그날 저녁에 보도 위에서 말했다. "그 녀석은 투나푸나에 첫 번째 아내를 버려두고 포트오브스페인으로 왔었다는 거야. 그들 사이에는 애들이 없었던가 봐. 그래서 녀석이 이곳에서 상심하며 빌빌거렸지. 그러다가 이곳을 떠나 카로니로 가서는 한 소녀를 만나 애를 배게 했거든. 카로니에서는 그런 일이라면 웃어넘길 수가 없지. 하는 수 없이 보가트는 그 소녀와 결혼을 하게 된 거라고."

"그런데 그 사람이 왜 그 소녀를 버렸을까?" 에도스가 물었다.

"그야 우리들 사이에서 사내답게 살기 위해서였지."

2
이름 없는 물건

자칭 목수였던 포포가 지은 유일한 건물은 자기 집 뒤뜰 망고나무 아래의 작은 함석지붕 작업장이었다. 그런데 그는 그 건물마저 완공하지는 않았다. 그는 지붕으로 얹은 함석을 못질해서 고정시키는 일조차 마다하고 큼직한 돌로 눌러두고 있었다. 강풍이 불 때마다 그 지붕은 요란하게 쿵쿵거리면서 곧 날아갈 것처럼 보였다.

그러나 포포는 결코 게으름을 피우지 않았다. 그는 늘 망치질이랑 톱질, 대패질을 하느라 바빴다. 나는 그가 작업하는 광경을 즐겨 지켜보았다. 나는 실편백이니 삼나무니 크라포드니 하는 목재의 냄새가 마음에 들었다. 나는 대팻밥의 색깔을 좋아했고 톱밥으로 뒤덮인 포포의 곱슬머리를 즐겁게 바라보았다.

"포포 아저씨, 무엇을 만들고 계세요?" 나는 묻곤 했다.

포포는 늘 대답했다. "애야! 그게 바로 문제란다. 이름 없는 물건을 만들고 있거든."

그래서 나는 포포를 좋아했다. 나는 그가 시를 지을 줄 아는 사람이라고 생각했다.

어느 날 나는 포포에게 말했다. "제게도 무언가 만들 것을 주세요."

"무엇을 만들고 싶니?" 그가 말했다.

나는 참으로 갖고 싶은 물건을 생각해 내기가 어려웠다.

"이봐." 포포가 말했다. "너는 바로 이름 없는 물건을 생각하고 있는 거야."

결국 나는 식탁용 계란받침을 만들어야겠다고 결정했다.

"누구에게 만들어 주려고 하니?" 포포가 물었다.

"엄마."

그는 웃었다. "엄마가 그것을 사용할 성싶니?"

어머니는 내가 만든 계란받침을 들고 기뻐했으며 약 일주일간 그것을 식탁에서 사용했다. 그러나 그 후 어머니는 그것에 대해서는 까맣게 잊은 듯했고, 전처럼 계란을 그릇이나 접시에 담아서 내놓기 시작했다.

내가 포포에게 그 말을 하자 그는 웃으면서 말했다. "그래, 내가 뭐랬어. 만들 것이라곤 이름 없는 물건밖에 없다고."

내가 보가트를 위해서 양복점 간판을 만들어 준 후에 포포는 자기를 위해서도 간판을 하나 만들게 했다.

그는 귀 위에 꽂고 다니던 빨간 연필 토막을 손에 쥐고 간판의 문안을 어떻게 할까 하고 생각하고 있었다. 처음에 그는 자신을 건축가 아무개라고 세상에 내세우고 싶어했다. 그러나 나는 그에게 그런 생각일랑 버리는 것이 좋겠다고 간신히 말렸다. 그는 건축가라는 낱말의 철자법에 대해서도 자신이 없었다. 그래서 결국 만들게 된 간판에는 다음 내용이 담겨 있었다.

　건축업 및 청부업
　목수
　캐비닛 제조

　나는 간판의 오른쪽 아래 구석에 간판공 자격으로 내 이름을 서명했다.
　포포는 이 간판 앞에 즐겨 서 있곤 했다. 그러나 그는 자기를 잘 모르는 사람으로부터 문의를 받을 때마다 약간 겁에 질리곤 했다.
　"목수 녀석 말이오?" 포포는 말했다. "그 사람 이제는 여기 살지 않는걸요."
　나는 포포야말로 보가트보다도 훨씬 더 좋은 사람이라고 생각했다. 보가트는 내게 별로 말이 없었다. 그러나 포포는 늘 내게 말을 걸려고 했다. 그는 삶이니 죽음이니 직업이니 하는 진지한 문제에 대해서 이야기했다. 게다가 나는 그가 나와 이야기하기를 진정으로 좋아한다는 것을 느낄 수 있었다.
　그러나 포포는 거리에서 인기 있는 사람이 못 되었다. 사람들이 그를 미쳤다거나 바보스럽다고 여기지는 않았다. 해트는 말했다. "포포는 너무 자부심이 강해서 탈이란 말이야. 알겠니?"

그건 이치에 닿지 않는 말이었다. 포포는 매일 아침 한 잔의 럼을 보도로 가지고 나가는 버릇이 있었다. 그는 그 술을 조금씩이나마 마시는 일이 결코 없었다. 그러나 자기가 아는 사람이 나타날 때마다 가운뎃손가락을 럼에 담갔다가 빨고 나서 그 사람을 향해 손짓을 했다.

"우리도 럼이야 사 마실 수 있지." 해트가 늘 말했다. "하지만 우리는 포포처럼 과시하지는 않아."

나는 이 문제에 대해서 그런 식으로 생각하지 않았다. 그래서 어느 날 나는 포포에게 왜 그러느냐고 물었다.

포포는 말했다. "얘야, 아침이 되어 햇빛이 나고 아직도 시원할 때 잠자리에서 일어나서 밖으로 나가 햇살을 받으며 약간의 럼을 마실 수 있다고 생각하면 기분 좋은 일이거든."

포포는 돈벌이를 하는 일이 결코 없었다. 늘 그의 아내가 나가서 일을 하곤 했는데 그들 사이에는 아이들이 없었기 때문에 그렇게 하기가 쉬웠다. 포포는 말했다. "여자들이란 일을 좋아하지. 사내들이야 일을 하게 생겨 먹질 않았어."

해트는 말했다. "포포는 남자도 아니고 여자도 아닌 사람이지. 남자다운 남자가 되지 못한단 말이야."

포포의 아내는 우리 학교 근처의 어느 커다란 집에서 요리사 노릇을 하고 있었다. 그녀는 오후가 되면 늘 나를 기다렸다가 그 큰 부엌으로 데리고 가서 맛있는 것을 많이 주면서 먹으라고 했다. 내가 싫어한 것이 있다면 그것은 내가 먹는 동안 그녀가 앉아서 나를 지켜보고 있다는 것뿐이었다. 마치 내가 그녀를 위해서 먹어 주고 있는 것 같은 생각이 들 지경이었다. 그녀는 내게 자기를 아줌마라고 부르게 했다.

그녀는 그 집 정원사에게 나를 소개해 주었다. 그는 잘 생긴 갈색 피부의 사내였는데 자기가 가꾸는 꽃을 사랑했다. 나는 그가 돌보던 정원들을 좋아했다. 화단은 늘 검정빛으로 젖어 있었다. 잔디는 파란색으로 축축했으며 늘 잘 깎여 있었다. 이따금 그는 내게 화단에 물을 주라고 시켰다. 그러고 나면 그는 깎은 풀을 작은 자루에 담아 내게 주면서 어머니께 드리도록 했다. 풀은 닭에게 좋은 먹이였다.

어느 날 나는 포포의 아내를 볼 수가 없었다. 그녀는 나를 기다리고 있지 않았다.

이튿날 아침에 나는 포포가 보도 위에서 럼 술잔 속에 손가락을 담그고 있는 것을 볼 수 없었다.

그리고 그날 저녁에도 나는 포포의 아내를 보지 못했다.

내가 포포의 작업장으로 찾아가니 그는 슬픈 꼴을 하고 있었다. 그는 어떤 널빤지 위에 앉아서 손가락으로 대팻밥을 비틀고 있었다.

포포가 말했다. "네 아줌마가 가 버렸단다."

"어디로 가셨어요, 포포 아저씨?"

"글쎄 말이다, 그게 바로 문제거든." 이렇게 말하면서 그는 그 자리에서 몸을 일으켰다.

그러자 포포는 갑자기 인기 있는 사람이 되어 버렸다. 소문은 재깍 나돌았다. 어느 날 에도스가 "포포는 어떻게 되는 걸까. 이젠 럼이 떨어진 모양이거든." 하고 말하자, 해트는 벌떡 일어나서 에도스를 때릴 듯이 덤볐다. 그러자 모든 사람들이 포포의 작업장에 모여들기 시작했다. 그들은 포포의 기분을 풀어 주기 위해서 크리켓이니 축구니 영화니 하는 화제를 놓고 이야기했지만 아무도 여자 이야기는 하지 않았다.

포포의 작업장에서는 이제 망치 소리와 톱질 소리가 울리지 않았다. 톱밥도 이제는 싱그러운 냄새를 풍기지 않았고 흙처럼 시커멓게 퇴색했다. 포포는 술을 많이 마시기 시작했는데 나는 술에 취한 그가 싫었다. 그에게는 럼주 냄새가 났다. 그는 늘 울다가 화를 내기도 했으며 누구나 닥치는 대로 구타하려고 했다. 이런 일이 있고 난 후부터 그는 동네 패거리의 한 사람으로 받아들여지게 되었다.

헤트는 말했다. "우리가 포포를 잘못 보았어. 그도 우리같은 사내라는 걸 몰랐었단 말이야."

포포는 새로 사귄 사람들을 좋아했다. 그는 속으로 할 말이 많은 사람이었다. 그는 늘 거리의 사람들과 다정하게 지내고 싶어 했으며 사람들이 그를 좋아하지 않는 것을 알고 늘 놀라곤 했다. 그러므로 그는 자기가 원하던 것을 얻게 된 셈이었다. 그러나 포포가 참으로 행복하지는 못했다. 친구들과의 우정이 약간 뒤늦게 찾아온 셈이었고 따라서 그는 애초에 기대한 만큼 그 우정을 즐기지 못하고 있었다. 헤트는 포포로 하여금 다른 여자들에게 관심을 갖게 하려고 애를 썼지만 포포는 관심을 보이지 않았다.

포포는 내가 너무 어려서 모든 것을 이야기해 줄 수가 없다고 생각하지는 않았다.

"얘야, 너도 장차 어른이 되면 알게 될 거야." 그는 언젠가 한번 내게 말했다. "여유가 생겨 얻게 되기만 하면 꼭 즐길 수 있으리라고 생각되던 것도 막상 얻게 되면 좋아지지 않는 법이야."

그는 늘 이렇게 수수께끼를 이야기하듯 했다.

그러던 어느 날 포포가 우리를 떠났다.

해트는 말했다. "그 친구가 어디에 갔는지 말하지 않아도 다 알아. 자기 마누라를 찾으러 갔을 테니까."

에드워드가 말했다. "그녀가 그를 따라 되돌아올까?"

해트가 말했다. "어디 두고 보자고."

우리는 오래 기다릴 필요가 없었다. 모든 것이 신문에 났다. 해트는 모두 자기가 예측한 대로 되었다고 말했다. 포포가 자기 아내를 데리고 간 사람을 아리마에서 만나 두들겨 팼다는 보도였다. 그 사람은 깎은 풀을 담은 자루를 나에게 주곤 하던 그 정원사였다.

포포에게는 별일이 없었다. 그는 벌금을 물었을 뿐 당국에서는 그를 석방해 주었다. 판사는 포포에게 앞으로는 자기 아내를 협박하지 않는 것이 좋을 것이라고 타일렀다.

사람들은 포포에 관한 칼립소[1]를 지어 불렀는데 이 노래는 그해에 굉장히 유행했다. 카니발 기간에 이 노래는 행진곡으로 쓰였고 앤드루스 시스터스는 어떤 미국 음반회사에서 그

---

1) 트리니다드의 주민이 춤추면서 부르는 아프리카 리듬의 즉흥적인 노래.

곡을 녹음하기도 했다.

어떤 목수 녀석이 아리마로 간 것은
에멜다라는 바람둥이를 찾기 위함이었네.

이 사건은 우리 거리의 사람들에게 큰 화젯거리가 되었다.

학교에서 나는 늘 말하곤 했다. "그 목수 녀석은 정말이지 나의 멋지고 멋진 친구였다고."

그리고 크리켓 시합이나 경마가 있을 때 해트는 늘 말했다. "그 녀석을 아느냐고? 알고말고. 나는 밤낮으로 그 녀석과 함께 술을 마셨다고. 어휴, 맙소사. 그 녀석은 술을 마시고도 끄떡없었지."

포포가 다시 우리에게로 돌아왔을 때 그는 달라져 있었다. 내가 그에게 말을 걸려고 하자 그는 내게 으르렁댔고, 해트와 일당들이 럼 한 병을 들고 그의 작업장으로 찾아갔을 때 그들을 밖으로 몰아냈다.

해트가 말했다. "여자 때문에 미친 경우라고, 알겠어?"

그러나 포포의 작업장에서는 예전과 같은 톱질이나 대패질 소리가 다시 들려오기 시작했다. 그는 열심히 일하고 있었고, 나는 그가 여전히 이름 없는 물건을 만들고 있을까 궁금했다. 하지만 너무 무서워서 그에게 감히 물어보지 못했다.

그는 작업장에 전등을 가설하고 밤에도 일하기 시작했다. 덮개 있는 화물 자동차가 그의 집 밖에 멈추기 시작했고 늘 물건을 내려놓거나 싣고 가기도 했다. 그러자 포포는 자기 집에 페인트칠을 하기 시작했다. 그는 밝은 녹색 페인트를 사용했으며 지붕에는 밝은 빨강을 칠했다. 해트가 말했다. "저 사람이 진짜로 미쳤군."

그러고 나서 그는 덧붙였다. "보아하니 저 사람이 다시 결혼을 할 모양이군."

해트의 말이 아주 틀리지는 않았다. 어느 날, 그러니까 두어 주일이 지난 후에 포포가 돌아왔을 때, 그는 어떤 여자를 데리고 있었다. 그 여자는 바로 그의 아내요 나의 아줌마였다.

"이제 여자들이 어떤 사람인가를 알겠지." 해트가 논평했다. "여자들이 좋아하는 것이 무언지도 알겠지. 여자는 사내를 좋아하는 것이 아니라고. 새로 칠한 집과 그 속에 갖춰 놓은 새 가구를 좋아하는 거야. 정말이지, 만약 아리마의 사내에게 새 집과 새 가구가 있다면, 아마 그녀가 포포를 따라오지 않았을걸."

그러나 나는 이런 것쯤은 개의치 않았다. 나는 즐거웠다. 포포가 아침마다 럼 잔을 들고 밖에 나와서 술잔 속에 손가락을 담그거나 친구들에게 손을 흔들어 보이는 광경을 다시 보는 것은 즐거운 일이었다. 그리고 "포포 아저씨, 무엇을 만들고 계세요?" 하고 묻고 나서 이전처럼 "얘야! 그게 바로 문제란다. 나는 이름 없는 물건을 만들고 있거든."이라는 대답을 다시 들을 수 있는 것도 즐거운 일이었다.

포포는 아주 빨리 이전의 생활 방식으로 되돌아갔다. 그는 여전히 이름 없는 물건을 만드는 데 시간을 바치고 있었다. 그는 돈벌이를 이미 중단했고 그의 아내는 우리 학교 근처의 바로 그 옛집에서 다시 일자리를 얻었다.

포포의 아내가 돌아왔을 때 우리 거리의 사람들은 포포에게 화를 내다시피 하였다. 사람들은 포포에 대한 자기네의 동정심이 우롱당하거나 낭비된 것으로 여겼다. 그리고 다시 한 번 해트는 말하고 다녔다. "저 망할 놈의 포포 녀석은 너무 자부심이 강하단 말이야."

하지만 이제는 포포도 그 말에 개의치 않았다.

그는 내게 말하곤 했다. "얘, 집에 돌아가거든 오늘밤에는 너도 나만큼만 행복해지게 해 달라고 기도나 해 보렴."

그 후에 일어난 사건은 하도 갑작스럽게 벌어졌기 때문에 우리는 그런 일이 일어난 줄조차 몰랐다. 해트조차도 신문에서 그 기사를 읽기 전까지는 그것을 모르고 있었다. 해트는 늘 신문을 읽고 있었다. 그는 아침 10시부터 시작해서 저녁 6시 무렵까지 신문을 읽었다.

해트가 소리쳤다. "이게 뭐야?" 하면서 그는 우리에게 신문에 난 '칼립소 목공 투옥되다'라는 제목을 보여주었다.

믿기 어려운 이야기였다. 포포가 도처에서 물건을 훔치고 있었다는 것이었다. 해트가 새 가구라고 부른 것들이 실은 포포의 손으로 만든 것이 아니었다. 그는 가구들을 훔쳐서 그저 개조하기만 했을 뿐이었다. 사실 그는 너무 많이 훔치다 보니, 자기에게 필요하지 않은 것은 팔아 치워야만 했던 것이다. 그게 그가 붙들리게 된 경위라는 것이었다. 그래서 우리는 무슨 연유로 덮개 있는 자동차들이 늘 포포의 집 밖에 서 있었던

가를 알게 되었다. 심지어는 그가 집을 다시 꾸미는 데 사용한 페인트와 솔까지도 훔친 것이라고 했다.

해트가 다음과 같이 말했을 때 그것은 우리 모두의 심경을 잘 대변하고 있었다. "그 사람 참으로 어리석군. 왜 도둑질한 물건을 팔아야만 했을까? 누가 말해 봐, 왜 팔아야만 했는지."

우리는 모두 그런 짓이야말로 바보스럽다는 데 의견 일치를 보았다. 그러나 우리는 마음속 깊이 포포야말로 참으로 사나이이며 아마도 우리 중의 어느 누구보다도 더 위대한 사나이일 것이라고 생각했다.

그런데 나의 아줌마로 말하자면……

해트가 말했다. "형을 얼마나 받을까? 일 년? 모범수로 삼 개월을 감형받는다면, 구 개월쯤 살면 되겠군. 그의 아내도 한 삼 개월간은 모범적인 아내 노릇을 하겠지. 그렇지만 그 후에는 우리 미겔 스트리트에 에멜다라는 여인은 존재하지도 않을걸. 알겠어?"

그러나 에멜다는 결코 미겔 스트리트를 떠나지 않았다. 그녀는 요리사 자리를 지켜 나갔을 뿐 아니라 세탁 및 다리미질과 같은 일감도 받아들이기 시작했다. 우리 거리에서는 아무도 포포가 파렴치한 행위 때문에 감옥에 가게 된 것을 딱하게 여기지 않았다. 그러니까 이런 일은 우리들 누구에게나 일어날 수 있다는 것이었다. 사람들이 딱하게 여긴 것이 있다면 에멜다가 그렇게나 오랫동안 혼자 살아야만 할 것이라는 점이었다.

그는 영웅이 되어 돌아왔다. 그는 패거리 중의 한 사람으로서 해트나 보가트보다도 더 나은 사람이었다.

그러나 내가 생각하기에 그는 변해 있었다. 그리고 그 변화는 나를 슬프게 했다.

왜냐하면 포포가 돈벌이를 시작했기 때문이다.

그는 사람들을 위해 모리스 식 의자니 탁자니 옷장이니 하는 것을 만들기 시작했다.

그래서 내가 그에게 "포포 아저씨, 이름 없는 물건은 언제 다시 만들려고 하세요?" 하고 물었을 때 그는 내게 으르렁댔다.

"너는 너무 귀찮은 놈이군." 그는 말했다. "내 주먹을 한 대 맞기 전에 썩 나가지 못하겠니?"

3
조지와 핑크 하우스

우리 거리에서 몸집이 가장 크고 가장 힘센 사람은 빅 풋이었지만, 나는 빅 풋보다도 조지를 더 무서워하고 있었다. 조지는 키가 작고 살이 찐 사람이었다. 그는 잿빛 콧수염에 커다랗게 불거져 나온 배를 하고 있었다. 겉으로 보기에 그는 사람을 해칠 것 같지가 않았지만 실은 늘 혼자 투덜대거나 욕을 하고 있었기 때문에 나는 한 번도 그와 친해 보려고 애를 쓰지 않았다.

그는 자기 집 뜰 앞에 매어 둔 당나귀와 닮은 데가 있었다. 그 늙은 회색 당나귀는 큰 소리를 내며 울 때를 제외하고는 늘 조용하기만 했다. 조지가 늘 자기 주변에서 일어나는 사건과 참으로 아무 접촉도 하지 않는다는 느낌이 들었다. 그런데도 사람들은 내가 좋아하던 맨맨은 미쳤다고 하면서도 조지가 미쳤다고는 하지 않으니, 이상한 일이었다.

나는 조지의 집을 보기만 해도 겁을 먹었다. 그 집은 헐어 빠진 목조 건물로서 외면은 핑크색으로 칠해져 있었으며 함석지붕은 녹이 슬어 갈색이었다. 집 오른쪽으로 난 출입문은 늘 열려 있었다. 내부의 벽에는 한 번도 칠을 한 적이 없었는데, 세월이 흘러 잿빛과 검정빛으로 변해 있었다. 한쪽 구석에는 더러운 침대가 하나 놓여 있었고 다른 쪽 구석에는 탁자와 의자가 한 개씩 있었다. 가구라고는 그것이 전부였다. 창에는 커튼도 없었고 벽에는 그림 하나 걸려 있지 않았다. 보가트 같은 사람조차도 자기 방에 여자 배우 로렌 바콜의 사진을 걸어 두고 있었는데.

조지에게 아내와 아들 하나, 딸 하나가 있다는 것을 믿기는 어려웠다.

포포처럼 조지도 자기 아내에게 집 안팎의 일을 모두 시킬 수 있어서 행복했다. 그들은 암소를 사육하고 있었는데, 이게 바로 내가 조지를 미워하게 된 또 하나의 이유이기도 했다. 그의 외양간에서 흘러나온 물 때문에 하수구에서는 고약한 냄새가 났을 뿐만 아니라, 우리가 길에서 크리켓 놀이를 할 때면 공이 자주 하수구에 빠져서 젖어 버리곤 했다. 보이이와 에롤은 일부러 공을 하수구에 빠뜨려 젖게 했는데, 그 이유는 그래야만 공이 총알처럼 씽씽 날아갔기 때문이었다.

내가 조지의 아내를 보통 여자로 여긴 적은 한번도 없었다. 나는 늘 그녀를 조지의 아내라고만 생각할 수 있었을 뿐이다. 나는 또 조지의 아내가 거의 언제나 외양간에서 살다시피 한다고 생각했다.

조지가 자기 집의 열린 출입문 바깥에 있는 콘크리트 계단에 앉아 있을 때면 그의 아내는 늘 바빴다.

조지는 미겔 스트리트의 패거리와 어울리는 일이 결코 없었다. 그는 그 패거리에 대해 마음을 쓰는 것 같지 않았다. 그에게는 아내와 딸과 아들이 있었고 이들을 모두 구타하곤 했다. 그의 아들 엘리아스가 너무 장성하여 때릴 수 없게 되자 그는 딸과 아내를 전보다 더 많이 때렸다. 애들의 어머니에게 매질은 좋지 않은 것 같았다. 그녀는 자꾸만 더 여위어 가고 있었다. 하지만 그녀의 딸 돌리는 매를 맞고서도 건강하였다. 그녀는 점점 더 뚱뚱해졌으며 해가 바뀔수록 낄낄대는 버릇이 더해 갔다. 아들 엘리아스는 점점 더 침울해졌지만 자기 아버지에게는 불손한 말을 한마디도 하지 않았다.

해트는 말했다. "저 엘리아스라는 아이는 마음이 너무 착해서."

어느 날 모든 사람 앞에서 보가트가 말했다. "하! 내가 조지란 녀석을 좀 혼내 줘야 할 텐데."

엘리아스가 사람들과 어울린 적이 몇 차례 있었는데 그때마다 해트는 말하곤 했다. "애야, 너도 참 딱하기도 하구나. 왜 네 아버지의 버릇을 좀 고쳐 주지 않니?"

엘리아스는 대답하곤 했다. "그게 모두 하느님의 뜻인 걸 어떡하겠어요?"

그 무렵 엘리아스의 나이는 겨우 열네 살쯤이었다. 그러나 그 당시 그는 바로 그런 아이였던 것이다. 그는 진지했으며 커다란 야심을 가지고 있었다.

나는 조지에 대해서 겁을 먹기 시작했고, 특히 그가 큼직한 독일 셰퍼드 두 마리를 사서 콘크리트 계단 바닥에 있는 말뚝에 매어 두게 되자 나는 그만 질겁하고 말았다.

매일 오전과 오후에 내가 그의 집을 지나갈 때마다 그는 "저 애를 물어라." 하고 개에게 말하곤 했다.

그러면 개들은 깡충깡충 뛰어오르거나 컹컹 짖어 대거나 하였다. 그럴 때마다 그들이 묶여 있던 밧줄은 팽팽하게 당겨졌고, 그 개들이 한번 더 뛰어오르면 그 밧줄이 끊어질 것 같았다. 해트도 독일 셰퍼드를 한 마리 가지고 있었지만 그는 그 개가 나를 좋아하도록 길들여 놓았었다. 그래서 해트는 내게 타일렀다. "개를 무서워하면 안 돼. 용감하게 지나가야지 도망치면 못써."

그래서 나는 긴 고통을 겪으면서 조지의 집을 천천히 걸어서 지나가곤 했다.

조지가 개인적으로 나를 싫어한 것인지 아니면 그가 일반적으로 사람들을 쓸모없다고 여긴 것인지 나로서는 알 수가 없다. 나는 짖어 대는 개를 보면 겁이 난다는 사실을 시인하기가 창피해서 길거리에서 다른 애들과 놀 때 그 문제를 꺼내지도 못했다.

하지만 얼마 후에 나는 이 개들에게 익숙해졌다. 그리고 내가 조지의 집 앞을 지나갈 때 들리는 그의 웃음소리조차도 별로 괴롭지 않았다.

어느 날 내가 지나가는데 조지가 길에 나와 있었다. 그가 투덜대는 소리가 귀에 들려왔다. 그날 오후에도 나는 그 투덜대는 소리를 들었고 이튿날도 다시 그 소리를 들었다. 그는 "말대가리 같으니라고!"라고 말하고 있었다.

이따금 그는 "이곳에는 말대가리들만 살고 있는 것 같단 말이야."라고 말하기도 했다.

또 더러 그는 "모자라는 놈 같으니라고!"라고 말하기도 했다.

그리고 그는 "어쩌다 이 세상에는 모자라는 놈들만 살게 되었을꼬?" 하며 탄식했다.

나는 물론 이 소리를 듣지 못하는 척했다. 그러나 일주일쯤 되자 그가 이런 말로 투덜대는 소리가 들릴 때마다 내 눈에는 눈물이 고였다.

어느 날 저녁 우리가 길에서 크리켓 놀이를 하고 있을 때 보이이가 친 공이 미스 힐튼네 뜰에 떨어지게 되었다. 이렇게 해서 공을 잃자 그것을 6점타 아웃으로 계산하고 우리는 시합을 중단했다. 바로 이날 저녁에 나는 엘리아스에게 물었다. "네 아버지가 나에게 무슨 유감이 있는지 모르겠어. 왜 네 아버지는 나만 보면 욕을 퍼붓는 거니?"

해트는 웃고 있었고, 엘리아스는 약간 엄숙한 표정을 지었다.

해트가 말했다. "뭐라고 욕을 하던?"

나는 말했다. "그 뚱보 늙은이가 나를 말대가리라고 부르지 않겠어요?" 나는 차마 다른 욕은 입에 담을 수가 없었다.

해트는 웃기 시작했다.

엘리아스가 말했다. "애, 우리 아버지는 우스운 사람이야. 하지만 네가 우리 아버지를 용서해 주어야겠어. 아버지가 말하는 것은 별로 문제가 안 돼. 아버지는 늙었거든. 고생스럽게 일생을 살아왔어. 여기 모인 우리처럼 교육을 받지도 못했어. 게다가 우리 모두처럼 그 또한 영혼은 가지고 있거든."

엘리아스가 하도 진지하게 변명했기 때문에 해트는 웃지 않았고, 나는 조지의 집을 지날 때마다 속으로 "그를 용서해 주어야지. 그는 자기가 하는 짓이 나쁜 줄도 모르는 거야."라고 말하곤 했다.

그러던 중 엘리아스의 어머니가 세상을 떠났다. 미겔 스트리트에서는 일찍이 볼 수 없었던 가장 초라하고 가장 슬프고 가장 외로운 장례식이 치러졌다.

그 후 그 집 앞쪽의 그 텅 빈 방은 전보다 더 슬프고 더 무시무시해 보였다.

이상한 것은 내가 조지에 대해서 약간 미안하게 여기고 있다는 사실이었다. 미겔 스트리트 사람들은 해트의 집 앞에 모여서 죽은 사람을 놓고 이러쿵저러쿵하고 있었다. 해트는 말했다. "그 사람은 자기 아내를 너무 심하게 때렸어."

보가트는 고개를 끄덕이며 오른쪽 집게손가락으로 길 위에 원을 하나 그렸다.

에드워드가 말했다. "내 생각으로는 그가 그녀를 죽인 것 같아. 보이이가 그러는데 그녀가 죽기 전날 저녁에 조지가 불같이 화를 내며 그녀를 때리는 소리가 들렸다는 거야."

해트가 말했다. "의사니 판사니 하는 사람들이 이곳에 있는 이유는 뭐야? 그냥 재미로 있는 거니?"

"하지만 말이야." 에드워드가 말했다. "그건 정말이거든. 보이이는 그런 거짓말을 할 사람이 아냐. 그 여자는 맞아 죽었다고. 여기가 런던이라면 그게 문제가 되겠지만 조지의 아내야 그렇지 않잖아."

아무도 조지를 위해 변명해 주지 않았다.

보이이가 입을 열더니 내가 생각하기에 아주 뜻밖에도 이렇게 말했다. "내가 불쌍하게 여기는 사람은 돌리야. 그 애의 아버지가 그 애를 계속 때릴 것 같니?"

해트가 현명하게 말했다. "어디 두고 보자꾸나."

이런 일이 있고 난 후 엘리아스는 우리 서클에서 떨어져 나갔다.

장례식이 있고 난 후 며칠 동안 조지는 아주 슬퍼했다. 그는 럼을 아주 많이 마신 후 소리 지르며 길거리를 헤매면서 가슴을 쳤고, 만나는 사람에게 자기를 용서해 달라고 빌거나 또는 이제 가여운 홀아비가 된 자기를 불쌍히 여겨 달라고 애원했다.

그는 그 후 몇 주일간 계속해서 술을 마셔 댔고 여전히 우리 거리를 오가면서 모든 사람에게 용서를 빌어 사람들을 난처하게 했다. "내 아들 엘리아스는 날 용서했어요. 그 애는 교육을 받은 소년이거든."

그가 해트를 찾아왔을 때 해트는 말했다. "당신의 젖소들은 어떻게 되는 거요? 젖이나 짜 주는 거요? 먹이를 주고 있어요? 이제 젖소마저 죽여 버릴 셈이에요?"

38

조지는 모든 젖소들을 해트에게 팔았다.

"하느님이 아신다면 그걸 강탈 행위라고 할 거야." 해트는 웃었다. "정말이지 싸게 샀다고."

에드워드가 말했다. "조지에게는 잘된 거야. 그는 자기가 저지른 죄악에 대해 값을 치르기 시작한 셈이거든."

"글쎄, 나는 이렇게 생각해." 해트가 말했다. "나는 그 사람에게 두 달 동안은 술에 취해서 살 수 있을 만큼의 넉넉한 돈을 젖소 값으로 치렀다고."

조지는 일주일 동안 미겔 스트리트를 떠나 있었다. 그 동안 우리는 돌리를 전보다 자주 볼 수 있었다. 그녀는 앞방을 청소한 후 이웃에서 꽃을 얻어다 그 방에 갖다 두었다. 그녀는 이전보다도 더 자주 낄낄대고 있었다.

우리 거리에 사는 누군가가(나는 아니다.) 그 두 마리의 셰퍼드를 독살했다.

우리는 조지가 영원히 사라져 버렸기를 바랐다.

그러나 그는 돌아왔다. 그는 여전히 술에 취해 있었지만 울부짖지는 않았고 난감해하지도 않았다. 그는 어떤 여자를 데리고 왔다. 그녀는 아주 인도인 티가 많이 나는 사람으로 약간 늙기는 했으나 조지를 다룰 수 있을 만큼 충분한 힘을 갖추고 있는 듯했다.

"그녀도 술꾼처럼 보이는군." 해트가 말했다.

이 여자는 조지의 집을 휘어잡았고 돌리는 다시 텅 빈 외양간이 있는 집 뒤쪽으로 물러나야만 했다.

우리는 조지가 가족을 때린다는 소문을 다시 듣게 되었고 누구나 돌리와 이 새로 온 여인을 불쌍히 여겼다.

나도 이 여인과 돌리를 동정했다. 나는 도대체 이 세상에 어떻게 조지 같은 사람과 살고 싶어 하는 여자가 있을 수 있을까 이해가 되지 않았다. 그러므로 두어 주일이 지난 어느 날 포포가 내게 "조지의 새 아내가 그를 떠났다는 소식 못 들었니?"라고 말했을 때, 나는 놀라지 않았다.

해트는 말했다. "내가 준 돈이 떨어지면 그는 어떻게 살려고 하지?"

우리는 이내 그의 생계 대책을 알게 되었다.

핑크색 칠을 한 그의 집은 거의 하룻밤 사이에 사람이 득실대는 시끄러운 곳으로 변했다. 요란하게 떠들면서 옷매무새 따위에는 별로 신경을 쓰지 않는 많은 여인들이 돌아다녔다. 내가 핑크 하우스를 지나갈 때마다 이 여인들은 내게 큰 소리로 욕을 퍼부었다. 그들 중의 몇몇은 입으로 여러 가지 시늉을 하면서 내게 "엄마에게 와 보지 않으련." 하고 꾀기도 했다. 그런데 이 여인들만 있었던 것은 아니었다. 많은 미군 병사들이 지프차를 몰고 왔기 때문에 미겔 스트리트는 웃음소리와 비명소리로 가득하게 되었다.

해트는 말했다. "저 조지란 사람이 우리 거리의 평판을 나쁘게 하고 있다고."

미겔 스트리트는 마치 이 새로 나타난 사람들의 소유물인 것 같았다. 해트와 우리 소년들은 이제 길거리에서 여러 가지

화제를 놓고 잡담을 할 때 사사로운 분위기를 보장받을 수가 없었다.

그러나 보가트만은 이 새로 온 사람들과 친해져서 매주 이삼일 밤을 그들과 함께 보냈다. 그는 자기가 그곳에서 본 광경에 대해 불쾌한 척했지만 나는 그의 말을 믿을 수 없었다. 왜냐하면 그는 늘 그곳을 다시 찾아가곤 했기 때문이다.

"돌리는 어떻게 되는 거야?" 어느 날 해트가 그에게 물었다.

"그 애야 거기 있지." 보가트는 그녀에게 아무 일도 없다는 뜻으로 말했다.

"그 애가 거기 있다는 것은 나도 알아." 해트가 말했다. "어떻게 지내느냐고 물었어."

"그야 청소도 하고 밥도 지으며 지내지."

"그 많은 사람들 시중을 드는 거야?"

"그럼, 모든 사람 시중을 들지."

엘리아스는 자기 방을 가지고 있었는데 집에 돌아오면 그 방을 떠나는 일이 없었다. 그는 밖에 나와서 식사했다. 그는 어떤 중요한 시험을 치기 위해 공부를 하려 하고 있었다. 보가트는 그 애가 가족에 대해서는 관심이 없다고 말했다. 아니, 그가 딱히 그렇게 말했다기보다도 그런 암시를 했다.

조지는 여전히 술을 많이 마시고 있었다. 그러나 그의 사업은 번창하고 있었다. 그는 이제 정장을 갖춰 입었고 타이까지 매고 다녔다.

해트가 말했다. "그가 경찰관이니 뭐니 하는 사람들에게 뇌물을 먹이자면 돈을 많이 벌어야 할걸."

조지와 핑크 하우스

그런데 내가 전혀 이해할 수 없던 것은 이 새로 온 여인들이 조지를 대하는 태도였다. 그들은 모두 조지를 존경할 뿐만 아니라 좋아하는 듯했다. 그런데 조지는 이들에게 잘해 주려고 하지 않았다. 그는 이전의 자기 모습을 변함없이 그대로 지키고 있었다.

어느 날 그는 모든 사람 앞에서 말했다. "돌리에게는 이제 엄마가 없어요. 그래서 내가 아빠와 엄마 노릇을 겸해야 하지요. 그런데 돌리는 결혼하기에 알맞은 나이가 되었다고 생각해요."

그가 고른 사윗감은 레이저라는 사내였다. 이 사내를 위해서는 레이저[2]라는 이름보다 더 알맞은 이름을 생각해 내기가 어려울 지경이었다. 그는 체구가 작고 가냘팠다. 그의 깨끗하고 단정한 입술 위에는 깨끗하고 날카로운 콧수염이 돋아 있었다. 그의 바지에는 늘 날카롭고 깨끗하며 쪽 곧은 줄이 서 있었다. 게다가 사람들은 그가 칼 한 자루를 지니고 다닐 것이라고 생각했다.

해트는 돌리가 레이저와 결혼하는 것을 좋게 여기지 않았다. "그 사람은 너무 날카로워서 우리와 어울리기 어렵단 말이야." 그는 말했다. "그는 다른 사람들의 등에 칼을 꽂을 생각말고는 아무 생각도 하지 않을 사람이거든."

그러나 돌리는 여전히 낄낄대고 있었다.

---

2) Razor는 영어로 면도날이라는 뜻.

레이저와 돌리는 교회에서 결혼한 후 핑크 하우스에서 열린 피로연에 참가했다. 모든 여인들은 잘 차려입고 있었고 많은 미국 병사들과 수병들도 술을 마시거나 웃어 대면서 조지에게 축하를 건네곤 하였다. 여인들과 미국 병사들은 돌리와 레이저에게 여러 차례 키스를 시키면서 환성을 질렀다. 돌리는 낄낄대고 있었다.

해트가 말했다. "돌리는 웃고 있는 게 아니야. 사실은 울고 있다고."

그날 엘리아스는 집에 없었다.

여인들과 미국 병사들은 「꽃다운 열여섯 살」이나 「세월이 흐르면」 같은 노래를 불렀다. 그리고 나서 그들은 다시 돌리와 레이저에게 키스를 시켰다. 누군가가 "축사를 해야지!" 하고 소리쳤다. 그러자 모두들 웃으면서 "축사! 축사!" 하고 소리쳤다.

레이저는 돌리가 혼자 낄낄대며 서 있도록 내버려 두었다.

"축사! 축사!" 하고 하객들은 계속 요청했다.

돌리는 점점 더 낄낄댈 뿐이었다.

그러자 조지가 말했다. "돌리, 너는 결혼했어. 그건 사실이야. 하지만 내가 너를 무릎 위에 올려놓고 혼내 주지 못할 정도로 네가 커 버렸다고 생각하지는 마." 그는 농담조로 이렇게 말했다. 사람들은 웃어 댔다.

그러자 돌리는 웃음을 멈추고 바보 같은 표정으로 사람들을 바라보았다.

얼마 동안이었다고 말할 수가 없을 정도로 짧은 시간 동안 모든 사람이 입을 꾹 다물고 있었다. 그때 어떤 미국 수병 한 사람이 술에 취해 손을 저으면서 소리쳤다. "조지, 자네는 이 소녀에게 좀 더 나은 일을 하게 할 수 있었을 텐데." 모두들 그 말에 웃음을 떠뜨렸다.

돌리는 마당에서 자갈을 한 줌 집어들고 그 수병에게 던질 듯한 자세를 취했다. 그러나 그녀는 갑자기 멈추고 울음을 터뜨렸다.

많은 사람들이 웃어대거나 환성을 지르거나 소리를 질러 댔다.

나는 그 후에 돌리가 어떻게 되었는지 모른다. 어느 날 에드워드는 그녀가 상그레 그란데에 살고 있다고 말했다. 해트는 그녀가 조지 스트리트의 시장에서 물건을 파는 것을 보았노라고 했다. 그러나 그녀는 우리 거리를 떠났고, 그것도 아주 영영 떠나 버린 것이 분명했다.

여러 달이 지나자 여인들은 사라지기 시작했고 조지네 집 밖에 멈추는 지프차의 수도 차츰 줄어들었다.

"사업은 조직적으로 해야 하는 거야." 해트가 말했다.

보가트가 고개를 끄덕였다.

해트는 덧붙였다. "그런데 오늘날 포트오브스페인에는 멋진 곳이 많아. 조지의 당면 문제는 그가 너무 우둔해서 대성할 수가 없다는 점이야."

해트는 예언가였다. 다섯 달도 되지 않아 조지는 자기 핑크 하우스에서 혼자 살고 있었다. 나는 그가 계단 위에 앉아 있는 것을 자주 보았지만, 그는 다시는 나를 바라보지 않았다.

그는 늙고 지쳤으며, 아주 슬퍼 보였다.

얼마 되지 않아서 그는 죽었다. 해트와 소년들이 약간의 돈을 모아서 그를 라피라우스 묘지에 묻어 주었다. 엘리아스가 장례식에 참석하기 위해 나타났다.

4
그가 선택한 직업

자정이 지나면 우리 거리에는 두 가지 소음이 규칙적으로 들려왔다. 새벽 2시경이면 청소부들이 청소하는 소리가 들렸고, 동이 트기 직전에 청소 수레가 오면 청소부들이 여기저기 모아 놓은 쓰레기를 인부들이 긁어 담는 소리가 들렸다.

우리 거리에 사는 소년치고 청소부가 되길 원하는 아이는 하나도 없었다. 그러나 아무 소년이나 붙들고 장차 어떤 사람이 되겠느냐고 물으면, "나는 수레 끄는 사람이 되겠어." 하고 대답하기가 일쑤였다.

그 파란 수레를 끄는 모습은 확실히 매력적이었다. 그 일을 하는 사람들은 모두 귀족이었다. 그들은 아침 일찍 일을 한 후 하루 종일 자유로이 지냈다. 게다가 그들은 늘 파업을 하곤 했다. 많은 임금 인상을 요구하기 위해 파업하지는 않았다.

하루에 기껏 1센트 정도의 임금 인상을 위해 파업했다. 또 그들은 동료 중의 누가 해고되면 파업하기도 했다. 그들은 전쟁이 시작되자 파업했고, 전쟁이 끝났을 때도 파업했다. 그들은 인도가 독립했을 때도 파업했고, 간디가 암살되었을 때도 파업했다.

수레꾼이었던 에도스는 대부분의 소년들로부터 찬양을 받았다. 그는 자기 아버지가 당대 최고의 수레꾼이었다고 말했고, 그의 수레 끄는 기술에 대한 흥미진진한 이야기들을 우리에게 들려주었다. 에도스는 저급한 힌두 계층 출신이었는데 그의 말에는 많은 진실이 들어 있었다. 그의 수레 끄는 기술은 대대로 물려받은 자기 집안의 기술이었다.

어느 날 나는 우리 집 앞의 길을 쓸고 있었다. 그때 에도스가 나타나더니 내게서 비를 빼앗으려고 했다. 나는 그 일을 좋아했기 때문에 그에게 비를 내주고 싶지가 않았다.

"얘, 네가 청소에 대해서 뭘 알아?" 에도스가 웃으며 물었다.

나는 말했다. "뭐라고요? 청소하는 데도 알아야 할 게 있나요?"

에도스가 말했다. "얘, 이건 내 직업이라고. 내게는 경험이 많아. 너도 나처럼 어른이 될 때까지 기다려라."

나는 그에게 비를 주었다.

나는 그 후 오랫동안 슬펐다. 나는 영영 에도스 같은 어른으로 자라지 못할 것 같았고, 그가 경험이라고 부른 것을 나는 끝내 갖지 못할 것 같았다. 나는 이전보다 더 에도스를 찬양하기 시작했다. 그리고 이전보다 더 수레꾼이 되고 싶었다.

그가 선택한 직업

그러나 엘리아스는 그런 소년이 아니었다.

미겔 스트리트 청소년 모임을 구성하고 있던 우리 소년들이 해트나 보가트 같은 사람들처럼 포도 위에 웅크리고 앉아서 인생이니 크리켓이니 축구 같은 화제를 놓고 이야기를 하고 있을 때, 나는 엘리아스에게 말했다. "그래 너는 수레꾼이 되지 않겠다고 했지. 그러면 뭐가 되고 싶니? 청소부?"

엘리아스는 정확히 하수구 속에다 침을 뱉고 나서 시선을 아래로 떨어뜨렸다. 그는 아주 열띤 어조로 말했다. "나는 의사가 되고 싶어. 알겠어?"

만약에 보이이나 에롤이 그런 말을 했다면 우리는 모두 비웃었을 것이다. 그러나 우리는 엘리아스가 다른 애들과는 다르며 머리가 좋은 아이라는 사실을 알고 있었다.

우리는 모두 엘리아스를 딱하게 여기고 있었다. 그의 아버지 조지는 그를 난폭하게 구타했지만, 그가 운 적은 한 번도 없었고, 자기 아버지를 욕한 적도 없었다.

어느 날 나는 3센트어치의 버터를 사기 위해 진 씨네 가게로 가는 길에 엘리아스에게 나와 함께 가겠느냐고 물었다. 마침 조지가 근처에 보이지 않았기 때문에 나는 안전하다고 생각했다.

우리가 두어 집쯤 지나갔을 무렵에 조지가 보였다. 엘리아스는 겁을 먹고 있었다. 조지는 다가오더니 날카로운 목소리로 "너 어딜 가는 거냐?" 하고 물었다. 그렇게 묻는 동시에 그는 엘리아스의 턱을 주먹으로 강타했다.

조지는 엘리아스를 즐겨 구타했다. 그는 아들을 밧줄로 묶어 놓고 외양간의 하수구 물에 적신 밧줄로 매질했다. 엘리아스는 그렇게 몹시 구타당할 때에도 결코 울지 않았다. 그렇게 얻어맞고 얼마 안 있어 엘리아스가 조지와 함께 웃고 있는 것을 나는 여러 번 보았다. 그럴 때면 조지는 내게 말했다. "네가 어떻게 생각하고 있을지 나는 알고 있단다. 내가 저 애와 어쩌면 그렇게 쉽게 정다워질 수 있을까 궁금하겠지."

나는 조지가 싫어지면 싫어질수록 엘리아스를 더 좋아하게 되었다.

나는 엘리아스가 장차 의사가 될 것이라고 믿고 싶었다.

에롤이 말했다. "정말이지, 저 애가 의사나 뭐 그런 사람이 되면 우리를 보고도 모르는 척할걸. 엘리아스, 할 말이 있니?"

엘리아스의 입술에는 가벼운 미소가 떠올랐다.

"아냐." 그는 말했다. "나는 절대로 그러지 않을 거야. 내가 의사가 되면 너와 보이이, 그리고 다른 모든 애들에게 돈이든 뭐든 많이 줄 테니까." 이렇게 말하면서 엘리아스는 작은 손을 내저었다. 그리고 우리는 엘리아스가 의사가 되면 타고 다닐 캐딜락 자동차랑, 그가 들고 다닐 검정 가방과 고무 튜브가 달린 물건을 눈앞에 그려 보았다.

엘리아스는 미겔 스트리트의 한쪽 끝에 있는 학교에 다니기 시작했다. 그곳은 전혀 학교 같아 보이지 않았다. 내가 보기에 그 학교 건물은 흔히 볼 수 있는 주택이나 다름 없었다. 그러나 건물 밖에는 다음과 같은 간판이 붙어 있었다.

타이터스 호이트 선생

I.A. 학위3) 보유(런던 대학교 교외생)

케임브리지 대학교 시행 고등학교 과정 자격시험 합격 보장

이상한 것은 조지가 걸핏하면 엘리아스를 구타하면서도 아들이 교육을 받고 있다는 데 대해서만은 몹시 자랑스럽게 여기고 있다는 사실이다. "저 애가 저래도 굉장히 많은 것을 배우고 있다고. 스페인어, 프랑스어에다 라틴어를 읽고, 또 쓸 줄도 안다고."

그의 어머니가 죽기 전 해에 엘리아스는 케임브리지 대학교 시행 고등학교 과정 자격시험을 보았다.

타이터스 호이트는 미겔 스트리트의 우리 쪽으로 내려왔다. "저 애가 아마 우등으로 합격할걸." 타이터스 호이트가 말했다. "우등으로 합격할 거라니까."

우리는 엘리아스가 깔끔한 카키색 바지에 하얀 셔츠를 입고 수험장에 가는 것을 보았다. 그때 우리는 모두 존경심을 가지고 그를 바라보았다.

에롤이 말했다. "엘리아스가 쓰는 답안지는 이곳에 남아 있지 않을 거야. 모조리 영국으로 보내진다고."

그 말은 믿기지가 않았다.

"너희는 대체 그걸 어떻게 생각하니?" 에롤이 말했다. "엘리아스는 머리가 좋다는 것을 알아 둬."

---

3) I. A.는 Inter Arts의 약자로서 '범인문학(汎人文學)' 정도로 옮길 수 있지 않을까 싶다.

엘리아스의 어머니가 이듬해 정월에 죽었고 시험 결과는 3월에 발표되었다.

엘리아스는 합격하지 못했다.

해트는 엘리아스의 이름을 찾기 위해 《가디언》지에 난 합격자 명단을 여러 번 훑어보면서 이렇게 말했다. "혹시 알아? 합격된 사람들의 이름이 많을 때는 잘 못 볼 수도 있는 거야."

하지만 신문에서 엘리아스의 이름을 찾아볼 수는 없었다.

보이이가 말했다. "이제 달리 무얼 기대해? 누가 신문에 난 것을 고칠 수 있어? 영국 사람들이야 늘 그렇잖아? 그 사람들이 엘리아스 같은 애를 합격시킬 성싶어?"

그때 엘리아스는 우리와 함께 있었는데 슬픈 표정을 짓고 아무 말도 하지 않았다.

해트가 말했다. "제기랄, 염치없는 짓이라고. 이 애가 견뎌야 하는 고통이 얼마나 심한지를 안다면 그들은 이 애를 당연히 합격시켰을 텐데."

타이터스 호이트는 말했다. "걱정하지 마. 로마도 하루아침에 건설되진 않았어. 올해 한번 다시 쳐 봐. 올해는 사정이 훨씬 좋아질 거야. 그 영국 사람들인지 뭔지 하는 사람들에게 본때를 보여 줄 테니까."

엘리아스는 우리와 떨어져서 타이터스 호이트와 함께 살기 시작했다. 우리는 그를 거의 볼 수 없었다. 그는 밤낮을 가리지 않고 공부하고 있었다.

이듬해 3월의 어느 날 타이터스 호이트가 우리 동네로 차를 타고 와서 말했다. "소식 들었어?"

"무슨 일인데?" 해트가 물었다.

"그 애는 천재야." 타이터스 호이트가 말했다.

"누구 말이에요?" 에롤이 물었다.

"엘리아스."

"엘리아스가 어떻다고?"

"글쎄, 그 애가 케임브리지 대학교 시행 고교 과정 자격시험에 합격했지 뭐야."

해트가 휘파람을 휘익 불었다. "케임브리지 대학교 시행 고교 과정 자격시험을?"

타이터스 호이트는 미소 지었다. "그 녀석이 합격했대도. 그 애는 3급에 합격했어. 내일 그 애의 이름이 신문에 날걸. 내가 늘 뭐라고 했어. 지금 다시 한번 말하지만 엘리아스라는 애는 머리가 너무 좋단 말이야."

해트가 나중에 말했다. "엘리아스의 아버지가 죽어서 안됐군. 그 사람은 아무 쓸모도 없는 인간이었지만 아들 엘리아스가 교육받은 사람이 되는 것만은 보고 싶어 했는데."

그날 저녁에 엘리아스가 나타났고 애 어른 할 것 없이 모든 사람이 그의 주위에 모였다. 사람들은 모든 화제를 놓고 얘기했지만 책 얘기만은 하지 않았다. 엘리아스도 그림이니 여자니 크리켓 시합 같은 것만 얘기하고 있었다. 게다가 그는 아주 엄숙한 표정을 짓고 있었다.

잠시 얘기가 뜸해진 틈을 타서 해트가 말했다. "엘리아스, 넌 이제 어떻게 하려고 하니? 일자리를 구할 거니?"

엘리아스는 내뱉다시피 말했다.

"아니에요. 시험을 다시 봐야죠."

내가 말했다. "시험은 또 왜?"

"2급에 합격해야 하니까요."

우리는 그의 말을 이해할 수 있었다. 그는 의사가 되고 싶었던 것이다.

엘리아스는 길바닥에 앉아서 말했다.

"그렇고말고. 그 시험을 다시 볼 거야. 올해는 내 성적이 너무 좋아서 케임브리지 선생께서 내 답안지를 읽고 놀라실걸."

우리는 놀라서 말문이 막혔다.

"날 골탕 먹이는 건 영어와 그 문핵⁴⁾이야."

엘리아스의 입에서 나온 그 '문핵'이란 말은 내가 들어본 말 중 가장 아름다운 낱말이었다. 그 말은 먹을 수 있는 것, 그것도 초콜릿처럼 맛이 아주 풍성한 그 어떤 것으로 들렸다.

해트가 말했다. "새⁵⁾라든가 뭐 그런 것을 많이 읽어야 한단 말이니?"

엘리아스가 고개를 끄덕였다. 우리는 엘리아스 같은 소년에게 '문핵'이니 '새'니 하는 것들을 공부하게 한다는 것은 공평치 못한 일이라고 생각했다.

엘리아스는 부친이 죽은 후 텅 비어 있던 핑크 하우스로

---

4) 여기서 엘리아스가 literature라고 한 것을 애들은 litritcher로 잘못 들었으므로 편의상 '문학'을 '문핵'으로 번역한다.
5) 여기서 해트가 poetry라고 한 것을 애들은 그만 poultry라고 잘못 들었으므로 '시'가 '가금류'로 되고 말았다. 편의상 '시'를 '새'로 번역한다.

되돌아왔다. 그는 공부와 일을 겸해서 하고 있었다. 그는 타이터스 호이트의 학교에 다시 다녔지만 이제는 학생으로서가 아니라 선생 자격으로였다. 타이터스 호이트는 자기가 엘리아스에게 매달 40달러씩 준다고 말했다.

타이터스 호이트는 덧붙여 말했다. "그 애에게는 그만한 돈을 줘도 아깝지가 않아. 그는 포트오브스페인에서 가장 머리가 좋은 애들 중의 하나니까."

엘리아스가 우리 동네로 돌아와서 살고 있었기 때문에 이제 우리는 그를 더 잘 주목해 볼 수 있었다. 그는 거리에서 가장 깨끗한 소년이었다. 그는 하루에 두 번씩 목욕을 했고 이도 두 차례씩 닦았다. 그는 이 모든 것을 집 앞에 있는 수돗가에서 했다. 그는 매일 아침 학교로 가기 전에 집안 청소를 했다. 그는 자기 아버지와는 정반대였다. 그의 아버지는 키가 작고 살이 찐 더러운 사람이었다. 그러나 그는 키가 크고 몸이 가늘었으며 깨끗했다. 그의 아버지는 술을 마셨고 욕을 하며 다녔다. 그러나 그는 술을 마시는 일이 없었고 아무도 그가 나쁜 말을 입에 담는 것을 듣지 못했다.

나의 어머니는 늘 내게 말하곤 했다. "넌 왜 엘리아스를 본받지 않니? 하느님께서 너 같은 애를 왜 내게 점지하셨는지 모르겠다."

그리고 보이이나 에롤이 해트나 에드워드에게 얻어맞을 때면 그들은 으레 이렇게 말했다. "우릴 왜 때리는 거야? 모든 아이들이 엘리아스처럼 될 순 없잖아요?"

해트는 늘 말했다. "그 애는 머리만 좋은 게 아니야. 그 앤

행실도 좋다고."

그렇기 때문에 엘리아스가 세 번째 시험을 쳐서 떨어졌다는 소식을 들었을 때 나는 약간 고소하게 생각했다.

해트는 말했다. "우리가 영국 사람들을 따라갈 순 없어. 그 애가 이번 시험에 합격하지 못했다고 말할 사람이 이곳에는 한 사람도 없어. 하지만 영국 사람들이 그 애에게 보다 나은 자격을 인정해 줄 것 같니? 하!"

그러자 모두들 말했다. "그럴 수가 있을까!"

해트가 엘리아스에게 "애, 넌 이제 어떻게 하려고 하니?" 하고 물었을 때, 엘리아스는 대답했다. "이제는 취직이나 할까 해요. 위생 검사관이나 되어 볼까 해요."

우리는 그가 카키색 제복에 카키색 헬멧을 쓴 채 작은 공책을 들고 집집마다 찾아다니는 광경을 그려 보았다.

"네." 엘리아스가 말했다. "위생 검사관, 그 일을 해 볼까 해요."

해트가 말했다. "그 자리, 돈푼깨나 생길걸. 네 아버지 조지가 위생 검사관의 입을 막느라 매달 5달러씩 바쳤다고 했지, 아마. 그런 업자가 열 명, 아니 여덟 명만 있다고 생각해 보자. 그게 그러니까, 5에 10을 곱하면 50이요, 5에 8을 곱하면 40이라. 50달러, 40달러라는 계산이 바로 나오는군. 그런데 이 액수는 네 봉급이 포함되지 않은 거라고."

엘리아스가 말했다. "제가 생각하고 있는 것은 돈이 아니래도요. 그저 그 자리가 좋아서 하려는 거예요."

그 점은 이해하기가 쉬웠다.

엘리아스가 말했다. "하지만 시험을 쳐야 해요."

해트가 말했다. "하지만 답안지를 영국까지 보내서 채점해 오진 않겠지."

엘리아스가 말했다. "그러진 않아요. 하지만 시험이다 뭐다 하는 것은 늘 겁이 나거든요. 시험을 칠 때마다 운이 하도 나빠서."

보이이가 말했다. "하지만 나는 네가 의사가 되려고 하는 줄 알았는데."

해트가 말했다. "보이이, 너 입 닥치지 않으면 혼내 줄 거다."

하지만 보이이가 뭐 나쁜 마음을 먹고 그렇게 따진 것은 아니었다.

엘리아스가 말했다. "마음을 고쳐먹었어요. 위생 검사관이나 되어 볼까 해요. 그 일이 마음에 들거든요."

엘리아스는 삼 년 동안 위생 검사관 선발 시험을 보았지만 번번이 낙방했다.

엘리아스는 이렇게 말하기 시작했다. "하지만 트리니다드에서 도대체 무얼 기대할 수 있겠어요? 아무리 쉬운 일을 하려해도 뇌물을 먹여야 하니!"

해트가 말했다. "며칠 전에 내가 배 타는 사람을 만났어. 그 사람이 그러는데 영국령 가이아나에 가면 위생 검사관 시험이 훨씬 더 쉽다는 거야. 너도 영국령 가이아나로 가서 시험을 치고 돌아와 여기서 일을 하면 되지 않겠니?"

엘리아스는 비행기로 영국령 가이아나로 가서 시험을 쳤지만 낙방하고 되돌아왔다.

해트가 말했다. "내가 바베이도스에서 온 사람을 만났어. 그 사람이 그러는데 바베이도스에서는 그 시험이 쉽다는 거야. 아주아주 쉽다는 거야."

엘리아스는 비행기로 바베이도스까지 가서 시험을 쳤지만 역시 낙방하고 되돌아왔다.

해트가 말했다. "내가 수일 전에 그레나다에서 온 사람을 만났는데……."

엘리아스가 말했다. "닥치지 못하겠어요? 이러다간 이 거리의 사람끼리 싸움 나겠어요."

몇 년 후에 나는 케임브리지 대학교에서 시행하는 고등학교 과정 자격시험을 쳤는데, 케임브리지 선생님께선 내게 2급 자격을 인정해 주었다. 나는 세관에 취직 신청을 했고 돈 한 푼 안 들이고 취직이 되었다. 나는 놋쇠 단추가 달린 카키색 제복에 챙이 달린 모자를 지급받았다. 그것은 위생 검사관의 제복과 아주 닮은 것이었다.

내가 그 제복을 입고 나타나던 날, 엘리아스는 나를 때리려고 했다.

"네 어머니가 무슨 수를 썼길래 그 자리를 얻었지?" 그가 소리쳤다. 내가 그에게 달려들고 있을 때 에도스가 싸움을 말렸다.

에도스는 말했다. "저 앤 그저 서러워서 시기하고 있을 뿐이야. 진심으로 그런 말을 한 게 아냐."

그때 엘리아스는 이른바 거리의 귀족들 중의 한 사람이 되어 있었다. 그는 청소차를 몰고 있었다.

"이 일을 하는 데는 아무 이론도 필요가 없어." 엘리아스는 늘 말하곤 했다. "이 일은 실용적이야. 나는 이 일을 진심으로 즐기고 있다니까."

5
맨맨

미겔 스트리트에서는 모든 사람이 맨맨을 미쳤다고 했다. 그래서 사람들은 그를 내버려두었다. 그러나 지금 나는 그가 미쳤던 거라고 확신할 수가 없다. 게다가 맨맨보다 더 미친 사람들을 나는 얼마든지 생각할 수가 있다.

그는 미친 사람으로 보이지 않았다. 그는 중키에 마른 몸집의 사내였다. 못생긴 편도 아니었다. 그는 미친 사람이 사람들을 쳐다볼 때 나타내는 그런 표정으로 사람들을 노려본 일이 한번도 없었다. 우리가 그에게 말을 걸어 보면 언제나 그는 아주 조리에 맞는 대답을 했다.

그러나 그에게는 몇 가지 이상한 버릇이 있었다.

그는 시의회 의원이라든가 입법원 의원 선거가 있을 때마다 후보로 나섰다. 그는 자기 선거구 곳곳에 선전 벽보를 붙였다.

그 벽보는 멋지게 인쇄되어 있었다. 벽보에는 "투표해 주세요."
라고만 되어 있었고 그 문구 밑에 맨맨의 사진이 나와 있었다.

선거 때마다 그는 정확히 세 표씩을 얻었다. 나는 그 점을
이해할 수가 없었다. 맨맨이야 자기 자신에게 투표했을 테지만
나머지 두 표는 누가 던졌을까?

나는 해트에게 물어보았다.

해트는 말했다. "얘, 나로서도 정말 알 수 없는 일이로구나.
그건 정말 영문 모를 일이라고. 아마 두 장난꾼의 소행이겠지.
하지만 그렇게 여러 번 똑같은 짓을 하다니 장난꾼치고는 참
우스운 장난꾼이구나. 그 사람들도 맨맨처럼 머리가 돌았음에
틀림없어."

오랫동안 이 두 미치광이에 대한 생각이 내 마음속에 떠오
르곤 했다. 나는 약간 이상한 짓을 하는 사람을 보게 될 때마
다 "혹시 저 사람이 맨맨에게 투표하는 것은 아닐까?" 하고 생
각했다.

우리 도시 어디엔가 이 두 정체불명의 인물들이 나돌아다
니고 있었다.

맨맨은 일을 한 적이 없었다. 그러나 그는 한 번도 빈둥대지
는 않았다. 그는 낱말, 특히 쓰여 있는 낱말을 보면 최면에 걸
리곤 했다. 그래서 그는 낱말 하나를 쓰며 하루 종일 시간을
보내곤 했다.

어느 날 나는 미겔 스트리트 모퉁이에서 맨맨을 만났다.

"얘, 너 어딜 가니?" 맨맨이 물었다.

"학교 가는 길이에요." 나는 대답했다.

그러자 맨맨은 엄숙한 표정으로 나를 바라보면서 조롱하는 투로 말했다. "그래, 네가 학교에 다닌단 말이지?"

나는 무의식적으로 말했다. "네, 학교에 다녀요." 그때 나는 꼭 그렇게 하려고 마음을 먹은 것은 아니었지만, 어쩌다 맨맨의 그 정확하고도 아주 영국적인 악센트를 흉내 내고 있는 것을 알았다.

맨맨에게 도무지 이해할 수 없는 점이 또 하나 있다면 바로 그것이었다. 그는 정확한 영국 악센트를 쓰고 있었다. 그가 말을 할 때 우리가 눈을 감는다면, 우리는 한 영국인이, 그것도 문법에 대해서 별로 신경을 쓰지 않는 아주 점잖은 계급의 영국인이 말을 하고 있나 보다 하고 착각할 지경이었다.

맨맨은 마치 혼잣말을 하듯이 말했다. "그래, 이 어린 양반이 학교에 가는 중이란 말이지."

그러고 나서 그는 나의 존재를 잊어버린 채 주머니에서 분필 도막 하나를 끄집어내더니 길에다 무언가 쓰기 시작했다. 그는 커다랗게 S자의 윤곽을 그린 후에 속을 채웠다. 그러고 나서 C자와 H자와 O자를 차례로 썼다. 그러나 그때부터 그는 몇 개의 O자를 쓰기 시작했는데 매번 쓸 때마다 바로 앞에 쓴 O자보다는 약간 작게 썼다. 이리하여 결국 그는 흘림체에 이어 날림체로 무수한 O자를 써 나가고 있었다.

내가 점심을 먹으러 집에 돌아왔을 때 그는 프렌치 스트리트까지 가 있었다. 그는 헝겊으로 잘못된 곳을 지워 가면서 여전히 O자를 써 나가고 있었다.

오후에 그는 우리 동네를 한 바퀴 돌아 사실상 미겔 스트리트로 되돌아와 있었다.

나는 집으로 돌아가서 교복을 일상복으로 갈아입고 미겔 스트리트로 나갔다.

그는 미겔 스트리트를 다시 반쯤 올라가고 있었다.

그는 말했다. "그래, 어린 양반께서 오늘 학교에 갔었다고?"

나는 말했다. "네."

그는 일어서서 허리를 폈다.

그러고 나서 그는 다시 웅크리고 앉더니 큼직한 L자의 윤곽을 그린 후에 천천히 귀엽다는 듯이 그 속을 채웠다.

쓰기를 마쳤을 때 그는 일어서서 말했다. "너는 네 공부를 마쳤고, 나는 내 작업을 마쳤다."

혹은 이런 때도 있었다. 우리가 맨맨에게 크리켓 시합을 보러 가는 중이라고 말하는 날이면 그는 CRICK를 써 놓고 나서 우리가 구경을 마치고 돌아올 때까지 E자를 쓰는 일에 열중하곤 했다.

어느 날 맨맨은 미겔 스트리트의 초입에 있는 커다란 카페로 가서 의자에 앉아 있던 고객들을 향해 미친개처럼 짖어대고 으르렁대기 시작했다. 주인은 털이 숭숭한 손을 가진 덩치 큰 포르투갈 사람이었는데, 맨맨에게 이렇게 말했다. "맨맨, 나와 한번 겨루어 보고 싶지 않거든 이 가게에서 나가도록 해."

맨맨은 웃고 있을 뿐이었다.

사람들은 맨맨을 밖으로 쫓아냈다.

다음 날 주인은 밤사이에 누군가가 카페에 침입하여 모든 출입문을 열어 놓은 것을 알았다. 그러나 아무것도 없어지지는 않았다.

해트가 말했다. "우리가 결코 해서는 안 될 일이 있다면 그것은 맨맨을 괴롭히는 것이야. 그는 자기가 당한 일을 반드시 기억해 둔단 말이야."

그날 밤 누군가가 또 카페에 들어와서 다시 출입문을 열어 놓았다.

다음 날 밤 카페는 다시 침입을 당했는데, 이번에는 모든 의자 한복판과 탁자 위, 그리고 카운터를 따라 일정한 간격으로 작은 똥 덩어리가 놓여 있었다.

그 후 몇 주일 동안 그 카페의 주인은 거리의 웃음거리가 되었고 오랜 세월이 흐르고 난 후에야 비로소 사람들이 다시 그 카페를 찾기 시작했다.

해트가 말했다. "그 사람은 내가 말한 대로야. 나 같으면 그 사람이 하는 짓엔 간섭하지 않겠어. 이곳 사람들은 참 마음이 고약하단 말이야. 하느님이 그들을 그런 꼴로 만들어 놓았으니."

사람들이 맨맨에게 간섭을 하지 않게 된 것도 바로 이런 일이 일어나곤 했기 때문이었다. 그의 친구라고는 귀에 검은 점이 박힌 작은 잡종견 한 마리밖에 없었다. 어떻게 보면 그 개 또한 맨맨과 닮은 데가 있었다. 참으로 이상한 개였다. 그 개는 짖거나 사람을 쳐다보는 일이 없었고, 혹시 사람들이 바라보면 외면하곤 했다. 그 개는 다른 개들과 어울리지 않았고 만약 어떤 개가 다정하게 굴거나 공격해 올 때면 잠시 경멸 어린 눈초리로 바라보다가 뒤돌아보지 않고 어슬렁어슬렁 걸어가 버렸다.

맨맨은 그 개를 사랑했고, 개도 맨맨을 사랑했다. 그들은 서로 천생연분이었고, 맨맨에게 그 개가 없었다면 그는 생계를 꾸려 나갈 수도 없었을 것이다.

맨맨은 자기 개의 창자 운동을 자유자재로 통제할 수 있는 것처럼 보였다.

해트가 말했다. "바로 그 점을 도저히 모르겠단 말이야. 그 개의 창자 운동을 어떻게 통제하는지 이해할 수가 있어야지."

그게 그러니까 모두 미겔 스트리트에서 시작되었다.

어느 날 아침, 몇몇 아낙네들이 일어나 보니 표백하기 위해 밖에 널어놓았던 빨래가 밤사이에 개똥으로 더럽혀져 있었다. 그런 일이 있고 나서 아무도 그 더러운 홑이불과 셔츠를 다시 사용하고 싶어 하지 않았다. 그러던 중 맨맨이 찾아오니 동네 아낙네들은 그에게 그 더러운 옷가지들을 기꺼이 주어 버렸다.

맨맨은 이런 옷가지들을 팔곤 했다.

해트가 말했다. "저 사람이 참으로 미쳤을까 의심이 가는 이유도 바로 이런 일 때문이야."

맨맨의 활동 범위는 미겔 스트리트로부터 타지역으로 확대되어 나갔고, 맨맨의 개똥 때문에 당해 본 사람들은 으레 다른 사람들이 똑같은 일을 당하는 꼴을 보고 싶어 했다.

이래서 미겔 스트리트에 사는 우리는 맨맨을 약간은 자랑스럽게 생각했다.

나는 맨맨이 좋아지게 된 계기가 무엇인지 아직도 모르겠다. 아마 그 개의 죽음과 관계가 있는지도 모를 일이다. 그 개는 차에 치였는데, 해트가 전하는 말에 의하면 짤막하게 끽소리를 한 번 지른 후에 이내 잠잠해졌다는 거였다.

맨맨은 놀라고 실의에 찬 얼굴로 며칠 동안 여기저기 헤매고 다녔다.

그가 길 위에 낱말을 쓰는 일도 이제는 없어졌다. 또 그는 나와 우리 거리의 다른 어떤 소년에게도 말을 걸지 않았다. 그는 혼잣말을 하기 시작했는데 그때마다 두 손을 모아 쥐고 몸을 떠는 꼴이 마치 오한에 걸린 것 같았다.

그러던 중 어느 날 그는 자기가 목욕을 한 뒤에 하느님을 보게 되었노라고 주장했다.

이 주장을 듣고 놀란 사람은 별로 없었다. 하느님을 보았다는 주장이 포트오브스페인에서는, 그리고 그 당시의 트리니다드섬에서는 아주 흔한 일이었다. 푸엔테 그로브 출신의 신비한 안마사 가네시 판디트[6]가 그런 주장을 처음으로 하였다. 그도 하느님을 보았으며 '하느님께서 내게 하신 말씀'이라는 제목의 작은 책자를 출판했다. 많은 신비가들이 나타나서 그의 라이벌이 되었고, 적지 않은 수의 안마사들이 하느님을 보았노라고 선언하고 나섰다. 그러니 하느님은 우리 지방에 계셨을 터이고 맨맨이 그분을 보았다는 것도 당연하다고 나는 생각한다.

---

6) 여기서는 판디트가 고유명사처럼 쓰이고 있지만 일반명사로는 '힌두교 학자'를 가리킨다.

맨맨은 미겔 스트리트의 길모퉁이에 있는 메리의 가게 차양 아래서 설교를 시작했다. 그는 매주 토요일 밤마다 이렇게 설교를 했다. 그는 턱수염을 길렀고 기다란 흰색 예복을 입고 있었다. 그는 성경과 그 밖의 성물(聖物)들을 들고 아세틸렌 가스등의 하얀 빛을 받으며 서서 설교했다. 그는 인상적인 설교자였다. 그리고 그는 이상한 방식으로 설교했다. 그는 여인들을 울렸고 해트 같은 사람들을 불안하게 만들었다.

그는 늘 오른손에 든 성경을 왼손으로 때리면서 그 완벽한 영어 악센트로 "지난 며칠간 나는 하느님과 말씀을 주고받았습니다. 여러분에 관해서 하느님께서 말씀하신 내용은 정말이지 듣기 거북했습니다. 오늘날 정치가들이니 뭐니 하는 사람들이 이 섬을 자급자족하게 만들어야 한다고 주장하는 것을 여러분은 듣고 계십니다. 하느님께서 어젯밤에 내게 무어라고 말씀하셨는지 아세요? 어젯밤, 그러니까 내가 저녁밥을 먹고 난 직후였습니다. 하느님께서는 이렇게 말씀하셨습니다. '맨맨, 이리 와서 이 사람들 좀 보아라.' 그러고 나서 하느님께서는 아내를 잡아먹는 남편, 그리고 남편을 잡아먹는 아내를 내게 보여 주셨습니다. 그분은 아들을 잡아먹는 아비, 그리고 딸을 잡아먹는 어미를 내게 보여 주셨습니다. 그분은 또 누이를 잡아먹는 오라비, 오라비를 잡아먹는 누이를 내게 보여 주셨습니다. 정치가들이니 뭐니 하는 사람들이 이 섬은 장차 자급자족하게 될 것이라 말하지만 실은 이렇게 서로 잡아먹는 것을 의미할 뿐입니다. 하지만 형제 자매 여러분, 지금이라도 우리가 하느님께로 돌아간다면 아직 늦지는 않습니다."

토요일 밤마다 맨맨의 설교를 듣고 나면 나는 악몽에 시달리곤 했다. 그런데 이상한 것은 그가 사람들에게 겁을 주면 줄수록 사람들은 더욱더 그의 설교를 들으러 온다는 사실이었다. 그리고 헌금을 걷을 때면 사람들이 이전보다 더 많은 돈을 내어놓곤 했다.

평일에는 그가 하얀 예복을 입은 채 이곳저곳 걸어 다니며 음식을 구걸했다. 그는 예수가 자기에게 명한 대로 따라 했으며 자기의 모든 재산을 바쳤다고 말했다. 그가 그 길고 검은 턱수염과 그 밝고 깊은 눈을 하고서 사람들을 쳐다볼 때면 아무도 그의 요구를 거절할 수가 없었다. 그는 이제 나를 본체만체하였고 내게 "그래, 네가 학교에 다닌단 말이지?" 하고 말을 하는 일도 없어졌다.

미겔 스트리트의 사람들은 맨맨이 이렇게 변해 버린 것을 어떻게 해석해야 할지 몰랐다. 그들은 맨맨이 이제는 진짜로 미쳤다고 말함으로써 자기 자신들을 위안하려고 했지만, 나는 맨맨이 진짜로 제정신이 아니라는 확신이 없었고 다른 사람들 또한 이 점에 있어서 나와 생각이 비슷했다.

그 후에 일어난 일들은 전혀 뜻밖의 것이 아니었다.

맨맨은 자기가 새 메시아라고 선언했다.

해트가 어느 날 말했다. "너희들 최근 소식 들었니?"

우리는 말했다. "무슨 소식인데요?"

"맨맨에 관한 소식이지. 그는 조만간 십자가의 수난을 당하겠다고 말하고 있어."

"아무도 그에게 손을 대려 하지 않을걸." 에드워드가 말했다. "이제는 모든 사람이 그를 무서워하니까."

해트가 설명했다. "아냐, 그게 아냐. 조만간 어느 금요일을 택해서 그는 블루 베이신으로 가서 자기 자신을 십자가에 묶고 사람들이 자기에게 돌을 던지게 하려고 해."

누군가가(아마 에롤이었다고 생각된다.) 웃었다. 그러나 아무도 자기를 따라 웃는 사람이 없는 것을 보고 그는 입을 다물었다.

우리는 이 소식을 듣고 놀라고 걱정했지만 맨맨 같은 사람이 미겔 스트리트 출신이라는 사실을 생각하자 크게 자랑스러워지기도 했다.

닥쳐올 맨맨의 십자가 수난 행사를 알리는, 손으로 쓴 작은 광고가 가게랑 카페랑 몇몇 집의 문간에 나붙기 시작했다.

"블루 베이신에는 굉장한 군중들이 모여들 거야." 해트는 이렇게 말하고 나서 자랑스러운 어조로 덧붙였다. "그런데 내가 듣기로는 경찰관도 몇 사람쯤 파견되는 모양이야."

그날이 되자 아침 일찍 미처 가게가 열리거나 전기 버스가 아리아피타 거리를 운행하기도 전에 벌써 굉장한 군중이 미겔 스트리트 모퉁이에 모여들었다. 검정 옷을 차려입은 사내들이 많았고 하얀 옷을 입은 아낙네들은 더욱 많았다. 그들은 찬송가를 부르고 있었다. 약 스무 명의 경관도 나타났지만 그들은 찬송가를 부르지 않았다.

맨맨이 아주 여위고 아주 거룩한 얼굴로 나타나자 아낙네들은 소리를 지르면서 그의 가운을 만지러 달려갔다. 경찰은 무슨 일이든 일어나기만 하면 대처할 태세를 갖추고 서 있었다.

밴 화물차가 커다란 목재 십자가를 싣고 왔다.

양복을 입은 채 아주 불행한 표정을 짓고 있던 해트가 말했다. "사람들이 그러는데 저 십자가는 성냥개비용 목재로 만들었대. 그래서 무겁지가 않다는 거야. 아주 가볍디가볍대."

에드워드가 덤벼들 듯이 말했다. "그게 뭐 문제가 돼? 중요한 것은 십자가에 매달리겠다는 그 마음이요, 그 정신이지."

해트가 말했다. "내가 어디 뭐랬나."

몇몇 사내들이 그 유개 화물차에서 십자가를 끌어내어 맨맨에게 주려고 했다. 그러나 그는 사람들을 제지했다. 그 이른 아침에 그의 영국식 악센트는 아주 인상적으로 들렸다. "여기 내려놓지 마세요. 블루 베이신에 갖다 두어요."

해트는 실망했다.

우리는 포트오브스페인의 서북쪽 산 속에 있는 블루 베이신 폭포로 걸어갔다. 우리는 두 시간 걸려 그곳에 도착했다. 맨맨은 한길에서부터 십자가를 메기 시작하여 바위가 많은 오솔길을 따라 올라간 후 폭포로 내려갔다.

몇몇 사내들이 십자가를 세웠고 그 위에 맨맨을 묶었다.

맨맨은 말했다. "형제 자매 여러분, 내게 돌을 던지시오."

아낙네들은 울면서 모래와 자잘한 돌을 그의 발에 던졌다.

맨맨은 신음소리를 내면서 말했다. "아버지시여, 저들을 용서하십시오. 저들은 자기네가 무슨 짓을 하고 있는지도 모르고 있나이다." 그러고 나서 그는 소리를 질렀다. "형제 자매 여러분, 내게 돌을 던지시오."

계란 크기의 돌멩이 한 개가 그의 가슴을 때렸다.

맨맨은 소리쳤다. "형제 자매 여러분, 내게 돌, 돌, 돌을 던지시오. 내가 그대들을 용서하리라."

에드워드가 말했다. "저 사람 정말로 용감하군."

사람들은 맨맨의 얼굴과 가슴을 겨누고 참으로 큰 돌을 던지기 시작했다.

맨맨은 고통스럽고 놀란 표정이었다. 그는 소리쳤다.

"이게 대체 무슨 짓이오? 당신네들은 지금 대체 무슨 짓을 하고 있다고 생각하는 거요? 이봐, 여기서 나를 재깍 내려 줘. 재깍 내려 달라고. 내게 돌을 던진 개새끼에게 한번 따져 봐야겠어."

에드워드와 해트와 그 밖의 우리 모두가 서 있던 곳에서는 그 소리가 고통에 겨운 비명처럼 들렸다.

보다 큰 돌 하나가 맨맨을 때렸다. 아낙네들은 모래와 자잘한 돌을 그에게 던지고 있었다.

우리는 맨맨이 뚜렷하고도 우렁찬 목소리로 고함 지르는 것을 들었다. "이 바보 같은 짓을 그만두지 못해? 제발 그만두라고. 난 이 우라질 놈의 짓을 그만하겠어. 알겠어?" 그러고 나서 그가 큰 소리로 어찌나 야비하게 욕을 하기 시작했던지 사람들은 놀라서 돌 던지기를 중단했다.

경찰에서는 맨맨을 연행해 갔다.

당국에서는 그의 증세를 관찰하기 위해 그를 억류했다. 그러고 나서 그를 영구히 가두어 버렸다.

6
B. 워즈워스

　세 사람의 거지가 미겔 스트리트에 있는 인심 좋은 가정을 매일 같은 시간에 찾고 있었다. 10시경에 허리에 도우티를 두르고 흰 저고리를 입은 인도인이 찾아오면 우리는 그가 등에 짊어지고 다니는 자루에 한 깡통의 쌀을 부어 주었다. 12시에는 진흙 파이프 담배를 피우는 노파가 와서 돈을 한 푼 받아 갔다. 2시가 되면 한 소년의 손을 잡은 장님이 와서 돈을 한 푼 구걸했다.

　이따금 부랑자가 찾아오기도 했다. 어느 날 한 사내가 와서 배가 고프다고 말했다. 우리는 그에게 음식을 주었다. 그는 궐련도 한 개비 청했고 우리가 불을 붙여 줄 때까지 가려고 하지 않았다. 그 사내는 다시 나타나지 않았다.

　그중에서도 가장 이상한 방문객은 어느 날 오후 4시쯤 찾아왔다. 나는 마침 학교에서 돌아와서 실내복 차림으로 있었다. 그 사람은 내게 말했다. "애야, 네가 너희 집 마당에 들어가도 괜찮겠니?"

그는 키가 작은 사람으로 깔끔한 차림이었다. 그는 모자를 쓰고, 하얀 셔츠에 검은 바지를 입고 있었다.

나는 물었다. "뭣 때문에요?"

그가 말했다. "너희 집 벌들을 구경하고 싶구나."

우리 집 마당에는 네 그루의 열대 아메리카산 종려나무가 있었는데 거기에는 반갑잖은 벌들이 들끓고 있었다.

나는 계단을 올라가서 소리쳤다. "엄마, 여기 어떤 사람이 와서 벌들을 구경하고 싶어 해요."

어머니가 나와서 그 사람을 바라보더니 퉁명스럽게 물었다. "뭘 하고 싶다고요?"

사내가 말했다. "아주머니댁 벌들을 보고 싶습니다."

그의 영어는 훌륭했지만 어쩐지 자연스럽게 들리지가 않았다. 그래서 내가 보기에 어머니는 불안해하고 있었다.

어머니가 내게 말했다. "여기 서서 저 사람이 벌들을 보는 동안 네가 지켜보고 있어야겠다."

사내가 말했다. "감사합니다, 부인. 부인께서는 오늘 참으로 훌륭한 일을 하신 셈입니다."

그는 마치 한마디 한마디에 돈이 들기라도 하는 것처럼 천천히 그리고 아주 정확하게 말했다.

그 사내와 나는 함께 종려나무 근처에 웅크리고 앉아서 한 시간쯤 벌들을 지켜보았다.

사내가 말했다. "나는 벌들을 보는 게 재미있단다. 얘야, 너도 벌들을 바라보는 게 즐겁니?"

내가 답했다. "그럴 시간이 있어야죠."

그는 슬픈 듯이 머리를 살래살래 흔들면서 말했다. "내가 하는 일은 말이다. 그저 지켜보는 일이란다. 며칠씩 개미를 관찰하기도 하지. 너 혹시 개미를 관찰해 본 적이 있니? 그리고 전갈이니 지네니 뱀장어니 하는 것들을 혹시 지켜본 적이 있니?"

나는 머리를 저었다.

내가 말했다. "아저씨는 무얼 하는 분이세요?"

그는 일어서며 말했다. "나는 시인이야."

내가 말했다. "훌륭한 시인이세요?"

그는 말했다. "이 세상에서 가장 훌륭한 시인이지."

"성함이 어떻게 되세요, 아저씨?"

"B. 워즈워스야."

"B라니 혹시 빌이세요?"

"블랙이야. 블랙 워즈워스가 내 이름이야. 화이트 워즈워스는 내 동생 이름이고. 우리는 형제끼리 똑같은 감정을 가지고 있다고. 나는 나팔꽃 같은 미미한 꽃을 보고도 운단다."

내가 말했다. "울기는 왜 우세요?"

"왜 우느냐고? 얘, 내가 왜 우느냐고? 너도 어른이 되면 알게 될 거다. 너 또한 시인이라는 사실을 알아야 돼. 그런데 너도 시인이라면 모든 것을 보고 울게 된단다."

나는 웃을 수가 없었다.

그가 말했다. "너, 네 어머니를 좋아하니?"

"내게 매질만 하지 않는다면 좋아하고말고요."

그는 바지 뒷주머니에서 인쇄된 종이 한 장을 끄집어내더니 말했다. "이 종이에는 어머니들을 노래한 가장 위대한 시가 인쇄되어 있단다. 싸구려 값으로 네게 팔도록 하지. 4센트만 내려무나."

나는 집 안으로 들어가서 말했다. "엄마, 시 한 편을 4센트에 사시겠어요?"

어머니가 말했다. "그 미친 사람에게 우리 집 마당에서 썩 나가지 못하겠느냐고 해라, 알겠니?"

나는 B. 워즈워스에게 말했다. "어머니가 그러시는데 4센트가 없대요."

B. 워즈워스가 말했다. "그게 바로 시인의 비극이야."

그러고 나서 그는 그 종이를 주머니에 집어넣었다. 그는 조금도 개의치 않는 듯했다.

내가 말했다. "그렇게 시를 팔고 다니시다니 참으로 이상하네요. 칼립소 가수들이나 그런 짓을 할 텐데요. 많은 사람들이 그 시를 사 주나요?"

그는 말했다. "아직 한 사람도 사 주지 않았어."

"그렇다면 왜 이렇게 계속해서 돌아다니세요?"

그는 말했다. "이렇게 돌아다니면서 많은 것을 지켜볼 수가 있지. 그리고 나는 늘 다른 시인들과 만나게 되길 바라."

나는 말했다. "아저씨께서는 정말 나도 시인이라고 생각하세요?"

"너도 나만큼은 시인이고말고." 그가 말했다. 그러고 나서

B. 워즈워스가 떠났을 때 나는 그를 다시 만나게 되길 빌었다.

약 일주일이 지난 어느 날 오후 나는 학교에서 돌아오다가 미겔 스트리트 모퉁이에서 그를 만났다.

그가 말했다. "오랫동안 너를 기다리고 있었단다."

나는 말했다. "시를 좀 파셨나요?"

그는 머리를 흔들었다.

그가 말했다. "우리 집 뜰에는 포트오브스페인에서 가장 훌륭한 망고나무가 있어. 그런데 그 망고가 익어서 붉어졌고 아주 달고 즙이 많아. 내가 여기서 널 기다리고 있는 것도 네게 이 사실을 알리고 너를 초대해서 우리 집 망고를 몇 개 먹게 해 주기 위해서야."

그는 알베르토 스트리트에 살고 있었다. 그가 사는 방 한 개짜리 오두막은 대지 한복판에 서 있었다. 마당은 온통 초록빛이었다. 그 큰 망고나무가 거기 서 있었다. 야자나무와 오얏나무도 한 그루씩 서 있었다. 그곳은 도시 한복판에서는 볼 수 없는 그런 야성적인 풍경을 이루고 있었다. 그 거리에 서 있는 큰 콘크리트 건물들이 전혀 보이지 않았다.

그의 말이 옳았다. 망고들은 달고 즙이 많았다. 나는 여섯 개쯤 먹었는데 노란 망고 즙이 내 팔을 따라 팔꿈치까지 흘러내리는가 하면 입에서 턱까지 흘러내리기도 하여 결국 내 셔츠가 더럽혀지고 말았다.

내가 집에 돌아오자 어머니가 말했다. "어디 갔다 오니? 이젠 네가 어른이라서 어느 곳이나 마음대로 돌아다닐 수 있다고 생각하는 거니? 가서 회초리를 하나 잘라 오너라."

어머니는 내게 몹시 매질을 했다. 나는 집 밖으로 뛰어나가면서 다시는 집으로 돌아오지 않겠다고 다짐했다. 나는 B. 워즈워스의 집으로 갔다. 나는 몹시 화가 나 있었고 코에서는 피가 흐르고 있었다.

B. 워즈워스가 말했다. "울지 마라. 우리 함께 산보나 가자꾸나."

나는 울음을 그쳤지만 숨이 가빴다. 우리는 산보하러 나갔다. 우리는 선트 클레어 애버뉴를 따라 사바나⁷⁾로 갔으며 경마장까지 산책을 했다.

B. 워즈워스가 말했다. "이제 풀밭에 누워서 하늘이나 쳐다보자꾸나. 저 별들이 우리 세상에서 얼마나 떨어져 있는지 생각해 보지 않겠니."

나는 그가 시키는 대로 했다. 나는 그가 뜻하는 바를 알았다. 나는 내 존재가 아무것도 아님을 느꼈고, 동시에 전에 없이 자신을 아주 크고 위대한 존재라고 느끼기도 했다. 그러는 사이에 나는 그 모든 분노랑 눈물이랑 얻어맞은 일 따위를 잊어버리고 말았다.

이제 기분이 좋아졌다고 말하자 그는 내게 별들의 이름을 말해 주기 시작했다. 나는 사냥꾼 오리온자리의 이름을 특별히 기억하고 있었는데 지금까지도 그 이유를 모른다. 나는 지금도 오리온자리만은 알아맞힐 수 있지만 그 나머지 것들은 모두 잊어버리고 말았다.

---

7) 열대의 비가 적은 지역에 있는 나무 없는 초원.

그때 회중전등 불빛이 우리 얼굴을 비췄다. 한 경찰관의 모습이 보였다. 우리는 풀밭에서 일어섰다.

경관이 말했다. "여기서 무엇을 하고 있는 거요?"

B. 워즈워스가 말했다. "나는 지난 사십 년간 바로 그것을 내 자신에게 묻고 있었지요."

B. 워즈워스와 나는 이리하여 서로 친구가 되었다. 그는 내게 말했다. "너, 누구에게도 나에 관한 이야기랑 망고나무, 야자나무, 오얏나무에 대한 이야기를 해서는 안 된다. 그런 것을 비밀로 생각하고 있어야 해. 만약에 네가 누구에게든 그런 것을 이야기하면 내가 대번에 알게 돼. 왜냐하면 나는 시인이니까."

나는 비밀을 지키겠다는 약속을 했고 또 그 약속을 깨지 않았다.

나는 그의 작은 방이 마음에 들었다. 그 방에는 조지의 앞방과 마찬가지로 가구가 없었지만 훨씬 더 깨끗했고 건강에 좋아 보였다. 그러나 그 방 또한 쓸쓸해 보였다.

어느 날 나는 그에게 물었다. "워즈워스 씨, 왜 뜰에다 이런 수풀을 두고 계세요? 수풀이 있으면 뜰이 축축해질 텐데요?"

그는 말했다. "얘야, 네게 이야기를 하나 해 줄 테니 들어보렴. 옛날 옛적에 한 소년과 한 소녀가 만나서 서로 사랑을 하게 되었어. 그들은 서로 무척 좋아했기 때문에 결혼을 하게 되었지. 두 사람 다 시인이었어. 그는 언어를 사랑했고 그녀는 풀과 꽃과 나무를 사랑했대. 그들은 어느 단칸방에서 행복하게 살고 있었는데 어느 날 그 소녀 시인이 소년 시인에게 말했어.

'우리 집에 또 하나의 시인이 생기게 되었어요.' 그러나 그 시인은 태어나지 못하고 말았어. 소녀 시인이 죽어 버린 거야. 소녀 시인의 뱃속에 들어 있던 어린 시인도 따라 죽은 거지. 그래서 이 소녀의 남편은 아주 슬펐어. 그는 이 소녀가 살던 집의 정원에 있는 것들 아무것에도 손대지 않겠다고 말했어. 그래서 그 정원의 나무들은 원래의 모습대로 남아 있게 되었고 높다랗게 야성적으로 자라게 되었지."

나는 B. 워즈워스를 바라보았다. 그가 내게 이 아름다운 이야기를 해 주고 있을 때 그는 점점 더 늙어 보였다. 나는 그의 이야기를 이해할 수 있었다.

우리는 함께 긴 산책을 나가곤 했다. 우리는 식물원이니 암석공원이니 하는 곳에 가 보았다. 우리는 오후 늦게 챈슬러 언덕에 올라가서 포트오브스페인에 어둠이 내리는 광경이라든가 시내의 건물이나 부두의 선박에 등불이 켜지는 광경을 지켜보았다.

그는 무슨 일을 하든지 마치 그 일을 평생 처음 하듯이 했다. 그는 모든 일을 마치 교회의 의식을 행하듯 했다.

그는 내게 말하곤 했다. "자, 이제 아이스크림이나 좀 먹어 볼까?"

그리고 내가 좋다고 대답하면 그는 아주 심각한 어조로 이렇게 말하곤 했다. "자, 그러면 어떤 카페에 가서 팔아 줄까?" 그는 그것이 아주 중요한 일인 것처럼 말하고 있었다. 그는 그런 문제를 놓고 잠시 동안 생각해 본 후에 드디어 말하곤 했다. "저 가게의 주인하고 협상해 보아야겠는걸."

그 후로 이 세상은 내게 가장 흥미진진한 곳이 되었다.

어느 날 내가 그의 뜰에 있을 때 그는 내게 말했다. "내게 아주 굉장한 비밀이 하나 있는데 이제 그걸 네게 말해 주겠다."

내가 말했다. "그거 진짜 비밀이에요?"

"바로 이 순간에야 그렇고말고."

나는 그를 쳐다보았고 그는 나를 바라보았다. 그는 말했다. "이건 너와 나만 아는 비밀이라는 걸 알아야 해. 나는 지금 시를 쓰고 있어."

"오." 나는 실망했다.

그가 말했다. "하지만 내가 쓰는 시는 그 종류가 아주 달라요. 이 세상에서 가장 위대한 시니까."

나는 휘파람을 휘익 불었다.

그는 말했다. "내가 그 시를 쓰기 시작한 지가 벌써 오 년이 지났어. 앞으로 약 이십이 년이 지나면 그 시가 완성될 거야. 현재 쓰고 있는 식으로 써 나가면 그때쯤 완성될 거라는 뜻이지."

"그렇다면 아저씨께서는 많은 시를 지금 쓰고 계시겠네요?"

그가 말했다. "요즘은 그렇게 하지 못해. 한 달에 한 줄씩 쓸 뿐이야. 하지만 그것이 훌륭한 한 줄의 시가 되도록 노력하고 있어."

나는 물었다. "지난달에 쓰신 그 한 줄의 시는 어떤 것이었나요?"

그는 하늘을 쳐다보면서 말했다. "'지난 날은 심오하다'라는 구절이지."

내가 말했다. "그 참 아름다운 구절이네요."

B. 워즈워스가 말했다. "나는 한 달 내내 경험한 내용을 순화하여 한 줄의 시가 되게 한다고. 그러니까 앞으로 이십이 년이면 모든 인류를 상대로 노래할 한 편의 시가 완성될 거야."

나는 온통 경이로움을 느꼈다.

우리의 산책은 계속되었다. 어느 날 우리는 도크에 있는 방파제를 따라 걷고 있었다. 내가 말했다. "워즈워스 씨, 만약 내가 이 핀을 물에 떨어뜨리면 이게 물 위에 뜰 것 같아요?"

그가 말했다. "이 세상은 이상한 곳이지. 그 핀을 떨어뜨려 보렴. 그러고 나서 어떻게 되나 보자꾸나."

핀은 가라앉았다.

내가 말했다. "이 달에 쓰실 시는 어떻게 되었나요?"

하지만 그는 내게 더 이상 어떤 시구도 말해 주지 않았다. 그는 그저 이렇게 말했을 뿐이었다. "오, 그것 말이니, 쓰여지게 될 거야. 쓰여지게 된다고."

또 더러 우리는 방파제에 앉아서 기선들이 항구로 들어오는 것을 지켜보기도 했다.

그러나 그가 쓰겠다던 세계에서 가장 위대하다는 시에 대해서 나는 더 이상 듣지 못했다.

나는 그가 점점 더 늙어 가고 있다고 생각했다.

"워즈워스 씨, 어떻게 사세요?" 어느 날 나는 그에게 물었다.

"돈을 어떻게 버느냔 말이니?" 그가 말했다.

내가 고개를 끄덕이자 그는 정직하지 못한 투로 웃었다.

그는 말했다. "칼립소 철이 되면 칼립소 노래를 부르지."

"그렇게 해서 번 돈이 일 년 내내 사는 데 충분한가요?"

"충분해."

"하지만 그 가장 위대하다는 시를 완성하시면 아저씨께서는 이 세상에서 가장 부유한 분이 되시겠네요?"

그는 대답하지 않았다.

어느 날 내가 그의 작은 집으로 그를 찾아갔을 때 나는 그가 작은 침대에 누워 있는 것을 보았다. 그가 하도 늙고 하도 병약해 보였기 때문에 나는 울고 싶어졌다.

그가 말했다. "시가 잘 쓰여지지가 않는걸."

그는 나를 보고 있지 않았다. 그는 창밖으로 야자나무를 바라보고 있었다. 그는 마치 내가 거기 있지 않은 것처럼 말을 하고 있었다. 그는 말했다. "내가 스무 살이었을 때는 몸속의 힘을 느낄 수가 있었는데." 그때 내 눈앞에서 그의 얼굴이 더 늙어가고 더 피로해지는 것을 볼 수 있었다. 그는 말했다. "하지만 그것도, 그것도 오래전 이야기야."

그리고 바로 그때, 내게는 어떤 예리한 느낌이 들었다. 그것은 마치 내가 어머니로부터 찰싹 얻어맞을 때와 같은 기분이었다. 나는 그의 얼굴에서 늙고 피로한 기색을 뚜렷이 찾아볼 수 있었다. 누구나 그 기색을 그의 얼굴에서 볼 수가 있었다. 쭈그러들고 있는 얼굴에 감도는 죽음의 기색이었다.

그는 나를 바라보았다. 그는 내 눈물을 보고 일어나 앉았다.

그는 말했다. "이리 온." 나는 가서 그의 무릎에 앉았다.

그는 내 눈을 들여다보면서 말했다. "오, 너도 그것을 볼 수 있구나. 나는 늘 네가 시인의 눈을 가지고 있다는 것을 알고 있었어."

그는 슬퍼 보이지도 않았다. 그런데 바로 그 점이 나로 하여금 엉엉 울음을 터뜨리게 했다.

그는 나를 그의 가냘픈 가슴으로 끌어당긴 후에 말했다.

"너 우스운 이야기를 하나 들어 보련?" 그는 내 기분을 돌리기 위해 미소를 지었다.

그러나 나는 아무 대답도 할 수 없었다.

그가 말했다. "내가 이 이야기를 마치거든 너는 돌아가서 다시는 나를 찾아오지 않겠다고 약속하기 바란다. 약속하겠니?"

나는 고개를 끄덕였다.

그가 말했다. "좋다. 그렇다면 들어 봐. 소년 시인과 소녀 시인에 대해서 네게 들려준 그 이야기 말이야. 너 그걸 아직도 기억하고 있니? 그 이야기는 진실이 아니었어. 그건 내가 꾸며 낸 이야기였거든. 또 시라든지 이 세상에서 가장 위대하다는 시에 대해 내가 지껄인 말 또한 모두 진실이 아니었어. 그거야말로 네가 들어 본 이야기 중에서도 가장 우스꽝스러운 이야기가 아니었니?"

그러나 그는 목이 메기 시작했다.

나는 그 집을 나왔고, 내가 본 모든 것이 너무 서러워 시인처럼 울면서 집으로 달려갔다.

나는 일 년 뒤에 알베르토 스트리트를 따라 걸어 보았지만 시인의 집은 흔적조차 찾아볼 수가 없었다. 그 집은 그냥 사라져 버린 것이 아니었다. 사람들은 그 집을 허물어뜨렸고 그 자리에는 커다란 이층집이 서 있었다. 망고나무니 오얏나무니 야자나무니 하는 것들은 모두 베어져 버렸고 어디서나 벽돌 및 콘크리트 따위밖에 볼 수가 없었다.

B. 워즈워스라는 사람이 마치 이 세상에 살았던 적이 없는 것 같은 느낌이 들었다.

7
겁쟁이

빅 풋은 체격이 정말로 컸고 피부색은 아주 검었다. 미겔 스트리트 사람들은 누구나 그를 두려워하고 있었다. 그런데 사람들이 두려워한 것은 그의 큰 체격이나 검은 피부색이 아니었다. 피부가 더 검고 체격이 더 큰 사람들도 있었기 때문이다. 사람들이 그를 두려워한 것은 그가 하도 말이 없고 실쭉한 표정을 짓고 있기 때문이었다. 그는 짖지는 않고 오직 곁눈으로 사람들을 흘겨보기만 하는 그런 끔찍한 개처럼 위험해 보였다.

해트는 늘 말하곤 했다. "그게 그러니까 허세를 부리는 거라고. 그가 우리 앞에서 그처럼 말이 없는 것 말이야. 실은 할 말이 아무것도 없으니까 그저 가만히 있을 뿐이라고."

해트가 경마장이나 크리켓 시합장에서 만나는 모든 종류

의 사람들에게 이렇게 말하는 것을 들을 수도 있었다. "빅 풋과 나 말이야? 우리야 절친한 친구 사이지. 함께 자랐으니까."

그리고 학교에서 나 자신도 늘 이렇게 말하곤 했다. "빅 풋이 우리 거리에 살고 있다는 사실을 알아 둬. 나는 그 사람을 아주, 아주 잘 알고 있어. 그러니까 너희들 중의 누구라도 내게 손을 대면 빅 풋에게 일러바칠 거야."

그런데 실은 그 당시까지 나는 빅 풋에게 한마디도 말을 걸어 본 일이 없었다.

빅 풋은 포트오브스페인에서 괴짜로 꽤 잘 알려져 있었기 때문에 미겔 스트리트에 사는 우리들은 모두 그를 우리 동네 사람이라고 자랑스럽게 내세우고 있었다. 어느 날 트리니다드 라디오 방송국에 돌을 던져 유리창을 한 장 깬 사람도 바로 빅 풋이었다. 치안판사가 그에게 왜 그런 짓을 했냐고 물었을 때 그는 "그 사람들을 각성시키기 위해서였지요."라고 답했을 뿐이다.

그에게 호의를 가진 어떤 사람이 그를 대신해서 벌금을 물어주었다.

그러다가 그는 한동안 디젤 버스 운전을 맡아 했다. 그는 버스를 시내에서 5마일이 떨어진 캐리니지까지 몰고 가서 승객들에게 내려서 목욕이나 하라고 했다. 그는 근처에서 승객들이 목욕을 하는지 지켜보고 있었다.

그 후에 그는 우체부 자리를 얻었는데 사람들의 편지를 아무렇게나 두고 제 볼일을 보기도 했다. 사람들은 그가 편지로 반쯤 가득 찬 가방을 가진 채 도크에서 파리아만(灣)의 바닷

물에 그 큰 발[8]을 담그고 있는 것을 보기도 했다.

그는 말했다. "사람들의 편지를 배달하며 사방을 걸어다녀야 한다는 것은 어려운 일이야. 여보게, 자넨 꼭 우표처럼 붙어다니는군."

트리니다드에서는 모든 사람이 그를 희극 배우라고 여기고 있었지만 그를 잘 아는 우리의 생각은 그렇지가 않았다.

스틸 밴드[9]의 평판을 나쁘게 하는 것도 빅 풋 같은 사람들이었다. 그는 다른 밴드를 상대로 하여 늘 싸움을 벌이려 했다. 그러나 그의 체격이 하도 크고 위험해 보였기 때문에 그 자신이 싸움에 말려드는 일은 없었다. 그리고 그는 한 번에 삼 개월 이상 감옥살이를 하는 일도 없었다.

우리 거리에서는 해트가 특히 빅 풋을 두려워하고 있었다. 해트는 흔히 이렇게 말했다. "난 왜 사람들이 빅 풋을 감옥에 가두지 않는지 모르겠어."

카니발 기간에 빅 풋이 길거리에서 냄비를 두드리고 춤을 추고 할 때만은 적어도 미소는 지을 것이고 행복한 표정을 할 것이 아니냐고 사람들은 생각할지 모른다. 그러나 그건 천만의 말씀이다. 그가 가장 실쭉하고 가장 음울한 얼굴을 해 보이는 것도 바로 그런 축제 기간 동안이었다. 게다가 그가 냄비를 두드리고 있는 광경을 누가 본다면 그 진지한 태도로 보아

---

8) '빅 풋'은 물론 Big Foot으로서 그의 발이 크다는 점을 암시하는 이름이다.
9) 카리브해 지역, 특히 트리니다드섬에서 볼 수 있는 특이한 밴드로서 기름통을 깎아서 만든 타악기를 사용하는 것으로 유명하다.

그가 어떤 신성한 행위라도 하고 있는 것이 아니냐고 생각할 지경이었다.

어느 날 우리는 여러 명이 어울려(그러니까 해트, 에드워드, 에도스, 보이이, 에롤, 그리고 나였다.) 영화 구경을 갔었다. 우리는 한 줄로 늘어앉아 영화를 보는 동안 웃거나 지껄이면서 즐거워했다.

뒤에서 어떤 사람이 아주 나지막한 목소리로 말했다. "닥쳐."

고개를 돌린 우리는 빅 풋을 보았다.

그는 바지 주머니로부터 천천히 칼을 끄집어내어 찰칵 하고 칼날을 뽑더니 내 의자의 등받이에 꽂았다.

그는 스크린을 쳐다보며 다정하면서도 겁을 주는 어조로 말했다. "지껄여 봐."

영화가 끝날 때까지 우리는 한마디도 하지 못했다.

나중에 해트가 말했다. "경찰관의 아들이나 그렇게 행동할 거야. 경찰관의 아들과 사제(司祭)의 아들 말이다."

보이이가 말했다. "그러면 빅 풋이 사제의 아들이란 말이에요?"

해트가 말했다. "이 바보 같으니라고. 사제 같은 사람들에게 아이가 있을 수 있겠어?"

우리는 해트로부터 빅 풋의 부친에 대한 이야기를 많이 들었다. 그 부친 또한 빅 풋 못지않게 사람들에게는 공포의 대상이었던 성싶다. 이따금 보이이와 에롤과 내가 매맞은 기록을 비교하고 있을 때면 보이이가 이렇게 말했다. "우리가 언어맞은 매는 빅 풋이 그의 부친으로부터 언어맞은 매에 비하면 아무엇도 아냐. 그의 체격이 그렇게나 큰 것도 매를 많이 맞았기 때문이야. 며칠 전에 사바나 초원에서 벨몬트 출신의 소년을 하나 만났는데 그 애는 매를 맞으면 체격이 커진다고 말했어."

에롤이 말했다. "너 참 형편없는 바보로구나. 어쩌면 넌 그런 바보 같은 소릴 믿는단 말이니?"

언젠가 한번 해트가 말했다. "경찰관이었던 빅 풋의 부친은 매일같이 빅 풋을 구타했어. 마치 약을 먹이듯 매질을 했단 말이야. 매일 세 차례씩 식후에 구타했거든. 그런데 빅 풋이 나중에 한 말 좀 들어 봐. 그는 늘 이렇게 말했다고. '내가 커서 아이들을 갖게 되면 나도 애들을 구타할 테야. 애들을 구타하고말고.'"

그때 나는 수치스러워서 아무 말도 하지는 않았다. 그러나 내가 어머니에게 매를 맞을 때마다 나도 훗날 내 아이들을 때려야지 하고 생각할 때가 더러 있었다.

나는 해트에게 물었다. "그런데 빅 풋의 모친은 어떤 분이었어요? 그분도 그를 때리곤 했나요?"

해트가 말했다. "오, 맙소사. 그랬더라면 빅 풋이 맞아서 죽었게? 그에게는 어머니라곤 없었어. 그의 아버지는 결혼을 하지 않았다고. 천만다행이었지."

그 당시에는 미국인들이 온통 포트오브스페인 시내를 누비고 다니면서 이 도시에 아주 화끈한 열기가 돌게 하고 있었다. 미국인들은 상대하기 쉬운 사람들이며 관대하게 물건을 나누어 준다는 사실을 애들이 알게 되기까지는 시간이 별로 걸리지 않았다. 해트가 조그마한 술책을 부리기 시작했다. 그는 나 같은 아이들 다섯 명을 온 시내에 풀어놓고 추잉껌과 초콜릿을 구걸하게 했다. 우리는 한 통의 추잉껌을 그에게 바치고 대가로 1센트씩 받았다. 이따금 나는 하루에 12센트나 벌기도 했다. 나중에 어떤 소년이 해트가 추잉껌을 한 통에 6센트씩 받고 되팔고 있다는 것을 말해 주었지만 나는 그 말을 믿지 않았다.

어느 날 오후, 우리 집 앞 길거리에 서 있던 나는 어떤 미국 군인이 길을 따라 내 쪽으로 오고 있는 것을 보았다. 오후 2시 쯤이었는데 아주 더운 날씨라 거리는 사실상 텅 비다시피 했다.

내가 전속력으로 그에게 달려가서 "조, 껌 있어요?"라고 말했을 때, 그 미국인의 행동에 나는 깜짝 놀랐다.

그는 아이놈이 구걸을 하느니 어쩌느니 하며 투덜댔는데 지금 생각하니 그가 내 뺨을 때리거나 쥐어박으려고 했었던 것 같다. 그의 체격은 아주 큰 편이 아니었지만 나는 겁이 났다. 그는 술에 취해 있었다고 생각된다.

그는 입을 악물었다.

거친 목소리가 들려왔다. "이봐, 그 애를 내버려 둬, 알겠어?"

빅 풋이었다.

그는 다른 말은 하지 않았다. 갑자기 기가 꺾인 미국인은 별로 바쁠 것이 없다는 듯한 태도를 애써 지으면서 걸어가 버렸다.

빅 풋은 나를 쳐다보지도 않았다.

그 후에 나는 "조, 껌 있어요?"란 말을 다시 하지 않았다.

그러나 이런 일이 있었다고 해서 내가 빅 풋을 좋아하게 되지는 않았다. 오히려 그 후에 나는 그를 더 무서워하게 되었던 것 같다.

나는 그 미국인과 빅 풋에 대한 이야기를 해트에게 해 주었다.

해트가 말했다. "모든 미국인들이 다 그런 건 아니야. 하루에 12센트씩 벌 수 있는 기회를 그렇게 버려선 안 돼."

그러나 나는 더 이상의 구걸을 거절했다.

나는 말했다. "만약에 빅 풋이 아니었던들, 그 미국인이 나를 죽였을 거예요."

해트가 말했다. "빅 풋이 그렇게 체격이 커지기 전에 그의 부친이 죽은 것이 다행이지 뭐니."

나는 물었다. "그런데 빅 풋의 부친은 어떻게 되었어요?"

해트가 말했다. "아직 못 들었니? 유명한 사건이었지. 1937년에 흑인 군중이 유전에서 폭동을 일으켰을 때 그들에게 맞아 죽었어. 빅 풋이 요즈음 영웅처럼 활동하고 있듯이, 빅 풋의 부친도 그 당시에 영웅처럼 활동하고 있었던 거야."

내가 물었다. "해트 아저씨는 왜 빅 풋을 좋아하지 않으세요?"

해트는 말했다. "나 그 사람에게 아무 반감도 없어."

내가 물었다. "그렇다면 왜 그 사람을 그렇게나 무서워하세요?"

해트는 말했다. "너도 그 사람을 무서워하지 않니?"

나는 고개를 끄덕였다. "그렇지만 아저씨는 그 사람에게 못할 짓을 하고 겁을 내고 있는 것 같아요."

해트는 말했다. "정말이지 그런 일은 없어. 그저 우스운 일이었을 뿐이야. 우리 패거리 중에서 다른 사람들은 빅 풋을 골탕먹이곤 했지. 어릴 때 그는 몸이 무척 가늘었어. 그래서 우리는 어디서나 그를 쫓아다니면서 재미있어 하곤 했거든. 그는 그때 전혀 달리질 못했어."

나는 빅 풋이 안됐다고 여겼다.

내가 물었다. "그게 어째 우스운 일이에요?"

해트는 말했다. "들어보겠니? 결국 어떻게 되었는지 알아? 빅 풋은 우리 중에서 가장 훌륭한 달리기 선수가 되었어. 학교 체육 시간에 그는 100야드를 10초 4로 뛰었다는 거야. 이건 사람들이 하는 이야기이지만 너도 알다시피 트리니다드 주민들은 시간 관념이 없잖아? 어떻게 되었건 우리 모두는 그와 친하게 지내고 싶어 하고 있어. 하지만 그가 도대체 우리와 사귀고 싶어 하지 않는단 말이야."

이런 이야기를 듣고 나자 나는 빅 풋이 어린 시절에 자기를 괴롭히곤 하던 해트니 뭐니 하는 사람들에게 왜 보복하지 않고 참는 것일까 그 이유를 알고 싶었다.

그러나 여전히 나는 그를 좋아하지 않았다.

빅 풋은 얼마 동안 목공이 되어 실제로 두세 개의 거대한 옷장을 만들기도 했지만 모두 거칠고 흉하게 생긴 제품이었다. 그러나 그는 그것을 팔았다. 그 후에 그는 석공이 되었다. 트리니다드의 공인들 사이에서는 바보스러운 직업적 자부심

따위를 찾아볼 수가 없다. 사실 아무도 전문가가 되지 못했기 때문이다.

어느 날 그는 어떤 일을 하기 위해 우리 집 뜰에 왔다.

나는 근처에 서서 그가 하는 일을 지켜보았다. 나는 그에게 말을 걸지 않았고 그도 나에게 말을 하지 않았다. 나는 그가 자기 발을 흙손 삼아 쓰고 있는 것을 눈여겨보았다. 그는 투덜댔다. "하루 종일 허리를 굽힌다는 건 고된 일이야."

그는 흙손질을 꽤 잘 해냈다. 그의 발이 쓸모없이 크기만 한 것은 아니었던 셈이다.

4시경에 일을 마치고 나서 그는 내게 말을 걸었다.

그는 말했다. "얘, 우리 산책이나 가자꾸나. 더워서 몸을 좀 식혀야겠다."

나는 가고 싶지 않았지만 가야만 할 것 같았다.

우리는 도크에 있는 방파제로 가서 바다를 바라보았다. 이내 어두워지기 시작했다. 부두에 등불이 켜졌다. 세계는 무척 넓고, 어둡고, 또 고요해 보였다. 우리는 아무 말도 하지 않고 일어섰다.

그때 우리 바로 근처에서 별안간 날카로운 소리가 정적을 깼다.

그 소리는 하도 갑작스럽게 또 하도 이상하게 들려왔기 때문에 내 몸은 잠시 마비되는 듯했다.

그 소리를 낸 것은 한 마리 개였다. 흰색과 검정색이 섞인 작은 개로 커다란 귀가 늘어져 있었다. 그 개는 온몸에서 물이 뚝뚝 떨어지고 있었으며 우리에게 순전한 호의를 보이며 꼬리를 살래살래 흔들고 있었다.

내가 "이리 온." 했더니 개는 몸을 흔들어 털에 묻은 물을 내 쪽으로 털어 내고 나서 껑충 내게 뛰어올라 컹컹 짖기도 하고 몸을 꿈틀대기도 했다.

그러는 사이 나는 빅 풋에 대해서 잊어버리고 있었다. 내가 그를 찾았을 때 그는 20야드쯤 떨어진 곳에서 걸음아 나 살려라 도망치는 중이었다.

나는 소리쳤다. "괜찮아요, 빅 풋."

그러나 내 고함 소리를 듣기도 전에 그는 멈춰 섰다.

그는 큰 소리로 울부짖었다. "맙소사, 이제 난 죽었다. 죽었어. 굉장히 큰 유리병에 발을 베였다고."

나와 개는 그에게로 달려갔다.

그러나 개가 그에게 다가가자 그는 출혈이 심한 자기 발을 잊어버린 성싶었다. 그는 물에 젖은 개를 얼싸안고 어루만지면서 미친 듯이 웃어 대기 시작했다.

그는 발을 심하게 베였다. 이튿날 나는 그가 발을 싸매고 있는 것을 보았다. 그는 우리 집 뜰에서 시작한 일을 마치러 올 수조차 없었다.

나는 미겔 스트리트에 사는 그 누구보다도 내가 빅 풋에 대해서 더 많은 것을 알고 있으리라고 생각했다. 그리고 나는 내가 그에 대해 그렇게나 많은 것을 아는 것이 겁나기도 했다. 나는 갱 영화에 나오는 졸개들 중의 하나가 너무 많은 것을 알고 있기 때문에 살해되는 것을 본 일이 있는데 나 자신이 마치 그런 졸개가 된 기분이었다.

그런 일이 있고 난 후에 나는 늘 내가 마음속으로 생각하고 있는 바를 빅 풋이 알고 있으리라고 느꼈다. 그리고 내가 그에 대해 생각하는 바를 다른 사람들에게 말하면 어떡하나 하고 그가 두려워하고 있으리라는 생각도 했다.

하지만 빅 풋에 대한 비밀을 털어놓지 못해 가슴이 답답했음에도 불구하고 나는 아무에게도 그것을 말하지 않았다. 나는 그에게 안심하라고 말해 주고 싶었지만 적당한 방도가 없어서 그렇게 하지도 못했다.

우리 거리에 그가 산다는 사실이 내게는 괴로운 일이었다. 그래서 해트에게 '나는 빅 풋을 무서워하지 않아요. 아저씨는 왜 그를 그렇게나 무서워하는지 모르겠어요.'라고 말하고 싶어도 그 말을 억제하는 것이 고작 내가 할 수 있는 모든 것이었다.

에롤과 보이이와 나는 길가에 앉아서 전쟁에 대한 이야기를 하고 있었다.

에롤이 말했다. "만약에 사람들이 앤토니 이든 경을 수상으로 삼는다면 우리가 독일이니 뭐니 하는 적을 크게 무찌를 수 있을 거야."

보이이가 말했다. "뭐? 이든 경이 그렇게 할 수 있을 거라고?"

에롤은 모든 것을 잘 안다는 듯이 그저 '하!' 했을 뿐이었다.

내가 말했다. "그래, 나도 사람들이 앤토니 이든 경을 수상으로 뽑기만 하면 전쟁이 빨리 끝날 것이라고 생각해 왔어."

보이이가 말했다. "너희들은 독일 사람들을 잘 모르고 있을 뿐이야. 독일 사람들은 지독히 강하다는 것을 알아 둬. 어떤 소년이 그러는데 이 독일인인가 뭔가 하는 사람들은 이빨만 가지고서 못 따위는 하나쯤 먹어 치울 수가 있다는 거야."

에롤이 말했다. "하지만 이제 우리 편엔 미국이 있잖아."

보이이가 말했다. "그렇지만 미국인들은 독일인들만큼 크지가 않아. 독일인인가 뭔가 하는 사람들은 모두가 빅 풋만큼 크고 힘이 세다는 거야. 그리고 빅 풋보다도 더 용감하대."

에롤이 말했다. "쉿! 이봐, 그가 오고 있어."

빅 풋은 아주 가까이 와 있었다. 나는 그가 우리의 대화를 들을 수 있었으리라고 생각했다. 그는 나를 바라보고 있었는데 그의 눈에는 이상한 표정이 감돌고 있었다.

보이이가 말했다. "넌 무엇 때문에 내게 쉿, 쉿 하는 거니? 나는 나쁜 소리라곤 하지 않았어. 그저 독일 사람들이 빅 풋만큼 용감하다고 했을 뿐이야."

그때 잠시 동안 나는 빅 풋의 눈 속에서 애걸하는 듯한 표정을 보았다. 나는 외면했다.

빅 풋이 지나갔을 때 에롤이 내게 말했다. "빅 풋과 너 사이엔 무슨 일이 있는 모양이구나."

어느 날 오후, 조간신문을 읽고 있던 해트가 우리에게 소리쳤다. "이봐, 여기 이런 기사가 났네."

우리는 물었다. "무슨 일인데요?"

해트가 말했다. "빅 풋에 관한 거야."

보이이가 말했다. "뭐, 또 그가 감옥엘 들어갔나요?"

해트가 말했다. "빅 풋이 권투를 한대."

나는 뭔가 알 만했지만 아무 말도 하지 않았다.

해트가 말했다. "그 친구 이러다간 큰코다칠걸. 누구나 링에 오르기만 하면 권투를 할 수 있다고 생각하는 모양인데 그게 잘못된 생각이라는 걸 알게 될걸."

신문마다 그 소식을 크게 다루고 있었다. 그중에서도 가장 인기 있는 제목은 '장난꾼이 권투 선수로 전향하다'라는 것이었다.

그래서 나는 빅 풋을 다시 만나게 되면 그의 눈을 들여다보아야겠구나 생각했다.

그리고 그때 벌써 나는 그를 겁내지 않고 있었고 그가 혹시 잘못될까 겁이 났을 뿐이었다.

그러나 그런 걱정은 할 필요가 없었다. 빅 풋은 신문의 스포츠 기자들의 말대로 '굉장한 성공'을 거두었다.

그는 상대하는 선수를 차례차례 쓰러뜨렸고 미겔 스트리트 사람들은 그를 더욱더 무서워하는 한편 그를 더욱더 자랑스럽게 여기게 되었다.

해트는 말했다. "지금까지 바보 같은 조무래기들만을 상대로 싸웠기 때문이야. 그는 아직도 진짜 일류 선수들을 하나도 상대하지 않았어."

빅 풋은 나를 잊어버린 듯했다. 이제는 우리가 서로 마주쳤을 때도 내게 눈길을 주지 않았다. 그리고 내게 말을 걸기 위해 걸음을 멈추는 일도 없게 되었다.

그는 우리 거리 사람들에게 공포의 대상이 되었다. 나도 다른 사람들처럼 그를 겁내고 있었다. 나는 그와 사귀기 전에 그랬듯이 그를 두려워하며 지내는 편이 더 낫다고 생각했다.

그는 이전보다도 더 허세를 부리기까지 하였다.

우리는 그가 바보스럽게 보이는 밤색 반바지를 입고 미겔 스트리트를 오가며 뛰어다니는 광경을 늘 보았지만 그는 단연코 어느 누구도 못 본 척했다.

해트는 겁을 먹고 있었다.

그는 말했다. "감옥을 드나드는 사람에게 권투를 시켜서는 안 돼."

어느 날 한 영국인이 트리니다드에 왔는데 신문기자들이 그와 회견하기 위해 달려갔다. 그 사람은 자기가 권투 선수이며 영국 공군 선수권자라고 말했다. 이튿날 아침 그의 사진이 신문에 났다.

이틀이 지난 뒤에 그의 다른 모습을 담은 사진이 신문에 났다. 이 사진 속에서 그는 검은 반바지만을 입고 있었는데 권투 글러브를 낀 채 카메라맨을 향해 자세를 취하고 있었다.

기사 제목은 다음과 같았다. '누가 이 사나이와 싸울 것인가?'

이 기사를 읽고 온 트리니다드 주민들은 "빅 풋이 이 사람과 싸울 거야."라고 답했다.

빅 풋이 시합에 동의하자 주민들은 크게 흥분했다. 미겔 스트리트가 뉴스에 나왔고 해트까지도 기뻐했다.

해트가 말했다. "이런 말을 하면 바보스럽게 들리겠지만 나도 빅 풋이 그 사람을 패배시키길 바라." 그리고 그는 우리 지역 일대를 쏘다니면서 노름에 돈을 버릴 여유가 있는 사람이면 누구나 상대하며 돈을 걸었다.

시합이 있던 날 밤 우리 동네 사람들은 대거 시합장으로 나갔다.

해트는 20달러짜리 지폐를 쳐들고 이곳저곳 미친 듯이 뛰어다니면서 고함질렀다. "20 대 5다. 빅 풋이 상대방을 이긴다."

나는 빅 풋이 질 것이라고 하면서 보이이를 상대로 6센트를 걸었다.

그런데 사실 빅 풋이 링으로 나와서 경멸적인 자세로 링 안을 춤추듯이 뛰면서 관중 속의 그 누구에게도 시선을 주지 않고 있을 때, 우리는 모두 만족했다.

해트가 말했다. "저 친구는 사나이야."

나는 차마 그 시합을 볼 수 없었다. 나는 내내 관중 속에 섞인 유일한 여인을 바라보고 있었다. 그녀는 미국인이거나 아니면 캐나다인이었는데 땅콩을 씹고 있었다. 그녀의 머리카락은 짚단처럼 보일 정도의 금발이었다. 주먹이 제대로 꽂힐 때마다 관중들은 환호성을 올렸고 그 여인은 마치 자기가 그 주먹질을 하기라도 한 것처럼 입술을 끌어당겼으며 이내 미친 듯이 땅콩을 씹어 댔다. 그녀는 소리를 지르거나 일어서거나 손을 내젓지는 않았다. 나는 그 여인을 미워하고 있었다.

환호성은 점점 높아갔고 점점 더 빈번해졌다.

나는 해트의 고함 소리를 들을 수 있었다. "기운을 내라, 빅 풋. 그놈을 때려 줘. 그놈을 때렷!" 그러고 나서 그는 공포에 젖은 목소리로 말했다. "네 아버지를 기억하라고."

그러나 해트의 고함 소리는 사라지고 있었다.

빅 풋은 그 시합에서 점수 차로 판정패하고 말았다.

해트는 5분 만에 약 100달러나 되는 돈을 지불했다.

그는 말했다. "나는 이제 그 갈색과 흰색이 섞인 얼룩소를 팔아야겠어. 그놈은 조지로부터 사들인 건데."

에드워드가 말했다. "모두 하느님의 뜻인걸 어떡해?"

보이이는 내게 말했다. "네가 딴 돈 6센트는 내일 줄게."

내가 말했다. "6센트를 내일 주겠다고? 나를 뭘로 생각하는 거야? 백만장자인 줄 알아? 이봐, 그 돈을 지금 내놓으라고, 지금 당장, 알겠어?"

그는 내게 돈을 주었다.

그러나 관중들은 계속 웃어 대고 있었다.

나는 링을 바라보았다.

빅 풋은 눈물을 흘리고 있었다. 그는 소년 같았다. 그가 더 슬피 울수록 그의 울음소리는 더 커졌고 더 고통스럽게 들렸다.

내가 빅 풋을 위해 지키고 있던 비밀이 이제 모든 사람들에게 알려진 셈이었다.

해트가 말했다. "뭐야, 저 사람이 울고 있잖아?" 그러고 나서 해트는 웃었다.

그는 암소를 팔아야겠다는 생각을 까맣게 잊어버린 듯했다. 그는 말했다. "아니, 글쎄, 저 사람 꼴 좀 보라고!"

그러자 미겔 스트리트에서 온 모든 사람들은 빅 풋을 보고 웃었다.

그러나 나만은 웃지 않았다. 비록 그가 몸집이 큰 어른이고 나는 소년에 불과했지만 나는 그의 심경을 이해할 수 있었기 때문이다. 나는 보이이를 상대로 6센트 내기를 하지 말았더라면 좋았을걸 싶었다.

이튿날 아침에 조간신문들은 이렇게 보도했다. '권투 선수 링 안에서 울다.'

트리니다드 사람들은 희극배우 빅 풋이 다시 한번 우스꽝스러운 짓을 하는 것이라고 생각했다.

그러나 우리는 그렇게 생각하지 않았다.

빅 풋은 미겔 스트리트를 떠났고 내가 들은 마지막 소식은 그가 라벤틸의 어느 채석장에서 노동자로 일하고 있다는 것이었다.

약 육 개월이 지난 후 조그만 소문이 트리니다드섬에 번져 나가면서 모든 사람들을 어처구니없게 만들었다.

그 영국 공군 선수권자라고 하던 사람이 실은 영국 공군에 소속된 적이 없으며 권투 선수로서도 전혀 알려지지 않은 사람이었음이 판명되었던 것이다.

해트는 말했다. "글쎄 말이야, 이런 곳에서 우리가 기대할 수 있는 게 도대체 뭐야?"

8
꽃불 전문가

만약 어떤 외부 사람이 차를 타고 미겔 스트리트를 지나간다면 그는 "빈민굴이구먼!"이라고 말할지 모른다. 그도 그럴 만한 것이 그의 눈에는 빈민굴밖에 보이지 않을 것이기 때문이다. 그러나 거기서 살고 있던 우리는 그 거리를 하나의 세계로 여기고 있었다. 이 세계에서는 모든 사람이 각기 특유의 개성을 지니고 있었다. 맨맨은 미치광이였고, 조지는 바보였으며, 빅 풋은 폭한이었다. 해트는 모험가요, 포포가 철학자라면, 모건은 우리 동네 희극배우였다.

하여간 우리는 모건을 희극배우라고 여겼다. 그러나 숱한 세월이 지난 지금 회고해 보건대, 모건은 우리가 할애했던 것 이상으로 훨씬 더 많은 존경을 받을 만한 인물이었다고 생각된다. 물론 그에게 잘못이 있었던 탓이기도 했다. 그는 일부러

101

광대 노릇을 하려 한 후 사람들이 자기를 보고 웃어 주지 않으면 불행해하는 그런 사람들 중의 하나였다. 그래서 그는 어떻게 하면 사람들을 즐겁게 할까 싶어 늘 새로운 미치광이 짓을 생각해 내려고 했다. 그는 입에 성냥개비를 꼬나물고서 그것을 피우고 있던 궐련으로 점화하려 함으로써 사람들의 웃음을 자아낸 후 일단 성공하면 그 짓을 거듭해서 하려 드는 그런 종류의 사람이었다.

헤트는 늘 말하곤 했다. "저 사람이 전혀 행복하지 않다는 것을 우리가 모두 알고 있는데도 언제나 우스꽝스러운 짓을 해보이려고 애를 쓰다니 참으로 꼴사납지 뭐야."

내가 느끼기로는, 모건은 이따금 자기의 농담이 먹혀들지 않음을 알고 있었고 그럴 때마다 그는 무척 참담한 꼴을 하곤 했으므로 우리는 모두 그에게 퉁명스럽거나 짓궂게 굴고 싶었다.

모건은 내가 일찍이 만나 본 최초의 예술가였다. 거의 일생 동안 광대 노릇을 하는 순간까지도 그는 아름다움을 생각하며 살았다. 그는 꽃불을 만들었다. 그는 꽃불을 사랑했으며 꽃불에 대한 여러 가지 이론을 가지고 있었다. 그는 꽃불을 '우주의 춤'이니 '삶의 춤'이니 했다. 그러나 이따위 표현들이란 모두 미겔 스트리트 사람들의 관심이나 이해를 넘어서는 말이었다. 모건이 이것을 알게 되자 그는 더 거창한 말들을 쓰기 시작했다. 그건 물론 농담으로 사용한 말들이었다. 내가 모건으로부터 배운 거창한 말들 중의 하나가 바로 이 스케치의 제목인 '꽃불 전문가'란 낱말이다.[10]

그러나 트리니다드에서 모건이 만든 꽃불을 사용하는 사람은 거의 없었다. 경마니 카니발이니 섬 발견 기념일이니 인도 이민 정착 백주년 기념 행사니 하는 큼직한 축제 행사가 모두 지나가고, 모든 섬 사람들이 럼이니 음악이니 바닷가의 미녀들이니 하는 것에 미친 듯이 날뛰고 있을 때 모건은 오직 분노 때문에 미쳐가고 있었다.

모건은 사바나 초원으로 가서 자기의 경쟁자들이 만든 꽃불을 지켜보았고 그 꽃불이 밤하늘에 화려한 무늬를 그릴 때 관중들이 올리는 환성을 듣기도 했다. 그는 굉장히 화가 난 채 돌아와서는 자기 집 애들을 모두 때리곤 했다. 그에게는 열 명의 애들이 있었다. 그의 아내는 체격이 너무 컸기 때문에 그가 그녀까지 때리지는 못했다.

해트는 늘 말하곤 했다. "소방수들을 불러 두는 게 좋겠어."

꽃불놀이가 시작되면 두세 시간 동안 모건은 자기 집 뒤뜰을 바보처럼 어슬렁어슬렁 돌아다니면서 꽃불들을 하도 미친 듯이 터뜨리곤 했기 때문에 우리는 그의 아내가 고함지르는 소리를 들을 수 있었다. "모건, 바보 같은 짓 좀 그만두지 못하겠어요? 애새끼들을 열씩이나 두고 여편네까지 있으면서 지금 죽어 자빠지면 어떡하느냔 말이에요."

모건은 황소처럼 으르렁대면서 함석 울타리를 두드리곤 했다.

그는 소리쳤다. "모든 사람들이 나를 패배시키려 든단 말이

---

10) 이 장의 제목은 Pyrotechnicist이다. 사전에 보면 '꽃불 제조인'에 해당하는 말은 Pyrotechnist이므로 엄밀하게 말해 Pyrotechnicist는 틀렸지만 훨씬 더 거창하게 들린다.

야, 모든 사람들이."

해트는 말했다. "우리는 지금 모건의 진심을 듣는 거야."

이와 같은 미치광이 발작을 일으키는 날이면 모건은 참으로 공포의 대상이 되었다. 발작을 일으킬 때마다 그는 이상한 생각을 하곤 했다. 그것은 기계를 천재적으로 만질 줄 아는 나의 아저씨 바쿠가 그를 구타하려고 한다는 망상이었는데, 밤 10시경이 되면 바로 이 망상이 그의 머릿속에서 폭발하는 모양이었다.

그는 함석 울타리를 때리면서 소리 질렀다. "바쿠, 이 뚱보 놈아, 아무 데도 쓸모없는 개자식아, 이리 나와서 사나이답게 싸워 보자고."

바쿠는 침대에 배를 깔고 납작 엎드려 그 슬픔에 젖은 목소리로 『라마야나』 경전을 계속 읽고 있었다.

바쿠는 건장한 사람인 데 비해 모건은 체격이 아주 작았다. 모건은 미겔 스트리트에서 손이 가장 작았고 손목도 가장 가늘었다.

바쿠 부인은 늘 말하곤 했다. "모건, 입 닥치고 잠이나 자라고요."

그러면 모건 부인이 이렇게 대꾸했다. "이봐, 시시한 여편네 같으니라고! 우리 남편 일에 상관 말라고, 알겠어? 가서 네 남편이나 돌봐 줘."

바쿠 부인은 말했다. "너, 입 조심하는 게 좋겠어. 조심하지 않으면 내가 가서 네년의 얼굴을 때려 비틀어 놓을 테니까. 알겠니?"

바쿠 부인은 키가 4피트밖에 되지 않는 데 비해 몸집은 좌우가 3피트요 전후가 3피트였다. 이에 비해 모건 부인은 키가 6피트를 약간 넘는 데다가 체격은 꼭 역도 선수 같았다.

모건 부인이 말했다. "가서 네 배불뚝이 남편에게 자동차 수리나 나가게 하지그래. 허구한 날 노래하듯 읽어 대는 그 바보 같은 경전 소리도 이젠 지긋지긋해서 못 듣겠다."

사태가 이쯤 되면 모건은 우리와 함께 길거리에서 아주 우스꽝스럽게 웃어 대며 말했다. "저 여편네들 싸우는 소리 좀 들어 봐." 그는 뒷주머니에 차고 다니는 술병에 담긴 럼을 한 모금 마시고 나서 말하곤 했다. "어디 두고 보라고. 왜 이런 칼립소 노래가 있잖아?

사람들이 날 해치려 들면 들수록
나는 트리니다드에서 더욱 행복해.

내 경우가 이와 꼭 마찬가지라는 것을 알아둬. 내년 이맘때쯤은 영국 왕과 미국 왕이 수백만금을 내놓고 내게 꽃불 제작을 부탁하도록 할 테니까. 아무도 일찍이 보지 못한 가장 아름다운 꽃불을 만들 거야."

그러면 해트라든가 그 밖의 사람들이 물었다. "그분들을 위해 꽃불을 만들겠다고?"

모건이 대답했다. "뭘 만들어? 아무것도 안 만들어. 내년 이맘때쯤 영국 왕과 미국 왕이 수백만금을 내놓고 내게 꽃불 제작을 부탁하도록 할 거래도. 아무도 일찍이 보지 못한 가장 아름다운 꽃불을 만들어야겠어."

그러는 동안에 뒤뜰에서는 바쿠 부인이 이렇게 말하고 있었다. "그래, 우리 남편은 배가 나왔다. 어쩔래. 네 남편은 어떻니? 내년 이맘때쯤 네 남편이 무얼 깔고 앉아 있을지 모르겠구나."

그러다가도 이튿날 아침이 되면 모건은 정색을 하고 멀쩡한 정신으로 자기의 실험 결과에 대해 이야기하곤 했다.

이 모건이란 사람은 인간이라기보다도 새를 더 닮았다. 그가 성냥개비처럼 몸이 가늘었기 때문만은 아니었다. 그에게는 새의 목처럼 선회하는 기다란 목이 있었다. 그의 눈은 반짝였지만 안정을 잃고 있었다. 또 그가 말을 할 때면 말소리를 내뱉는다기보다도 곡식을 쪼아먹고 있는 새처럼 보였다. 그는 빠르고 경쾌한 종종걸음을 걸으면서 아무도 따라오지 않는데도 혹시 누가 따라오나 싶어 어깨너머로 흘깃흘깃 돌아다보곤 했다.

해트는 말했다. "그 사람이 어떡하다 그 꼴이 된 줄 알아? 그의 여편네 때문이라고. 그는 여편네를 너무 무서워해. 그 여자는 스페인 사람이라 다혈질이고 성미가 불같다고."

보이이가 말했다. "그래서 그가 그렇게나 꽃불을 만들고 싶어 하는 것일까요?"

해트는 말했다. "사람들이란 지독히도 우스운 존재지. 도무지 알 수가 없단 말이야."

그러나 모건은 사람들이 자기를 바라보고 있다는 것을 의식할 때 팔이나 발을 앞으로 내밀거나 함으로써 자기 외모까지도 농담거리로 삼곤 했다.

모건은 자기 아내와 열 명의 아이들을 우롱하기도 했다. "정말 내가 생각해도 기적이야." 그는 말했다. "나 같은 사람이 애들을 열 명씩이나 갖다니. 내가 어떻게 그럴 수 있는지 나도 모르겠단 말씀이야."

에드워드가 말했다. "그 애들이 모두 자네 애들인지 어떻게 알아?"

모건은 웃으며 말했다. "글쎄, 나도 그게 의심스럽긴 해."

해트는 모건을 좋아하지 않았다. 그는 말했다. "뭐라고 꼬집어 말하긴 어려워. 하지만 그 사람에게는 무언가 용납하기 어려운 데가 있단 말이야. 나는 늘 그가 모든 일에서 도가 지나치다고 생각해. 그가 모든 일에 대해 거짓말을 하고 있다고 생각해. 나는 그가 자기 자신에게까지 거짓말을 하고 있다고 생각해."

내 생각으로는 우리 중의 어느 누구도 그때 해트가 했던 말을 이해했을 것 같지가 않다. 모건은 약간 지나칠 정도로 말썽꾼이 되어가고 있었으므로 비록 그가 우리의 웃음을 원하고 있긴 했지만 우리 모두가 그를 보자마자 웃음부터 짓기란 어려웠다.

그런데도 여전히 그의 꽃불 실험은 계속되고 있었다. 이따금 한번씩 우리는 모건의 집에서 들려오는 폭음을 들었으며 채색된 연기가 푹푹 솟는 것을 보기도 했다. 그것은 우리 거리 사람들의 꾸준한 오락거리 중의 하나이기도 했다.

그러나 시간이 흐르고 아무도 자기가 만든 꽃불을 사주려

하지 않는다는 사실을 알게 되자 모건은 자기가 만든 꽃불조차 우스갯거리로 삼기 시작했다. 그는 자기 집에서 폭음이 날 때 거리의 사람들이 웃는 데 만족할 수 없었다.

해트가 말했다. "만약에 어떤 사람이 자기 스스로 쟁취하기 위해 애를 쓰고 있는 것을 비웃음의 대상으로 삼기 시작한다면, 우리로서는 그것을 보고 웃어야 할지 울어야 할지 알 수가 없단 말이야." 이렇게 말하면서 해트는 모건이야말로 그저 바보일 따름이라고 단정했다.

우리가 모건을 보고 더는 비웃지 말아야겠다고 마음을 먹은 것도 실은 해트 때문이었다고 생각된다.

해트는 말했다. "그래야만 그가 바보짓을 그만둘 테니까."

하지만 그렇게 되지는 않았다.

모건은 이전보다도 더 사나워졌고 일주일에 두세 차례씩 바쿠에게 싸움을 걸기 시작했다. 그는 자기 아이들을 이전보다도 더 심하게 때리기 시작했다.

그리고 그는 우리를 웃기려는 마지막 시도를 하기에 이르렀다.

나는 모건의 넷째 아들인 크리스로부터 그 이야기를 들었다. 그때 우리는 미겔 스트리트 모퉁이의 카페에 있었다.

크리스가 말했다. "네게 이런 이야기를 하면 죄가 될지도 모르겠어."

나는 말했다. "이야기하지 마. 또 네 아버지 이야기니?"

크리스는 고개를 끄덕이며 '죄와 벌'이라는 제목이 붙은 종이를 한 장 내게 보여 주었다.

크리스가 자랑스럽게 말했다. "이것 좀 봐."

그것은 긴 목록이었는데 다음과 같은 항목이 기재되어 있었다.

싸운 죄	i) 가정에서	다섯 대
	ii) 거리에서	일곱 대
	iii) 학교에서	여덟 대

크리스는 나를 보면서 아주 걱정스러운 어조로 말했다.

"참, 지독히 우습잖아? 이런 건 정말 농담치곤 지나친 농담이란 말야."

나는 그렇다고 말하면서 다음과 같이 물었다. "그런데 내게 말을 하면 죄가 된다고 했지? 그런 죄에 대한 벌은 어디 쓰여 있니?"

크리스는 내게 보여 주었다.

| 거리의 부랑아와 말하는 죄 | 넉 대 |
| 거리의 부랑아와 노는 죄 | 여덟 대 |

내가 말했다. "하지만 네가 우리와 말하는 거야 네 아버진들 상관하겠니? 우리에게 말을 걸어 나쁠 게 뭐니?"

크리스가 말했다. "그러나 그건 아무것도 아냐. 일요일이 되거든 우리 집에 와서 어떤 일이 벌어지나 구경 좀 해봐."

나는 크리스가 몹시 즐거워하고 있는 것을 보았다.

우리는 약 여섯 명이 어울려서 일요일에 그를 찾아갔다. 모건은 우리를 기다리고 있다가 자기 응접실로 맞아들였다. 그러고 나서 그는 사라졌다. 거기엔 마치 연주회라도 열 것처럼 많은 의자와 벤치가 준비되어 있었다. 모건의 맏아들이 구석에 있는 작은 탁자에 서 있었다.

갑자기 이 소년이 말했다. "기립!"

우리가 모두 일어서자 모건이 나타나서 사방으로 미소를 지었다.

나는 해트에게 물었다. "저 사람이 왜 저렇게 웃을까요?"

해트가 말했다. "치안판사니 뭐니 하는 사람들은 법정에 들어설 때 저렇게 웃는 법이야."

모건의 맏아들이 소리쳤다. "앤드루 모건!"

앤드루 모건이 나와서 자기 아버지 앞에 섰다.

맏아들은 아주 큰 소리로 읽었다. "앤드루 모건, 너는 미스 도로시의 집 마당에 있는 타마린드 나무에 돌멩이질을 한 죄가 있다. 너는 몇 개의 유리구슬을 살 목적으로 옷에서 세 개의 단추를 떼어 낸 죄가 있다. 너는 도로시 모건과 싸운 죄가 있다. 너는 두 개의 툴럼(tolum)과 세 개의 사탕 과자를 훔친 죄가 있다. 너는 유죄를 인정하느냐 아니면 무죄를 주장하겠느냐?"

앤드루는 말했다. "유죄를 인정합니다."

모건은 종이 위에다 무어라 끄적이며 쳐다보았다.

"할 말이 있느냐?"

앤드루가 말했다. "아버지, 죄송합니다."

모건이 말했다. "모든 죄에 대한 선고를 한꺼번에 내릴까 한다. 열두 대."

모건의 아이들은 차례차례 재판과 선고를 받았다.

맏아들까지도 약간의 벌을 받아야만 했다.

재판이 끝나자 모건은 일어서서 말했다. "이 선고는 오늘 오후에 집행한다."

그는 사방을 향해 미소를 지어 보인 후 방을 나갔다.

그 웃음거리는 완전히 불발하고 말았다.

해트가 말했다. "아냐, 아냐. 우리는 우리 자신이나 우리 애들을 그런 식으로 우롱하면서 모든 동네 사람이 그 꼴을 구경하게 할 순 없어. 아냐, 그건 옳지 않아."

나도 그 웃음거리가 어쩐지 끔찍하고 무시무시하다고 생각했다.

그래서 그날 저녁에 모건이 미소를 머금은 얼굴로 길에 나왔을 때, 그는 애초에 기대한 웃음을 아무에게서도 얻어 내지 못하고 말았다. 아무도 그에게 달려가서 등을 치면서 "자네들 들어 보게, 여기 이 사람 모건 말일세, 정말 돌았다고. 요즘 이 사람이 자기 애들을 어떻게 때리는지 아나?"라고 말하지 않았다. 아무도 그런 말을 하지 않았다. 아무도 그에게 말을 걸지 않았다.

그가 몹시 속상해한다는 것을 우리는 쉽게 알 수 있었다.

그날 밤 모건은 만취하여 모든 사람을 상대로 싸움을 걸었다. 그는 나에게까지 싸움을 걸었다.

모건 부인은 맹꽁이자물쇠로 앞문을 잠가 버렸다. 그래서 모건은 자기 집 마당에서 이리저리 뛰어다닐 수밖에 없었다. 그는 미친 수소처럼 골이 나서 으르렁대며 울타리에 몸을 들이받고 있었다. 그는 같은 말을 거듭하고 있었다. "너희놈들은 나를 사나이가 아니라고 생각하는 거니? 우리 아버지에게는 여덟 명의 애가 있었고 나는 그분의 아들이다. 내게는 열 명의 애들이 있어. 너희놈들을 다 합쳐도 나만은 못하다고."

해트가 말했다. "저 친구는 곧 울기 시작할 거고 울고 나면 잠이 들 거야."

그러나 나는 그날 밤에 모건에 대한 생각을 하면서 오랫동안 잠이 들 수 없었다. 나는 그의 마음속에 도사린 그 작은 악마를 생각하며 그를 딱하게 여기고 있었던 것이다. 왜냐하면 나는 그에게 잘못된 점이 있다면 그것은 바로 그 악마 탓이라고 생각했기 때문이다. 나는 모건의 몸속에서 히죽거리는 붉은 악마가 쇠스랑으로 그를 찌르는 광경을 마음으로 그려 보고 있었다.

모건 부인과 아이들은 시골로 갔다.

모건은 이제 우리를 벗 삼기 위해 길에 나오는 일이 없어졌다. 그는 실험을 하느라 여념이 없었다. 일련의 자질구레한 폭발이 있었고 많은 연기가 났다.

그런 것을 제외한다면 미겔 스트리트의 우리 쪽 끝은 평화롭기만 했다.

나는 온통 고독 속에 빠진 그가 내내 무슨 짓을 하고 있으며 무슨 생각을 하고 있는지 궁금했다.

그다음 일요일에는 비가 많이 내렸다. 그래서 모두들 일찌감치 잠자리에 들어야만 했다. 거리는 젖어서 번질거렸고, 11시가 되었을 무렵엔 골함석 지붕 위에 비가 후드득 떨어지는 소리를 제외하고 아무 소리도 들리지 않았다.

그때 어떤 짧고 예리한 고함 소리가 거리의 정적을 깼고 우리는 자리에서 일어났다.

나는 집집마다 창문을 열어젖히는 소리를 들을 수 있었다. 또 사람들이 "무슨 일이야? 무슨 일이야?" 하는 소리도 들려왔다.

"모건이야. 모건이야. 모건이 무슨 일을 저지르고 있는 거야."

나는 벌써 거리로 나와서 모건의 집 앞에 가 있었다. 나는 파자마를 입고 자는 일이 없었다. 나는 그런 계층에 속하지 않았다.

어둠에 잠긴 모건의 집 마당에서 내가 최초로 본 것은 한 여인의 모습이었다. 그녀는 집에서 나와 미겔 스트리트와 알폰소 스트리트 사이의 하수구로 통하는 뒷문을 향해 서둘러 가고 있었다.

그 무렵 이미 줄기찬 비는 그치고 부슬비가 내리고 있었다. 눈 깜박하는 사이에 많은 사람들이 내 옆에 모였다.

고함 소리며, 자태를 감추는 여인의 모습이며, 어둠에 잠긴 집 같은 것들이 사람들을 궁금하게 했다.

그때 우리는 모건 부인의 고함 소리를 들을 수 있었다. "테레사 블레이크, 테레사 블레이크, 너 내 남편과 무슨 짓을 하고 있었니?" 그것은 아주 고통에 겨운 비명이었다.

바쿠 부인이 내 옆에 서 있었다. "테레사가 무슨 짓을 하는지 나는 늘 알고 있었어. 하지만 내가 입을 꼭 다물고 있었지."

바쿠가 말했다. "그래, 당신은 모르는 게 없어. 마치 당신 어머니처럼."

그 집에 불이 켜졌다.

그러더니 그 불은 다시 꺼졌다.

우리는 모건 부인의 말소리를 들었다. "왜 당신은 불빛을 두려워해요? 당신은 사내가 아녜요? 불을 켜세요. 얼마나 크고 잘생긴 사낸지 어디 좀 봅시다."

불이 켜지더니 다시 꺼졌다.

우리는 모건의 목소리를 들었지만 그 소리가 하도 낮아서 그가 무슨 말을 하는지 알아들을 수가 없었다.

모건 부인이 말했다. "켜라고요." 그러고 나서 불이 다시 켜졌다.

우리는 모건이 다시 투덜대는 소리를 들었다.

모건 부인이 말했다. "안 돼."

불이 꺼졌다. 그러더니 다시 불이 켜졌다.

모건 부인은 말하고 있었다. "불을 켜 두어요. 자, 이 크고 잘난 양반을 동네 사람들에게 구경 좀 시킵시다. 자, 이 양반의 꼴이 어떤지 사람들에게 구경 좀 시키자고요. 당신은 사내답지 못한 사람이 아니라 진짜 사내군요. 나하고만 열 명의 아이들을 만든 것이 아니군요. 다른 년하고 더 많은 아이들을 만들 작정이었군요."

우리의 귀에 들려오는 모건의 목소리는 불행한 피리 소리 같았다.

모건 부인은 말했다. "이제 와서 대체 무얼 겁내는 거예요? 당신은 원래 우스꽝스러운 사람 아녜요? 광대가 아닌가요? 자, 광대 꼴 좀 봅시다, 봐요. 당신이 얼마나 잘생긴 사낸지 좀 봅시다. 당신이란 사내가 대체 어떤 꼴을 하고 있는지 동네 사람들에게 구경 좀 시킵시다."

이 무렵 모건은 울부짖고 있었으며 뭔가 말하려 하고 있었다.

모건 부인은 말했다. "만약에 당신이 그 불을 끄려고 한다면, 당신의 그 작고 가느다란 꼬리를 성냥개비처럼 분질러 놓고 말겠어요."

그때 앞문이 활짝 열렸고 우리는 안을 볼 수 있었다.

모건 부인은 모건의 허리를 잡고 있었다. 그는 사실상 벌거숭이나 다름없었고 하도 가냘픈 몸매였기 때문에 늙은이의 얼굴을 가진 소년처럼 보였다. 그는 우리를 보고 있지 않았다. 그는 모건 부인의 얼굴을 쳐다보면서 그녀로부터 빠져나오기 위해 몸을 뒤틀고 있었다. 그러나 모건 부인은 힘이 센 여인이었다.

모건 부인은 우리를 바라보지 않고 자기 품에 든 사내를 보고 있었다.

그녀는 말하고 있었다. "그래, 이게 내 잘생긴 남편인가요? 아니 글쎄, 이 양반이 바로 내가 결혼해서 일생 동안 노예처럼 받들어 온 내 남편인가요?" 이렇게 말한 후 그녀는 울음 섞인 흉칙한 목소리로 웃어 대기 시작했다.

그녀는 잠시 동안 우리를 바라보다가 말했다. "자, 웃어 보세요. 이 양반은 상관치 않을 거예요. 이 양반은 늘 사람들이 자기를 보고 웃기를 원하니까요."

그런데 그의 가냘픈 몸이 뚱뚱한 아내에게 그렇게나 쉽게 붙들린 채 꼼짝 못하고 있는 꼴은 하도 희극적이었기 때문에 우리는 모두 웃었다. 그것은 아주 점잖게 시작되지만 곧 배를 움켜잡고 큰 소리로 웃게 되는 그런 종류의 웃음이었다.

모건은 미겔 스트리트로 온 이후 처음으로 사람들에게 진짜 웃음거리가 된 셈이었다.

그런데 이 사건은 그의 기를 완전히 꺾어 놓고 말았다.

이튿날 온종일 우리는 그가 길에 나와서 웃음의 환대를 받게 되기를 기다렸다. 그러나 우리는 그의 모습을 끝내 보지 못했다.

해트가 말했다. "내가 어렸을 때, 우리 어머니는 늘 말하곤 했지. '애, 넌 온종일 웃고 있구나. 이러다간 오늘밤엔 울게 될 걸.' 하고 말이야."

그날 밤 나는 또 잠들 수 없었다. 고함 소리와 사이렌 소리 때문이었다.

나는 창밖으로 붉은 하늘과 붉은 연기를 보았다.

모건의 집에 불이 났던 것이다.

그런데 그 불은 참으로 굉장했다. 신문사의 카메라맨들이 이웃 사람들의 집에 기어올라 사진을 찍었다. 사람들은 카메라맨들을 구경하느라 불은 보지도 않고 있었다. 이튿날 아침 신문에는 멋진 사진이 나왔는데 오른쪽 위 구석에는 군중 속에 섞인 내 모습도 나와 있었다.

그러나 그 화재는 얼마나 볼 만했던가! 그것은 1933년 이래로 처음 보는 아름다운 화재였다. 그해에는 다른 모든 건물을 제쳐 놓고 하필 재무성 건물이 불에 타 없어졌는데 칼립소 가수들은 그때 다음과 같이 노래했다.

정말 멋지고 아름다운 광경이었지,
재무성 건물을 불사른 화재.

모건의 집 화재가 실로 아름다웠던 것은 그가 만들어둔 꽃불들의 폭발 때문이었다. 그때 처음으로 사람들은 모건의 꽃불도 놀라울 정도로 화려하다는 것을 알게 되었다. 늘 모건을 보고 비웃기만 하던 사람들은 약간 멍청해졌다. 그 후 나는 여러 나라를 여행해 보았지만 그날 밤 모건의 집에서 본 그 꽃불의 아름다움을 능가하는 것을 보지 못했다.

그러나 모건은 이제 꽃불을 만들지 않았다.

해트는 말했다. "내가 어렸을 때 우리 어머니는 늘 말하곤 했어. '만약 어떤 사람이 무엇을 갖고자 해서 그것을 진심으로 원하기만 하면 결국 얻을 수야 있지. 그러나 일단 그것을 얻게 되면 그걸 좋아하지 않게 되는 법이야.'라고."

모건의 야심은 두 가지가 다 성취된 셈이었다. 사람들은 그를 웃음거리로 삼았고 오늘날까지 그렇게 하고 있다. 그리고 그는 이 세상에서 가장 아름다운 꽃불도 만들었다. 그러나 해 트의 말대로 사람들은 자기가 몹시 원하던 것을 갖게 될 때 그것을 좋아하지 않게 되는 모양이었다.

우리가 기대한 대로 이 화재는 법정에서 다루어졌다. 모건 은 방화죄로 기소되었다. 신문기자들은 명예훼손을 범하지 않 는 한도 내에서 모건을 실컷 우스갯거리로 삼았다. 내가 아직 도 기억하는 어떤 신문기사의 제목은 '꽃불 제조가가 방화광 으로 지목되다'라는 것이었다.

하지만 나는 모건이 풀려났을 때 기뻤다.

사람들은 모건이 베네수엘라로 갔다고 말했다. 또 그가 미 쳐 버렸다고도 했다. 사람들은 그가 콜롬비아에서 경마 기수 가 되었다고도 말했다. 그들은 모건에 대해서 온갖 이야기를 해 댔지만, 원래 미겔 스트리트 사람들이란 이야기를 꾸며 대 는 덴 명수들이었기 때문에 하나도 믿을 수가 없었다.

9
타이터스 호이트, I. A.

타이터스 호이트는 시골의 지방 도로 관리청에서 능동적이고 중요한 구성원이 되고자 태어난 사람이었다. 그러나 어떤 불운의 탓으로 도시에 있게 되었다. 그는 자기 말에 귀를 기울여 주는 사람에게는 타고난 안내자요, 철학자요, 또 친구였다.

전쟁이 시작되기 한두 해 전에 내가 포트오브스페인으로 왔을 때 타이터스 호이트는 내가 맨 먼저 만난 사람이었다.

아버지가 돌아가신 후에 어머니는 차구아나스로부터 나를 데리고 왔던 것이다. 우리는 기차를 타고 와서 버스로 미겔 스트리트에 도착했다. 내가 시내버스를 타 본 것은 그때가 처음이었다.

나는 어머니에게 말했다. "엄마, 이곳 사람들은 벨 울리기를 잊어버리고 있네."

어머니가 말했다. "네가 만약에 벨을 울리면 넌 버스에서 내려 혼자 걸어서 집에까지 가야 해. 알겠니?"

얼마쯤 시간이 흐른 뒤에 내가 말했다. "엄마, 저 바다 좀 봐."

버스 안의 승객들은 웃기 시작했다.

어머니는 진정으로 화를 내고 있었다.

이튿날 아침 일찍 어머니가 말했다. "봐라, 여기 4센트를 줄 테니 이 미겔 스트리트 모퉁이에 있는 가게에 가서 한 토막에 1센트씩 하는 홉스 빵 두 개하고 버터 하나를 사 가지고 얼른 돌아오너라."

나는 그 가게를 찾아서 빵과 버터를 샀다. 버터는 붉고 짭 짤한 맛이 나는 것이었다.

그러나 돌아오는 길을 잃고 말았다.

미겔 스트리트라는 거리를 여섯 번이나 뒤졌지만 우리 집처 럼 보이는 곳은 아무 데도 없었다. 오랫동안 오르락내리락한 끝에 나는 울기 시작했다. 나는 길바닥에 앉아 하수구에 신 을 적셨다.

몇몇 어린 백인 소녀들이 내 등 뒤의 어느 집 뜰에서 놀고 있었다. 나는 여전히 울면서 그들을 쳐다보았다. 분홍색 프록 아동복을 입고 있던 소녀가 내게로 와서 물었다. "너 왜 울고 있는 거니?"

나는 말했다. "길을 잃었어."

그 애는 내 어깨에 손을 얹고 말했다. "울지 마. 너희 집 주 소를 알고 있니?"

나는 셔츠 주머니에서 종잇조각을 끄집어내어 그 애에게

120

보였다. 그때 어떤 남자가 다가왔다. 그는 하얀 반바지에 하얀 셔츠를 입고 있었는데 꼴이 우스꽝스러웠다.

그 남자가 말했다. "저 애가 왜 울고 있는 거니?" 거칠지만 관심을 보이는 말투였다.

소녀가 그에게 말해 주었다.

그 남자는 말했다. "내가 저 애를 집에 데려다주지."

나는 소녀에게 같이 가자고 했다.

그 남자는 말했다. "그래, 너도 함께 가서 이 애의 어머니에게 설명해 주는 것이 좋겠구나."

소녀가 말했다. "좋아요. 타이터스 호이트 선생님."

이 이름이야말로 내가 타이터스 호이트에 관해 흥미 있다고 생각한 최초의 것들 중의 하나였다. 소녀는 그를 '타이터스 호이트 선생'이라고 부르고 있었던 것이다. 즉 단순히 타이터스라든가 호이트 선생이라고 부르는 대신에 타이터스 호이트 선생이라고 부르고 있었다. 내가 나중에 알게 되었거니와, 그를 알고 있던 모든 사람들은 그를 그렇게 부르고 있었다.

내가 집에 이르렀을 때 소녀가 그간에 있었던 일을 어머니에게 말하자 어머니는 나를 수치스럽게 여겼다.

그러자 소녀가 가버렸다.

타이터스 호이트 선생은 나를 바라보면서 말했다. "아주 영리한 어린이로 보이는군요."

어머니가 빈정대는 투로 말했다. "제 아비를 닮은 게죠."

타이터스 호이트가 말했다. "얘, 청어 한 마리 반 값이 1페니 반이라면 청어 세 마리의 값은 얼마니?"

차구아나스 같은 시골에서도 우리는 모두 그런 질문을 들은 적이 있었다.

나는 서슴없이 말했다. "그야 3페니지요."

타이터스 호이트는 경이로운 눈으로 나를 쳐다봤다.

그는 어머니에게 말했다. "이 애는 정말로 영리하군요, 부인. 이 애를 잘 돌보셔야겠습니다. 좋은 학교에 보내고 좋은 음식을 먹여서 이 애가 공부를 잘하도록 하셔야겠어요."

어머니는 아무 말도 하지 않았다.

타이터스 호이트는 떠나면서 "치어리오!(잘해 봐요!)"라고 했다.

그 일은 내가 그를 재미있다고 생각한 두 번째 이유였다.

어머니는 내가 하수구에 신을 적셨다고 해서 나를 때렸지만 길을 잃은 데 대해서는 벌하지 않았다.

그날 하루 종일 나는 뜰을 뛰어다니면서 내가 지은 곡에 맞춰 "치어리오, 치어리오!" 하고 외웠다.

그날 저녁에 타이터스 호이트가 다시 찾아왔다.

어머니는 그가 찾아온 것을 개의치 않는 눈치였다.

타이터스 호이트는 내게 말했다. "너 글을 읽을 줄 아니?"

나는 그렇다고 말했다.

"쓰기는?"

나는 쓸 줄도 안다고 말했다.

"자, 그럼 됐다." 그가 말했다. "종이와 연필을 가지고 와서 내가 부르는 것을 받아써 봐."

내가 물었다. "종이와 연필요?"

그는 고개를 끄덕였다.

나는 부엌으로 달려가서 말했다. "엄마, 종이하고 연필 있어요?"

어머니는 말했다. "내가 무엇인 줄 알고 그러니? 내가 어디가게 점원이라도 되는 줄 아니?"

타이터스 호이트가 소리쳤다. "제가 필요해서 그럽니다, 부인."

어머니가 실망한 듯이 말했다. "오!"

어머니는 내게 일렀다. "장롱의 밑바닥 서랍 속에 있는 내 지갑을 뒤져 보렴. 그 속에 연필이 하나 있을 게다."

그러고 나서 어머니는 부엌의 선반 위에 얹혀 있던 공책을 한 권 내게 주었다.

타이터스 호이트 선생이 말했다. "자아, 젊은이, 이제 써 봐요. 오른편 위 구석에다 이 집 주소를 쓰고 그 밑에다 오늘 날짜를 써 봐." 그러고 나서 그는 물었다. "우리가 누구에게 이 편지를 쓰려고 하는지 너 알고 있니?"

나는 머리를 저었다.

그가 말했다. "하! 얘, 하! 우리는 지금 《가디언》에 편지를 쓰고 있는 거야."

내가 말했다. "《트리니다드 가디언》 말이에요? 그거 신문 아니에요? 아니 내가 《가디언》에 편지를 쓴다고요? 하지만 어른들만이 《가디언》에 편지를 보낼 수 있을 텐데."

타이터스 호이트는 미소 지었다. "그게 바로 네가 쓰는 이유야. 신문사 사람들을 놀라게 하자는 거지."

내가 말했다. "무슨 문제에 대해서 내가 쓰는 거예요?"

타이터스 호이트, I. A.   123

그는 말했다. "이제 알게 돼. 자 받아써. 《트리니다드 가디언》 편집인 귀하. 존경하는 선생님, 저는 여덟 살밖에 되지 않는 아이예요. (그런데 너는 몇 살이냐? 하지만 그건 어차피 문제가 되지 않지.) 그런데 어제 어머니께서 물건을 사오라고 저를 시내로 보냈거든요. 존경하는 편집인 선생님, 그게 바로 제가 이 대도시에서 처음으로 해 본 편력(철자는 p-e-r-e-g-r-i-n-a-t-i-o-n이야.)이었어요. 그런데 그만 제가 어머니께서 일러주신 길에서 벗어나서 불행하게도 헤매게 되었단 말이에요……'"

내가 말했다. "오, 어쩌면, 타이터스 호이트 선생님, 선생님께서는 '편력'이니 뭐니 하는 거창한 낱말들을 어디서 배우셨나요? 철자는 틀림없나요?"

타이터스 호이트는 미소 지었다. "이 편지를 생각해 내느라 오후를 다 바쳤지." 그가 말했다.

나는 계속 받아썼다. '그래서 나는 그 절망 상태에 빠져 있다가 결국 미겔 스트리트의 타이터스 호이트 선생으로부터 구원받게 되었어요. 존경하는 편집인 선생님, 바로 이 사실은 이 세계에서 아직도 인정이 완전히 사라지지 않았음을 보여 주고 있어요.'

《가디언》은 이 편지를 영영 싣지 않았다.

내가 타이터스 호이트를 다시 만났을 때 그는 말했다. "얘, 걱정하지 마라. 장차 어느 날, 그래, 장차 어느 날 내가 하는 말이면 그들이 한마디도 흘리지 않고 귀담아듣게 할 테니. 어디 두고 보라고."

그러고 나서 그는 자리를 뜨기 전에 "너 우유는 마시고 있 겠지?" 하고 물었다.

그는 어머니를 설득하여 내게 매일 반 파인트의 우유를 주 게 했다. 그에 따르면 우유가 두뇌 발육에 좋다는 것이었다.

타이터스 호이트가 나의 학문적 성공을 그토록 희망했음에 도 불구하고 내가 그 희망을 성취해 주지 못했다는 것이야말 로 내 일생을 두고 슬퍼해야 할 일들 중의 하나이다.

나는 그가 내게 보인 관심에 대해서 아직도 정답게 여기고 있다. 이따금 그의 견해가 어머니의 견해와 상충될 때도 있었 다. 가령 거미집의 약효를 둘러싼 시비가 있었다.

내가 쉽게 사귀어 친하게 된 보이이는 내게 말타는 법을 가 르쳐 주고 있었다. 나는 말에서 떨어져 정강이를 몹시 다쳤다.

어머니는 검댕투성이의 거미집을 럼에 적셔서 상처에 바르 려고 했다.

타이터스 호이트는 질겁을 했다. "그게 무슨 짓이에요?" 그 는 소리쳤다.

어머니는 말했다. "타이터스 호이트 선생님, 남의 일엔 간섭 좀 하지 말아 주세요. 장차 선생께서 아이를 낳아 기르시게 되면 그때는 선생의 말씀에도 귀를 기울여 드리지요."

타이터스 호이트는 조롱을 받지 않으려고 했다. 그는 말했 다. "이봐요, 이 애를 의사에게 데리고 가세요."

나는 두 분이 논쟁하는 것을 지켜보면서 아무렇게 되어도 괜찮겠다고 여겼다.

결국 나는 의사를 찾아가게 되었다.

타이터스 호이트는 다시 나타나서 새로운 역할을 했다.

그는 어머니에게 말했다. "지난 두세 달간 나는 적십자사의 응급처치 과정을 밟아 왔어요. 그러므로 이제부터 저 애의 발에 약 바르고 붕대 감는 일은 내가 하겠어요."

그 말을 듣고 나는 겁을 먹었다.

그 후 약 한 달간 미겔 스트리트 사람들은 아침 9시가 되었음을 쉽게 알 수 있었다. 그것은 그때마다 내가 비명을 지르곤 했기 때문이었다. 타이터스 호이트는 자기가 맡은 일을 사랑했다.

이 모든 것이 그 사람의 진짜 천성을 이해하는 단서가 된다.

다음 조처가 자연스럽게 뒤따랐다.

타이터스 호이트는 가르치기 시작했다.

모든 커다란 사업이 으레 그러하듯 이 사업도 처음에는 아주 사소하게 시작되었다.

그는 런던 대학교의 교외생 문학사 과정을 이수하려고 마음먹었다. 그는 자습을 통해 라틴어를 익히기 시작했다. 그리고 그가 배운 것을 대번에 우리에게 가르쳤다.

그는 우리 또래 중에서 서너 명을 붙들어 놓고 자기 집 베란다에서 가르쳤다. 그는 뜰에서 닭을 치고 있었기 때문에 베란다는 냄새가 고약했다.

그 라틴어 과정은 오래가지 않았다. 우리는 제4격 변화까지 나갔지만 그때부터 보이이와 에롤 그리고 내가 여러 가지 질문을 하기 시작했다. 그런데 모두 타이터스 호이트가 좋아하지 않는 종류의 질문이었다.

보이이가 말했다. "타이터스 호이트 선생님, 제 생각으로는 이 모든 것을 선생님께서 꾸며 대시는 것 같아요. 가르치시면서 꾸며 대시는 것 같단 말이에요."

타이터스 호이트가 말했다. "하지만, 정말이지, 내가 꾸며 대는 것은 아냐. 이봐, 여기 책에 다 적혀 있잖아?"

에롤이 말했다. "타이터스 호이트 선생님, 저는 이렇게 생각해요. 어떤 사람이 어느 날 이 모든 것을 꾸며 놓고 나서 다른 모든 사람들에게 이를 배우게 한 것 같단 말이에요."

타이터스 호이트는 내게 물었다. "bellum의 단수 대격을 말해 보아라."

나는 그를 배반하고 있는 중이었으므로 그에게 짓궂게 굴어야겠다고 마음먹고 이렇게 말했다. "타이터스 호이트 선생님, 선생님께서 제 나이 또래였을 때 누군가가 그런 질문을 선생님께 했다면 기분이 어떠셨겠어요?"

그때 보이이가 물었다. "타이터스 호이트 선생님, 탈격이란 말은 무슨 뜻이에요?"

이리하여 라틴어 공부는 끝나고 말았다.

하지만 우리가 아무리 타이터스 호이트를 조롱하려 해도 그의 마음이 깊다는 것만은 아무도 부인할 수가 없었다.

해트는 늘 말하곤 했다. "그는 사상가야, 그 사람 말이야."

타이터스 호이트는 온갖 것들에 관해 생각하고 있었고 이따금 위험한 짓도 생각했다.

해트가 말했다. "내 생각으로는 타이터스 호이트가 하느님을 좋아할 것 같지 않단 말이야."

타이터스 호이트는 말하곤 했다. "진짜로 중요한 것은 믿음이야. 이봐, 나는 이렇게 생각해. 내가 이 주머니에서 자전거 램프를 끄집어내어 어딘가에 세워 놓고 그것을 진심으로 신봉하면서 그 앞에서 기도를 드리면 기도한 대로 실현될 수가 있어. 이게 나의 믿음이야."

이렇게 말하면서 그는 일어나 자리를 뜨곤 했는데 이때마다 "치어리오!"라고 외는 것을 잊지 않았다.

그는 이따금 우리에게로 달려와서 이렇게 말하는 버릇이 있었다. "여러분, 조용히 해요. 내게 생각이 떠올랐어요. 내 생각을 들어 보세요."

어느 날 그가 달려오더니 말했다. "나는 이번 전쟁이 어떻게 끝날까를 생각해 봤어. 유럽이 그저 오 분 동안만 침몰할 수 있다면 모든 독일 사람들은 물에 빠져 죽을 것이고……."

에도스가 말했다. "하지만 영국도 물에 빠져 버릴 게 아냐."

타이터스는 이 말에 동의하면서 슬픈 표정을 지었다. "보게, 내 머리가 돌았어." 그는 말했다. "내 머리가 돌았단 말이야."

그러고 나면 그는 혼자 중얼대거나, 머리를 내젓거나 하면서 어디론가 가버리곤 했다.

어느 날 우리가 바베이도스와 트리니다드 간에 벌어진 크리켓 시합에 대해 이야기하고 있을 때 그가 자전거를 타고 우리들 앞에 나타났다. 시합이 트리니다드에 불리하게 진행되고 있었기 때문에 우리는 모두 걱정하고 있었다.

타이터스 호이트는 달려오면서 말했다. "조용히 해 봐. 나는 이런 생각을 해 왔어. 이봐, 들어 보라고. 이 세계는 도대체 실체가 아니라는 사실을 생각해 본 사람이 있어? 이 세계에서 우리만이 유일한 정신을 소유하고 있고 그 밖의 것들은 우리가 생각해 내고 있을 뿐이라는 사실을 생각해 본 사람이 있느냐고. 가령 여기 서 있는 이 나를 예로 들어보자고. 나는 이 세계에서 유일한 정신을 소유하고 있으며 여기 있는 자네들을 생각해 낸다든가, 전쟁이니 집이니 이 항구의 배니 뭐니 하는 것들을 생각해 내고 있는 거야. 자네들 중에서 이런 생각을 해 본 사람이 있어?"

가르침에 대한 그의 관심은 사라지지 않았다.

우리는 그가 큼직한 책을 들고 다니는 것을 여러 번 보았다. 그 책은 모두 가르치는 일에 관한 것들이었다.

타이터스 호이트는 말하곤 했다. "가르친다는 일도 하나의 과학이라고. 트리니다드가 당면한 문제는 교사들이 이 가르침의 과학에 대해 모르고 있다는 점이야."

그리고 그는 이렇게 말하기도 했다. "가르침의 과학이야말로 이 세상에서 가장 중요한 것이야. 젊은이의 마음을 훈련시키는 일이지. 생각해 봐. 그 문제를 생각해 보라고."

우리가 어떻게 생각하고 있든 하여간 타이터스 호이트는 우리의 마음을 훈련시켜야겠다고 마음먹고 있음이 이내 분명해졌다.

그는 미겔 스트리트 문예 사회 청년 클럽을 결성한 후 이를 트리니다드 앤드 토바고 청년 협회의 산하단체로 편입시켰다.

타이터스 호이트, I. A.

우리는 그의 집에서 모이곤 했는데 먹을 것과 마실 것이 모임을 위해 넉넉히 공급되고 있었다. 그의 집 벽에는 생활 개선을 목표로 하는 인용문이 걸려 있었는데 더러 타자로 친 것이 있는가 하면 더러는 잡지에서 오려서 마분지 조각에 풀로 붙여 둔 것도 있었다.

나는 또한 '시간표'라고 불리는 큼직한 것을 눈여겨보기도 했다.

이 시간표를 보고 나는 다음 일과를 알 수 있었다. 즉 타이터스 호이트는 아침 5시 30분에 일어나서, 6시까지 희랍 철학의 일부를 읽고, 목욕과 운동에 십오 분을 보낸 후 조간 신문을 오 분간 읽고, 십 분 걸려 아침 식사를 하게 되어 있었다. 그것은 전적으로 만만찮은 일과표였다.

타이터스 호이트는 말했다. "내가 이 시간표를 따른다면 약 삼사 년이면 교육받은 사람이 될 수 있을 거야."

미겔 스트리트 클럽은 별로 오래가지 않았다.

그것은 타이터스 호이트의 잘못 때문이었다.

정신이 제대로 박힌 사람이라면 보이이를 클럽의 총무로 삼지 않았을 것이다. 보이이가 작성한 회의록의 대부분은 출석한 사람들의 이름으로 되어 있었다.

그런데 우리 모두는 무엇인가를 쓰고 읽도록 되어 있었다.

미겔 스트리트 문예 사회 클럽은 겨우 영화 평론가 모임에 불과하게 되었다.

타이터스 호이트가 말했다. "안 되지. 자네들이 늘 영화 이야기나 하고 있도록 내버려 둘 순 없다고. 자네들을 위해 약간의 프로파간다를 작성해야 할까 봐."

보이이가 말했다. "타이터스 호이트 선생, 프로파간다라니 무엇에 쓰려고 그래요? 그건 독일 사람들이나 쓰는 것 아녜요?"

타이터스 호이트는 빙그레 웃었다. "그 말의 원뜻은 그게 아냐. 나는 그 말을 본래의 뜻대로 쓰고 있는 거야. 나로 하여금 그런 것들을 알 수 있게 해 주는 것이 바로 교육이거든."

청년 협회의 연례 회의에 우리 대표로 보이이가 파견되었다.

보이이는 돌아와서 이렇게 말했다. "그 청년 회의인가 뭔가 말이야. 참으로 기막혔지. 참석자라고는 한 무리의 늙은이들뿐이었거든."

코카콜라와 과자와 아이스크림이 주는 매력도 사라지기 시작했다. 우리 중의 몇몇이 모임에 불참하기 시작했다.

타이터스 호이트는 클럽을 결속시키기 위한 마지막 노력을 했다.

어느 날 그는 말했다. "다음 일요일에 클럽에서는 포트 조지를 탐방할까 해."

좌중에서는 이 탐방 계획에 반대하는 소리가 들려왔다.

타이터스 호이트는 말했다. "이봐, 자네들은 자네들 자신의 나라에 대한 관심이 없군. 자네들 중에서 몇 명이나 포트 조지에 대해서 알고 있어? 아마 아무도 그곳을 모르고 있을 거야. 하지만 그곳은 바로 역사와 관계되어 있어. 자네들 나라의 역사지. 그런 것은 알아 두어야 한다고. 오늘의 소년 소녀들이 내일 이 나라를 짊어질 남자와 여자라는 사실을 자네들은 기억해 둬야 해.

옛날에 로마인들은 이렇게 말했지. 건전한 신체에 건전한 정신(Mens sana in corpore sano)이라고 말이야. 나는 포트 조지까지 걸어서 가야 한다고 생각해."

그러나 여전히 아무도 그곳에 가고 싶어 하지 않았다.

타이터스 호이트가 말했다. "포트 조지의 정상에 가면 시냇물이 있어. 물은 아주 시원하고 수정처럼 맑지. 우리가 그 정상에 가게 되면 그 시내에서 목욕을 할 수도 있어."

우리는 목욕이란 유혹을 물리칠 수가 없었다.

다음 일요일에 일단의 우리는 전기 버스를 타고 무쿠라포로 갔다.

차장이 요금을 받으러 왔을 때 타이터스 호이트가 말했다. "조금 있다 오세요." 그는 버스를 내릴 때가 되어서야 비로소 차장에게 요금을 물었다. 모든 사람의 요금이 약 2실링쯤 되었다. 그러나 타이터스 호이트는 차장에게 1실링을 주면서 이렇게 말했다. "우리는 차표를 받지 않을 거야." 차장과 타이터스 호이트는 웃었다.

언덕을 올라가는 길은 멀었다. 붉은 흙먼지가 일었고 날씨는 더웠다.

타이터스 호이트가 우리에게 말했다. "이 요새는 프랑스 편에서 트리니다드 침입을 계획하고 있을 때 세워진 거야."

우리는 숨이 막혔다.

우리는 누군가가 우리 섬을 그렇게 중요한 곳으로 여기리라고 생각해 본 적이 없었다.

타이터스 호이트는 말했다. "그게 그러니까 1803년이니 우리가 나폴레옹을 상대로 싸우고 있을 때였지."

우리는 길가에서 몇몇 낡고 녹슨 대포를 보았고 녹슨 대포 알 더미도 보았다.

내가 물었다. "그래, 프랑스 사람들이 트리니다드를 침입해 왔나요, 타이터스 호이트 선생님?"

타이터스 호이트는 실망했다는 듯이 머리를 저었다. "아냐, 공격해 오지 않았어. 하지만 우리 측에서는 대비하고 있었지. 그들의 침입에 대비하고 있었어."

보이이가 말했다. "타이터스 호이트 선생님, 우리에게 말해 주신 그 시냇물이 저 위에 있긴 있는 거예요?"

타이터스 호이트가 말했다. "날 어떻게 생각하는 거야? 내가 거짓말쟁이라고 생각해?"

보이이가 말했다. "아무 말도 안 했어요."

우리는 걸으며 땀을 흘렸다. 보이이는 신을 벗어 들었다.

에롤이 말했다. "만약 정상에 갔을 때 시냇물이 없으면, 야단이 날걸."

우리는 정상에 이르러, 오래전에 죽은 영국군 병사들의 무덤이 있는 묘역을 잠시 둘러보았다. 그러고 나서 저 아래 커다랗게 펼쳐져 있는 포트오브스페인 시내를 망원경으로 바라보았다. 우리는 길거리에서 사람들이 실물 크기로 걷고 있는 것을 볼 수 있었다.

그러고 난 후 우리는 시냇물을 찾아 나섰다.

우리는 그것을 찾지 못했다.

타이터스 호이트가 말했다. "이곳 어디엔가 시내가 있을 것임에 틀림없어. 내가 소년이었던 시절에 나는 그 시냇물에서 목욕을 하곤 했으니까."

보이이가 말했다. "그렇다면 그게 어떻게 되었겠어요. 말라붙었다는 거예요?"

타이터스 호이트가 말했다. "그런 것 같은데."

보이이는 진짜로 화가 났다. 화도 날 만하였다. 언덕을 올라온다는 것은 무척 힘든 일이었다. 그래서 우리 모두는 더위와 갈증을 느끼고 있었다.

그는 아주 무례하게 타이터스 호이트에게 욕을 했다.

타이터스 호이트는 말했다. "기억해 둬. 보이이, 너는 미겔 스트리트 문예 사회 클럽의 총무란 말이야. 또 청년 협회의 모임에 우리의 대표로 얼마 전에 참석한 일이 있다는 사실도 기억해 둬. 이 모든 것을 기억해 둬야 한다고."

보이이는 말했다. "지옥이나 가세요, 호이트."

우리는 그 말을 듣고 모두 시퍼렇게 질렸다.

이리하여 문예 클럽은 깨지고 말았다.

그 후 얼마되지 않아서 타이터스 호이트는 그의 I. A. 학위를 받았고, 이내 자기가 운영하는 학교를 설립했다. 그는 자기 정원에 큼직한 간판을 세웠다.

타이터스 호이트 선생

I.A. 학위 보유(런던 대학교 교외생)

케임브리지 대학교 시행 고등학교 과정 자격시험 합격 보장 어느 해 《가디언》 사람들은 기발한 생각을 해냈다. 그들은 크리스마스를 맞아 빈곤한 사람들을 돕기 위한 구제자금을 모금하기 시작했다. 그 모금 운동은 대중에 널리 알려졌고 몇 년이 지난 후에는 '극빈자 구제기금'이라고 불리었다. 11월에 들어서면서 《가디언》에서 모금 목표를 발표하고 나면 크리스마스 이브가 될 때까지 매일 발표되는 모금 총액이 사람들의 깊은 관심사가 되었다. 모금액은 늘 신문의 제1면에 발표되었고 성금을 내는 사람의 이름은 모두 신문에 실렸다.

어느 해 12월 중순이 되어 사람들의 관심이 고조되어 있을 때, 미겔 스트리트가 뉴스거리로 되었다.

해트가 우리에게 신문을 보여 주었고, 우리는 다음 기사를 읽었다.

이 티끌의 본보기를 따르자

크리스마스 철을 맞이하여 불행한 사람들에게 기쁨을 보내 주자는 본지의 호소에 대해서 일찍이 유례가 없는 가장 작고 가장 감동적인 응답이 왔습니다. 그것은 포트오브스페인시 (市) 미겔 스트리트에서 교장으로 계시는 I. A. 학위 보유자 타이터스 호이트 선생께서 보내 주신 편지입니다. 이 편지는 호이트 선생의 제자들 중의 한 사람이 선생께 보낸 것입니다. 다만 그 제자는 이름을 밝히고 싶어 하지 않습니다. 우리는 호이트 선생의 허락을 얻어 여기 그 편지의 전문을 싣는 바입니다.

"존경하는 호이트 선생님, 저는 겨우 여덟 살밖에 되지 않습니다만, 선생님께서도 아시다시피 《가디언》의 티끌연맹 회원입니다. 저는 매주 일요일마다 후아니타 아주머니의 글을 읽습니다. 존경하는 호이트 선생님, 선생님께서는 늘 자선의 미덕에 대해 격찬해 오셨고, 크리스마스 철을 맞이하여 불행한 사람들에게 기쁨을 가져다 주기 위해《가디언》주최의 극빈자 구제기금 모금 운동이 벌이고 있는 그 훌륭한 일에 대해서도 거듭해서 말씀해 주셨습니다. 저는 선생님의 간절한 말씀을 받아들이기로 마음을 먹었습니다. 제게는 성금을 낼 돈이 별로 없습니다. 겨우 6센트밖에 되지 않는 돈입니다만, 호이트 선생님, 이 돈을《가디언》의 극빈자 구제기금 앞으로 보내 주십시오. 이 돈이 어떤 가엾은 사람에게 성탄의 기쁨을 가져다 주길 빕니다. 저는 이 돈이 얼마 되지 않는다는 사실을 알고 있습니다. 성경에 나오는 가난한 과부처럼[11] 적은 돈이나마 보내 드립니다. 호이트 선생님의 제자 중 한 사람이 선생님께 이 글을 씁니다."

그런데 그 신문에는 카메라의 섬광을 받아 휘둥그레진 눈으로 미소를 짓고 있는 타이터스 호이트의 큼직한 사진이 실려 있었다.

---

11)「마가복음」제12장 41-43절 참조.

10
모성의 본능

나는 로라가 세계 신기록을 보유하고 있다고 생각한다.

로라에게는 여덟 명의 아이들이 있었다.

그 점은 별로 놀라울 것이 없다.

이 여덟 명의 아이들은 일곱 명의 아버지를 가지고 있었다.

누가 이 기록을 깰 수 있을 것인가!

나에게 생물학을 처음으로 가르친 사람이 있다면 그것은 로라였다. 그녀는 우리와 바로 이웃해서 살고 있었는데 나는 어느새 그녀를 면밀히 관찰하고 있었다.

나는 그녀의 배가 불러 오는 것을 여러 달 동안 지켜보곤 하였다.

그러다가 잠시 동안 나는 그녀를 보지 못하곤 했다.

내가 그녀를 다시 보게 되면 그녀의 배는 으레 납작해져 있었다.

그러다가 몇 달 되지 않아서 발효 과정이 다시 시작되는 것이었다.

내가 보기에 이거야말로 내가 살고 있던 세계 속의 경이로움들 중 하나였기 때문에 나는 늘 로라를 지켜보았다. 그녀는 자기 자신에게 일어나고 있는 일에 대해서 늘 아주 즐거워하고 있었다. 그녀는 자기의 부른 배를 가리키면서 이렇게 말하곤 했다. "또 이렇게 되고 말았군요. 하지만 이것도 서너 차례 겪고 나면 익숙해진다고요. 그러나 진저리나는 일이지요."

그녀는 늘 하느님을 비난했고 사내들의 사악함도 입에 올리곤 했다.

그녀는 처음 여섯 명의 아이를 얻는 데 여섯 명의 다른 사내를 상대했다.

해트는 늘 말하곤 했다. "세상에는 비위 맞추기가 힘든 사람들이 있단 말야."

그러나 나는 독자 여러분에게 로라에 대한 그릇된 인상을 주고 싶지 않다. 혹시 로라를 아이나 낳고 사내들이나 쫓아내면서 속상해하는 여인이라고 생각한다면 그것은 잘못이다. 만약에 보가트가 우리 거리에서 가장 권태로운 사람이라면, 로라는 가장 활기에 찬 사람이었다. 그녀는 늘 즐거워하고 있었고 나를 좋아했다.

그녀는 오얏이나 망고가 생기면 으레 내게 주곤 했으며, 사탕 과자라도 만드는 날이면 반드시 내게도 조금씩 나누어 주었다.

우리 어머니는 웃음을 아주 싫어했고, 특히 내가 웃는 것을 싫어했지만, 어쩐 일인지 로라의 일에 대해서만은 웃곤 했다.

어머니는 흔히 나에게 말하곤 했다. "무엇 때문에 로라가 너를 그렇게 소중하게 여기는지 모르겠구나. 마치 돌보아야 할 자식이 여덟도 모자라는 것처럼 말이다."

나는 어머니의 생각이 옳았다고 생각한다. 로라 같은 여인은 아이들이 너무 많다고 해서 힘겨워 할 사람이 아니라고 생각된다. 그녀가 자기 아이들에게 쓰는 말을 들어 보면 설마 그럴까 싶지만, 그녀는 자기 아이들을 모두 사랑하고 있었다. 로라의 고함 소리와 욕지거리 중에서도 몇 가지는 내가 들어 보기 힘든 아주 화려한 말이었기 때문에 나는 일생을 두고 영영 잊을 수가 없을 것이다.

언젠가 한번 해트가 말했다. "이봐, 저 여잔 어휘를 마치 셰익스피어처럼 골라 쓴단 말이야."

로라는 소리치곤 했다. "앨윈, 이 입이 큰 짐승 같은 놈아, 이리 오지 못하겠니?"

또 더러는 "게이빈, 지금 당장 오지 않으면 네놈이 방귀 소리를 낼 정도로 때려 주겠다. 알겠니?"라고 말하기도 했다.

또 더러는 "로나, 이 앙가발이 검정 암캐 같으니라고, 왜 맡은 일도 제대로 해내지 못하니?"라고 했다.

그런데 여덟 아이의 어머니인 로라를 역시 여덟 아이의 어머니인 중국인 메리와 비교한다는 것은 공평치 않아 보인다. 왜냐하면 메리는 자기 아이들을 참으로 잘 돌보고 있었으며 그들에게 거친 말을 쓰는 일이 한 번도 없었기 때문이다. 그러나 메리에게는 가게를 가진 남편이 있다는 사실에 유의해야겠다. 그녀는 아이들에게 참수이니 차우멘이니 차우판이니 하는 이름의 요리를 잔뜩 먹인 후에 그들을 정중하고 상냥하게 대할 물심양면의 여유를 가지고 있었던 셈이다. 이에 비해서 로라에게는 아이들을 키우는 데 드는 돈을 얻어다 쓸 남편이 없었다.

저녁이면 자전거를 타고 로라의 집앞을 슬슬 지나가면서 그녀에게 휘파람을 부는 사내들이야 많았지만, 그중 어느 누구도 로라의 아이들을 위해 한푼을 내놓으려 하지 않았다. 그들은 로라만을 원했을 따름이었다.

나는 어머니에게 물었다. "로라는 어떻게 살아갈까요?"

어머니는 나를 찰싹 때리면서 말했다. "얘, 넌 어린애가 너무 조숙해서 탈이야."

나는 최악의 경우까지 생각해 보았다.

그러나 나는 그것이 사실이라고 생각하고 싶지 않았다.

그래서 나는 해트에게 물었다. "그녀에게는 시장에서 장사하는 친구들이 많지. 그 친구들이 그녀에게 공짜로 물건을 대주기도 하고, 또 이따금 그녀의 남편들 중에서 한두 사람이 그녀에게 조금씩 뭘 주기도 하지만 얼마 되지는 않아."

그런데 이런 이상한 일 중에서도 가장 이상한 것은 로라 자신이었다. 로라는 미인이 아니었다. 보이이가 어느 날 말한 것처럼, 그녀는 "자동차의 축전지 윗부분 같은 얼굴."을 하고 있었고 살이 좀 지나치게 찐 편이었다.

지금 나는 그녀가 여섯 명의 아이밖에 가지고 있지 않던 시절의 이야기를 하고자 한다.

어느 날 해트가 말했다. "로라에게 새 사내가 생겼어."

모두들 웃었다. "곰팡이 냄새가 나는 뉴스야. 만약에 로라가 하자는 대로 내버려 둔다면 모든 사내들을 한 번씩은 시험해 보려고 할걸."

그러나 해트는 말했다. "아냐, 이번에는 진짜인 듯해. 이번 사내는 그녀와 영원히 살기 위해서 온 것 같아. 오늘 아침에 내가 젖소들을 끌고 나가다가 그 사람을 보았어."

우리는 이 사내가 어떻게 되나 지켜보고 있었다.

우리가 나중에 알게 된 일이지만, 이때 그 사내도 우리를 지켜보면서 어떻게 되나 기다리고 있는 중이었다.

얼마 되지 않아서 이 나사니엘이라는 사내는 미겔 스트리트의 패거리와 어울리게 되었다. 그러나 그가 참으로 우리 패거리가 될 수 없음이 분명했다. 그는 우리 거리보다도 추잡한 지역이라고 여겨지던 포트오브스페인의 동부에서 온 사람이었으며 그가 쓰는 말은 참으로 야비하기 짝이 없었다.

그는 자기가 동부 지역의 피카딜리 스트리트 근처에서 공포의 대상이었음을 암시했다. 그는 그곳 패거리들 사이에 벌어진 패싸움에 대한 여러 가지 이야기를 들려주었고 자기 자신도 두세 사람을 불구자로 만들었다는 사실을 알리고자 했다.

해트는 말했다. "내 생각으로는 그 사람이 지독한 거짓말쟁이인 것 같아."

나 자신도 그를 불신하고 있었다. 그는 체구가 작은 사람이었는데, 나는 늘 작은 사람이 간악하고 난폭하기가 더 쉽다는 생각을 하고 있었다.

그러나 우리를 참으로 역겹게 한 것은 그가 아낙네들을 대하는 태도였다. 우리 중 어느 누구도 기사 정신으로 여인을 대하지는 않았지만, 나사니엘이 여인들에게 보이는 경멸만은 좋게 생각할 수가 없었다. 그는 아낙네들이 지나갈 때마다 무례한 말을 하곤 하였다.

나사니엘은 늘 이렇게 말했다. "여자들이란 꼭 암소 같아. 암소와 여자들은 매한가지란 말이야."

그리고 사회 복지 담당원이었던 미스 리코드가 지나갈 때면 나사니엘은 이렇게 말하곤 했다. "저 큰 암소 좀 봐."

그건 악취미였다. 우리는 누구나 미스 리코드야말로 너무 뚱뚱해서 비웃음의 대상으로 삼을 수 없으며 오직 딱하게 여겨야 할 뿐이라고 생각하고 있었다.

나사니엘은 로라와 살기 시작한 초기에 자기가 어떻게 하면 그녀로 하여금 분수를 지키게 할 수 있는지를 알고 있음을 말하려 했다. 그는 자기가 그녀를 구타하고 있음을 암시했다. 그는 늘 말하곤 했다. "여자들이란 이따금 실컷 두들겨 주면 좋아해. 왜 이런 칼립소 노래가 있잖아?

이따금 때려서 쓰러뜨려라.
이따금 던져서 넘어뜨려라.
눈에 멍이 들고 무릎을 다쳐봐야

그들은 그대를 영원히 사랑하리.

이 가사야말로 여자들에 관한 복음이거든."

　　해트가 말했다. "참으로 여자들이란 알 수가 없단 말이야. 로라 같은 여자가 나사니엘의 어떤 점을 좋아하는지 알 수가 없어."

　　에도스가 말했다. "나는 여자를 잘 알고 있어. 나는 나사니엘이 지독한 거짓말을 하고 있다고 생각해. 내 생각으로는 그가 로라와 단둘이 있을 때면 언제나 겁먹은 개처럼 꼬리를 두 다리 사이에 감추고 있을 것 같아."

　　우리는 그들이 싸우는 소리와 아이들이 사방에서 지르는 비명을 들을 수 있었다. 그런 후에 우리가 나사니엘을 만나게 되면 그는 이렇게 말할 따름이었다. "여편네를 때려서 지각이 들게 해 주었을 뿐이야."

　　해트는 말했다. "참으로 우습단 말이야. 로라는 조금도 슬픈 표정이 아니었거든."

　　나사니엘이 말했다. "우리 여편네는 그저 매만 맞으면 행복해한다고."

　　나사니엘은 물론 거짓말을 하고 있었다. 때리는 쪽은 그가 아니라 로라였다. 나사니엘이 얻어맞은 눈을 가리기 위해 애써 모자를 쓰려고 하던 날 그 사실이 드러나고 말았다.

　　에도스가 말했다. "보아하니 그런 칼립소 노래가 나온 것도 여자 때문이 아니라 남자 때문이군."

　　나사니엘은 몸집이 작고 여윈 에도스와 싸우려고 했다. 그러나 해트가 말했다. "가서 로라하고나 싸워. 나는 로라를 잘 알고 있어. 그 여자가 자넬 너무 심하게 때리지 않는 것도 자네를 데리고 살고 싶어 하기 때문이야. 하지만 그 여자가 자네한테 싫증을 내기 시작하는 날 자네는 도망치는 게 좋을걸."

우리는 무슨 일이라도 어서 일어나서 나사니엘이 미겔 스트리트를 떠나게 되길 바랐다.

해트가 말했다. "그렇게 오래 기다리지 않아도 될 거야. 로라가 아이를 가진 지도 팔 개월이 되니까 앞으로 일 개월만 지나면 나사니엘도 가게 될 테니까."

에도스가 말했다. "그것이야말로 진짜 신기록이 되겠군. 일곱 명의 다른 사내에게 일곱 명의 아이를 갖다니."

아이가 태어났다.

어느 토요일의 일이었다. 어둡기 직전에 나는 로라가 자기집 뜰의 울타리에 기대어 서 있는 것을 보았다.

아기는 이튿날 아침 8시에 태어났다. 그런데 참으로 기적적으로 아기가 난 후 두 시간밖에 되지 않았을 때 로라는 이웃에 살던 우리 어머니를 찾고 있었다.

나는 숨어서 보았다.

로라는 문틀에 기대어 있었다. 그녀는 망고를 먹고 있었는데 노란 과즙이 온통 그녀의 얼굴에 묻어 있었다.

그녀는 어머니에게 말하고 있었다. "오늘 아침에 애를 낳았어요."

그런데 어머니는 이렇게 물었을 뿐이었다. "사내예요, 계집애예요?"

로라가 말했다. "내 운수가 어땠을 것 같아요? 참 운수도 나쁜 것 같네요. 또 딸이라고요. 그걸 알려 주고 싶었을 뿐이에요. 이제 들어가 봐야 해요. 바느질할 것이 좀 있어서."

그런데 바로 그날 저녁에 해트가 이미 예언한 것이 실현될 것처럼 보였다. 왜냐하면 그날 저녁 로라는 길거리에 나와서 나사니엘에게 소리치고 있었기 때문이다. "헤이, 나사니엘, 이리 와요."

해트가 말했다. "하지만 이게 도대체 어떻게 된 셈일까? 저 여자가 아이를 낳은 게 바로 오늘 아침 아니야?"

나사니엘은 우리들 앞이기 때문에 허세를 부리려고 했다. 그는 로라에게 말했다. "나, 지금 바빠. 못 간다고."

로라는 앞으로 나갔다. 나는 그녀의 태도에서 싸울 기색을 볼 수 없었다. 그녀가 말했다. "못 오겠다고? 올 수가 없어? 그게 무슨 소리지?"

나사니엘은 겁을 먹고 있었다. 그는 우리에게 말을 하려고 했지만 지각 있는 말을 하지 못하고 있었다.

로라는 말했다. "당신은 자신을 사내라고 생각하겠지요. 하지만 내 앞에서는 사내인 척하지 마세요. 네, 나사니엘, 나는 지금 당신에게 말하고 있는 거예요. 바지 속에 두 덩이의 썩은 빵 같은 엉덩이를 하고 있는 주제에."

그야말로 로라의 걸작 표현 중의 하나였다. 그래서 그 말을 들은 우리는 모두 웃기 시작했다. 우리가 웃고 있는 것을 보자 로라도 웃음을 터뜨렸다.

해트가 말했다. "이 여자는 진짜라고."

그러나 나사니엘은 자기 아이가 태어난 후에도 미겔 스트리트를 떠나지 않았다. 우리는 약간 근심이 되었다.

해트가 말했다. "저 여자가 조심하지 않으면 같은 사내에게 두 번째 아이를 갖게 되겠는걸."

나사니엘이 떠나지 않는 것은 로라의 잘못이 아니었다. 그녀는 그를 몹시 구타하고 있었고 이제는 공공연하게 구타했다. 이따금 그녀는 그를 밖으로 쫓아낸 후에 문을 잠가 버리기도 했다. 그럴 때면 나사니엘이 길바닥에서 울면서 애원하는 소리가 들려왔다. "로라, 귀여운 로라, 어여쁜, 어여쁜 당신, 오늘밤에 집으로 들어가게 해 줘요. 로라, 어여쁜, 어여쁜 당신, 날 좀 들어가게 해 줘요."

그는 자기가 로라에게 분수를 지키게 하고 있다는 주장을 그만두고 말았다. 그는 이제 우리와 어울리려 하지 않았고 우리는 모두 그걸 다행으로 여겼다.

해트는 늘 말했다. "왜 저 사람이 자기 출신 지역인 드라이 리버로 돌아가지 않는지 알 수 없단 말이야. 그곳 사람들은 아무런 교양도 없기 때문에 그곳에 가면 그가 더 행복하게 살 수 있을 텐데."

나도 그가 왜 우리 거리에 머물고 있는지 이해할 수 없었다.

해트는 말했다. "세상에는 그런 사내들이 있는가 봐. 아낙네에게 걷어차이면서도 오히려 그것을 즐기는 남자들 말이야."

그런데 로라는 나사니엘에게 점점 더 화를 내고 있었다.

어느 날 우리는 그녀가 그에게 다음과 같이 말하는 것을 들었다. "당신은 내게 아이를 하나 갖게 했다고 해서 마치 나를 소유하고 있는 것처럼 생각하는 모양인데, 그 애는 어쩌다 태어나게 된 것이라고요. 알아듣겠어요?"

그녀는 경찰을 부르겠다고 위협하기도 했다.

나사니엘은 말했다. "하지만 내가 가면 누가 당신 애들을 걱정해 주지?"

로라는 말했다. "그건 당신이 걱정할 일이 아니에요. 난 당신이 여기 사는 걸 원치 않는다니까요. 당신이 있으면 먹여야 할 입만 하나 더 느니까. 지금 당장에 이곳을 떠나지 않으면 내가 찰스 경사를 부르겠어요."

나사니엘이 우리 거리를 떠난 것은 이 경찰을 부르겠다는 협박 때문이었다.

그는 눈물을 글썽이고 있었다.

그러나 로라의 배는 다시 불러 오고 있었다.

해트는 말했다. "오, 맙소사! 같은 사내에게 두 아이를 갖게 되다니!"

미겔 스트리트에서 사는 데 있어서의 기적들 중 하나는 아무도 굶지 않는다는 사실이었다. 만약에 독자 여러분이 연필과 종이를 들고 탁자에 앉아서 그 이유를 따지고 든다면 그것이 도저히 따질 수 없는 일임을 알게 될 것이다. 하지만 나는 미겔 스트리트에 살았으므로 아무도 굶지 않았다는 사실을 독자 여러분에게 장담할 수 있다. 어쩌면 사람들이 배가 고픈데도 불구하고 배고프다는 말만은 하지 않았기 때문인지도 모를 일이다.

모성의 본능

로라의 아이들은 무럭무럭 자랐다.

맏딸 로나는 선트 클레어에 있는 어느 집에서 하녀로 일하기 시작했고 새크빌 스트리트에 사는 어떤 사내로부터 타자 레슨을 받았다.

로라는 늘 말하곤 했다. "세상에 교육 같이 좋은 것은 없다고요. 나는 내 자식들이 나처럼 자라는 것을 원치 않는단 말이에요."

이윽고 로라는 여덟 번째 아이를 낳았다. 여느 때처럼 아무 힘도 들이지 않은 출산이었다.

그 아이가 그녀의 마지막 아이였다.

그녀가 지쳐 버린 것은 아니었다. 그녀가 인류애를 상실했다든가 인류의 증가에 보탬을 주자는 열정을 상실한 것도 아니었다. 정말이지 로라는 조금이나마 늙었다거나 덜 명랑해진 것 같지가 않았다. 나는 기회만 준다면 그녀가 아이 낳는 일을 계속했을 것이라고 늘 생각했다.

맏딸 로나가 어느 날 저녁에 타자 레슨을 받고 돌아오더니 이렇게 말했다. "엄마, 나 아기 가졌어."

이 말을 듣고 로라가 지른 비명을 나도 들었다.

로라가 우는 소리를 들은 것도 그때가 처음이었다. 그것은 범상한 울음소리가 아니었다. 그녀는 자기가 태어나면서부터 아껴 두었던 울음을 한꺼번에 모두 울어 버리는 듯했다. 그동안 그녀는 울 만한 일이 있어도 이를 모두 웃음으로 은폐해 왔었다. 나는 장례식장에서 사람들이 우는 것을 보았지만 그 울음 속에는 많은 허식이 섞여 있었다. 그날 밤 로라의 울음이 야말로 내가 일찍이 들어본 울음 중에서도 가장 끔찍한 울음 이었다. 그 울음소리를 듣고 나는 이 세상이야말로 바보스럽 고 슬픈 곳이라고 절감하지 않을 수 없었다. 그래서 나도 그만 로라를 따라 울어 버릴 뻔했다.

우리 거리 사람들은 모두 로라의 울음소리를 들었다.

이튿날 보이이가 말했다. "저 여자가 그 문제 때문에 왜 그 렇게나 미쳐 날뛰는지 모르겠어. 자기도 그런 짓을 하면서 말 이야."

해트는 이 말을 듣자 너무 속이 상해 가죽 허리띠를 풀더니 보이이를 때렸다.

나는 내가 로라와 그녀의 딸 중에서 어느 쪽을 더 딱하게 여겨야 할지 알 수가 없었다.

나는 로라가 길거리에 자기 모습을 드러내는 것을 수치스럽 게 여길 것이라 생각했다. 그녀와 만날 때마다 나는 바로 이 여자가 나와 더불어 웃기도 했고 또 내게 사탕 과자를 주곤 하던 그 사람이라는 것을 믿기 어려웠다.

그녀도 이제는 늙어 보였다.

그녀는 이제 자기 아이들에게 고함을 지르지 않았고 그들 을 때리는 일도 없었다. 나는 그녀가 애들을 특별한 방법으로 돌보고 있는 것인지 아니면 애들에 대한 관심을 완전히 상실 해 버린 것인지 알 수 없었다.

그러나 우리는 로라가 로나에게 나무라는 말을 하는 것을 한마디도 듣지 못했다.

그게 바로 무서운 일이었다.

로나는 자기가 낳은 아이를 집으로 데리고 왔다. 거리에서는 아무도 그 사실을 놓고 농담을 하지 않았다.

로라의 집은 이제 쥐 죽은 듯 고요하게 되었다.

해트가 말했다. "삶이란 참으로 끔찍한 것이라고. 불운이 다가오는 것을 보면서도 그것을 방지하기 위해서 아무것도 할수가 없다니. 그저 앉아서 그 불운이 다가오는 것을 지켜보면서 기다리는 수밖에 별 도리가 없으니!"

신문의 보도에 따르면 그것은 그 흔한 주말에 일어난 비극 중의 하나에 불과하다는 것이었다.

로나는 캐리니지에서 물에 빠져 죽었다.

해트가 말했다. "사람들은 늘 그렇게 죽었어. 자꾸만 헤엄쳐 나가는 거야. 그러다 보면 결국은 지쳐서 더 헤엄칠 수가 없게 돼."

경찰에서 찾아와 로라에게 그 사건을 알렸을 때 그녀는 별말이 없었다.

로라는 이렇게 말했을 뿐이었다. "그것 잘됐군. 그것 잘됐어. 그렇게라도 되어 버린 것이 오히려 더 나아."

11
푸른 수레

나는 자라서 에도스 같은 사람이 되고 싶었는데 거기에는
여러 가지 이유가 있었다.

그는 거리의 귀족들 중의 한 사람이었다. 그는 쓰레기 수거
차를 몰았기 때문에 아침에만 일을 했다.

게다가 누구나 말했듯이 그는 진짜 '사가 보이saga-boy'
였다. 이 말은 그가 서사시를 쓴다는 뜻이 아니었다. 이 말의
뜻은 그가 여가 많고, 옷 잘 입고, 여자를 밝히는 '스위트 맨
sweet-man'이라는 뜻이었다.

해트는 늘 말하곤 했다. "쓰레기 수거차를 모는 사람치고
이 에도스란 사람은 너무 청결하단 말이야."

에도스는 미친 듯이 청결을 찾았다.

그는 이빨을 몇 시간씩 닦기도 했다.

사실, 누구라도 낯선 사람에게 에도스에 관한 이야기를 한다면 으레 이렇게 말했을 것이다. '그 작은 녀석 말이에요, 입에 늘 칫솔을 물고 다니지요.'

바로 이 점 때문에 나는 진심으로 에도스를 찬양했다. 언젠가 한번, 나는 대낮에 입에 칫솔을 물고 우리 집 뜰을 거닐고 있었다.

어머니가 말했다. "너 지금 장난하고 있는 거니? 차라리 거품 오줌이 나오는 날을 기다리지 그러니."

이 말을 듣고 난 후 며칠 동안 나는 속이 상했다.

그러나 그런 일이 있고 난 후에도 나는 칫솔을 학교까지 가지고 가서 입에 물고 다니는 버릇을 그만두지 않았다. 나의 이런 버릇은 상당한 화젯거리가 되었다. 그러나 이내 나는 오직 에도스와 같은 사람만이 입에 칫솔을 물고도 버티어 낼 수 있다는 것을 알게 되었다.

에도스는 늘 잘 차려입고 있었다. 그의 카키색 바지는 언제나 줄이 서 있었고 구두는 늘 반짝였다. 그는 셔츠의 단추를 셋씩이나 풀어 놓고 있었기 때문에 털이 숭숭한 그의 앞가슴을 누구나 볼 수 있었다. 그의 셔츠 소매는 바로 손목 위로 접혀 있었기 때문에 사람들은 그의 금시계를 볼 수 있었다.

에도스가 코트를 입고 있을 때도 우리는 그 손목 시계를 볼 수 있었다. 그가 코트를 입고 있는 모습은 하도 천연스러웠기 때문에 그 모습만 본 사람이라면 그의 코트 소매 끝이 시계줄에 끼어 있는데도 그가 그것을 의식하지 못할 뿐이라고 생각했을 것이다.

에도스가 얼마나 작고 얼마나 야윈 사람인지를 알게 된 것은 내가 성장한 훗날의 일이었다.

나는 해트에게 물었다. "에도스는 여자들이 자기 뒤를 졸졸 따라다닌다고 자랑하는데 그 말이 사실일까요?"

해트는 대답했다. "글쎄, 얘야, 요즈음 여자들이란 도무지 우습기 짝이 없어서 돈을 가진 사내라면 난쟁이도 가리지 않고 쫓아다닌단다."

나는 말했다. "그럴 리가 있겠어요?"

그때 나는 무척 어렸다.

그러나 나는 늘 생각했다. '만약 이 세상에 여자들의 사랑을 받기 위해 태어난 남자가 하나 있다면 그건 에도스일 거야.'

그는 자기의 푸른 수레 위에 아주 의젓하게 앉아 있었다. 그때마다 그의 입에 물려 있던 그 칫솔은 또한 얼마나 멋있었던가!

하지만 그가 수레 위에 올라타고 있을 때 사람들은 그에게 말을 걸 수 없었다. 수레에 타고 있는 그는 우리가 아는 땅 위의 에도스와 전혀 달랐다. 그는 웃는 일이 없었으며 언제나 심각한 표정이었다. 만약에 우리가 흔히 얼음수레의 뒤꽁무니에 올라타듯이 그의 수레 뒤쪽에 올라타기라도 하는 날이면 그는 아주 고약하게 우리에게 채찍을 획획 휘두르며 이렇게 소리치곤 했다. "너희들, 이 수레가 얼마나 귀한 것인지 아니? 너희 아비는 이런 수레를 살 수도 없다고. 알겠니?"

매년 에도스는 시 의회에서 가장 청결한 쓰레기 수거차에 수여하는 상을 받았다.

게다가 에도스가 자기 직업에 대해 이야기하는 것을 들어본 사람이라면 누구나 슬픔과 열등감을 느끼지 않을 수 없었다.

그는 자기가 위로는 정청(政廳)의 수반(首班)으로부터 시작하여 포트오브스페인 시내의 모든 주요 인사들을 알고 있노라고 주장했다.

그는 늘 이렇게 말하곤 했다. "어제는 의무국장 댁에서 쓰레기 두세 통을 수거했어. 나는 그 사람을 아주 잘 안다고. 벌써 여러 해 동안 그 집 쓰레기를 수거해 왔는데 그게 그러니까 그가 우드부루크에서 이름 없는 의사로 고생하던 시절부터였지. 그래, 내가 어제 그를 만났는데, 글쎄, 그가 이렇게 말하잖겠어. '에도스(그는 나를 이렇게 부르곤 해.), 에도스, 들어와서 한잔하지 그래?' 그렇지만 나는 작업 중에는 절대로 술을 안 마셔. 술을 마시면 맥이 빠지기 때문이야. 그러나 그는 억지로 나를 수레에서 끌어내리다시피 했어. 그래서 결국 나는 그와 한잔하지 않을 수 없었지. 그는 자기가 겪은 두통거리를 모두 말해 주더군."

부잣집 아낙네들이 쓰레기통 뒤에 서서 그가 나타나길 기다린다는 이야기도 있었다. 아낙네들은 에도스에게 쓰레기를 수거해 달라고 간청한다는 것이었다.

쓰레기 수거원들이 동맹파업을 하는 동안에 에도스가 취한 자세는 정말 가관이었다. 내가 독자 여러분에게 이미 말한 대로 수거원들은 오만했고 그 어느 누구로부터도 섭섭한 말을 듣고는 참지 않았다.

그들은 자기네에게 힘이 있음을 알고 있었다. 그들이 파업만 하면 스물네 시간 이내에 온 포트오브스페인은 악취를 풍기게 될 것이기 때문이었다.

이런 중요한 날이 되면 에도스는 생각에 잠겨 미겔 스트리트를 오락가락 걸어 다녔다. 그는 침통하고 사나워 보였지만 그 어느 누구를 상대해서도 말을 하려 하지 않았다.

그는 이런 날이면 빨간 목도리를 둘렀고 빨간 손잡이가 달린 칫솔을 물고 다녔다.

이따금 우리는 우드포드 스퀘어로 가서 그들의 파업 집회를 구경한다든가 그 흥분한 파업자들을 바라보곤 했다.

에도스가 노래하는 것을 듣고 나는 놀랐다. 그의 노래들은 격렬했지만 그의 표정은 무척 슬퍼 보였다.

해트는 내게 말했다. "이곳에는 형사들이 나돌아다닌다고. 그들은 에도스나 그의 친구들이 하는 말을 모조리 적어 간대."

형사들을 알아내기란 쉬웠다. 그들은 평복을 제복처럼 입고 있었다. 그것은 갈색 모자, 흰 셔츠, 갈색 바지로 된 평복이었다. 그들은 붉은 연필을 가지고서 공책에다 무어라 적어 넣고 있었다.

그러나 에도스는 겁을 먹은 표정을 짓지 않았다.

우리 모두는 에도스야말로 누구나 쉽게 상대할 수 있는 인물이 아니라는 것을 알고 있었다.

그러므로 우리가 에도스를 오만하다고 비난할 수는 없었다.

어느 날 에도스는 구두 한 켤레를 집으로 가지고 왔다. 그는 우리가 그 구두를 보건 말건 아무 상관 없다는 듯이 조용히 우리에게 보여 주었다.

그는 칫솔질을 하면서 얼굴은 돌린 채 말했다.

"오늘 이 구두를 쓰레기 하치장에서 주웠어. 거기 놓여 있기에 들고 왔지."

우리는 휘파람을 휘익 불었다. 그 구두는 새것이나 다름없었다.

"사람들은 더러 쓸 만한 물건도 버린다고." 에도스가 말했다.

그러고 나서 그는 덧붙였다. "이 직업이 참으로 기막히다는 것을 알아 둬. 잘 찾아보기만 하면 온갖 것을 다 얻을 수 있지. 수일 전에 어떤 친구는 온전한 침대를 하나 주웠어. 며칠 전에는 내가 선트 클레어에서 쓰레기를 수거하고 있는데, 글쎄, 한 바보 같은 여인이 뛰어나오더니 날더러 집 안으로 들어와 보라고 애원하잖겠어. 내게 라디오를 한 대 주겠다는 거였어."

보이이가 말했다. "부자들은 그저 물건을 내다 버린다는 거예요?"

에도스는 웃으면서 우리의 생각이 순박하기 짝이 없는 것을 딱하게 여긴다는 듯이 외면했다.

에도스와 그가 주운 구두에 대한 소문이 대번에 온 거리에 나돌았다. 어머니는 속이 상해서 이렇게 말했다. "봐라, 세상은 공평치가 못한 곳이지 뭐니. 나는 이 집에서 손가락이 닳아서 뼈가 드러나도록 일을 해도 그렇게 구두 한 켤레 던져 주는 사람이 없는데, 저 변변찮고 볼품없는 사람은 일을 별로 하지 않아도 별의별 것을 다 갖게 되지 뭐니."

얼마 후에 에도스는 더 많은 것들을 줍기 시작했다.

그는 침대의 뼈대를 가지고 오는가 하면 약간 금이 갔을 뿐인 잔이니 잔받이니 하는 것들을 수십 개씩 가지고 왔다. 그는 여러 토막의 목재라든가 온갖 종류의 볼트 및 나사, 그리고 심지어는 현금까지 주워 왔다.

에도스가 말했다. "오늘 내가 어떤 나이 든 수거원과 얘기를 했는데 말야, 그는 내게 이렇게 말했어. 구두를 보거든 그냥 내버리지 말라는 게야. 사람들이 구두를 버리거든 반드시 그 구두 속을 들여다보라고 하더군. 그러면 그 속에서 온갖 것을 찾아낼 수 있을 거라고 하면서."

에도스가 자기의 직업 그 자체와 쓰레기 수집 취미 중에서 어느 쪽을 더 자랑스럽게 여기는지를 분간해서 말하기 어려운 때가 다가왔다.

그는 자기가 주워온 쓰레기들을 수레로부터 부리는 일에 반 시간이나 되는 시간을 매일 소모하곤 했다.

그 결과, 누구라도 못 몇 개라든가 골함석 한 조각이 필요하게 되면 제일 먼저 에도스를 찾아가서 청을 넣었다.

사람들이 그에게 청을 넣을 때마다 그는 속으로 기뻐했지만 겉으로는 귀찮다는 듯이 법석을 떨었다.

그는 이렇게 말하곤 했다. "나는 하루 종일 죽어라고 일을 해서 이 모든 물건들을 모으는데, 글쎄, 사람들은 뭐가 필요하면 그저 뛰어와서 '이것 좀 줘, 저것 좀 줘.'라고 말하면 되는 줄 알거든."

시간이 흐르자 우리 거리의 사람들은 에도스가 모아 놓은 쓰레기를 에도스의 '재료들'이라고 지칭하게 되었다.

타이터스 호이트가 학교를 개설한 후의 어느 날이었다. 그는 책을 사는 데 많은 돈을 써야겠다는 이야기를 우리에게 해 주고 있었다.

그는 이렇게 말했다. "적어도 60달러는 들 거야."

에도스가 물었다. "그 돈이면 책을 몇 권이나 살 수 있어?"

타이터스 호이트가 말했다. "오, 일곱 권이나 혹은 여덟 권쯤 살 수 있을까?"

에도스가 멸시 어린 웃음을 웃었다.

그는 이렇게 말했다. "내게 약 12센트만 주면 책을 잔뜩 구해 주지. 겨우 여덟 권의 책을 사는 데 그 많은 돈을 쓰는 이유가 뭐야."

에도스는 많은 책을 팔았다.

해트는 20센트어치의 책을 샀다.

이것은 타이터스 호이트가 모든 사람에게 교육을 받게 한다는 사실을 여실히 보여 주고 있기도 했다.

게다가 그림 거래도 있었다.

어느 날 에도스가 말했다. "오늘 나는 멋진 그림 두 점을 얻었어. 풍경화인데 액자에 들어 있고 흠 잡을 데가 없는 그림이야."

나는 집에 가서 말했다. "엄마, 에도스가 그러는데 12센트만 내면 우리에게 멋진 그림 두 점을 팔겠대요."

어머니의 반응은 뜻밖이었다.

어머니는 입은 옷에 손을 닦고 밖으로 나왔다. 에도스가 풍경화를 가지고 왔다. 그는 말했다. "유리가 약간 더럽군요. 하지만 그거야 언제든 닦으면 되는 거고 참 멋진 풍경화지요."

그것은 폭풍우가 이는 바닷속의 배를 그린 판화였다. 나는 어머니가 그 그림들을 구한 후 너무 좋아서 그만 울어버릴 듯한 표정을 짓는 것을 볼 수 있었다. 어머니는 거듭 말했다. "나는 늘, 늘 멋진 풍경화를 갖고 싶었단 말이야." 그러고 나서 어머니는 나를 가리키며 에도스에게 말했다. "이 애의 아버지가 늘 풍경화를 그리곤 하셨다고요."

에도스는 상당히 감명을 받은 얼굴이었다.

그는 물었다. "이런 좋은 그림을 그리셨나요?"

어머니는 대답하지 않았다.

얼마 동안 이야기를 주고받은 후에 어머니는 에도스에게 10센트를 주었다.

에도스는 아무도 사고 싶어 하지 않는 물건을 갖고 있을 때는 으레 나의 아저씨 바쿠에게 가져가곤 했다. 바쿠 아저씨는 무엇이든 사들일 태세였기 때문이다.

그는 늘 이렇게 말하곤 했다. "이런 물건들이 언제 쓸모 있게 될는지 아무도 모르는 거야."

해트가 말을 시작했다. "이 모든 것들이 에도스의 마음을 끌고 있어. 세상에는 그런 사람들이 있어."

어느 날 에도스가 찾아와서 내게 다음과 같은 말을 할 때까지만 해도 나는 아무것도 걱정하지 않았다. "너 낡은 버스표를 수집할 생각을 해본 적이 있니?"

그런 생각이 내 마음에 스친 적은 없었다.

에도스가 말했다. "이봐, 너 같은 어린아이가 우선 착수해 볼 만한 일이 있어. 네가 천 장씩 수집할 때마다 내가 1페니씩 주지."

내가 말했다. "버스표는 어디다 쓰려고 하세요." 그는 마치
나를 바보라고 여기듯이 웃었다.

나는 버스표를 수집하지 않았지만 다른 많은 소년들이 표
수집을 하는 것을 지켜보았다. 에도스는 그들에게 표를 백 장
씩 수집할 때마다 공짜로 버스를 한 번씩 타게 해 주겠다고
말을 했던 것이다.

해트가 말했다. "저 친구가 핀을 수집하게 되는 날에는 걱
정거리가 되겠는걸."

하지만 에도스에게 정신을 바짝 차리게 할 만한 일이 일어
났다.

어느 날 그는 말했다. "내가 아주 난처하게 되었어."

해트가 말했다. "자네가 그동안 물건들을 훔쳐내다가 들통
이 났다는 얘기는 아니겠지?"

에도스는 머리를 저었다.

그는 말했다. "어떤 계집애가 내 아이를 가졌어."

해트가 말했다. "그게 자네 아이라고 확신하나?"

에도스가 말했다. "그 계집애는 그렇다고 말하고 있어."

에도스가 이런 문제로 왜 그처럼 걱정을 하는지 그 이유를
알 수가 없었다.

해트는 말했다. "그런 일로 바보처럼 굴지 마. 그건 누구에
게나 일어날 수 있는 일이야."

하지만 에도스는 이런 말에서 위안을 찾으려 하지 않았다.

그는 맥이 빠진 자세로 고물 수집을 계속했다.

그러더니 그는 고물 수집을 완전히 그만두고 말았다.

해트는 말했다. "에도스는 마치 아이를 가지는 일을 자기가 발명한 것처럼 처신하는군."

해트는 다시 물었다. "그 아이가 자네 아이임에 틀림이 없나? 다른 놈의 아이가 아니냐고? 아이를 뱄다고 협박함으로써 생계를 꾸려 나가는 여자들이 이 세상에는 더러 있거든."

에도스가 말했다. "그 계집애에게 다른 아기가 있는 건 사실이야. 하지만 나는 지금 곤경에 빠져 있어."

해트가 말했다. "그 여자 혹시 로라 같은 여자니?"

에도스가 말했다. "아냐. 로라는 한 남자에 한 아이씩 배지만, 이 계집애는 한 남자에 두셋씩 아이를 밴단 말이야."

해트가 말했다. "이봐, 걱정할 필요가 없어. 그게 자네 아인지 아직 모르잖아. 어디 두고 봐. 두고 보란 말이야."

에도스가 슬픈 어조로 말했다. "그 여자는 내가 만약 그 아기를 데리고 가지 않으면 직장에서 쫓겨나게 하겠다고 협박하고 있어."

그 말을 듣고 우리는 모두 깜짝 놀랐다.

에도스는 말했다. "그 여자는 아는 사람이 많아. 그 여자는 나를 선트 클레어 지역으로부터 쫓아내고 드라이 리버 지역에서 근무하게 하겠다고 말하고 있어. 그렇지만 드라이 리버 지역의 사람들은 너무 가난하기 때문에 아무것도 버리지 않는단 말이야."

내가 말했다. "거기서는 아무 물건도 찾아낼 수가 없단 말이에요?"

에도스는 머리를 끄덕였고 우리는 모두 그 협박이 무엇을 의미하는지를 알 수 있었다.

헤트가 말했다. "칼립소 가수의 말이 맞다고.

숫지네도 나쁘지만
암지네는 더욱 나빠.

라고 노래했으니. 나는 그런 나쁜 여자가 있다는 것을 알고 있어. 그런 여자에게는 아이가 많지. 여러 아버지들에게 아이를 배게 해 놓은 후 그 아버지들에게 돈을 내라고 협박하지. 이런 여자가 서른이나 서른다섯 살쯤 될 무렵에는 이미 많은 남자들로부터 많은 돈을 받아 내기 마련이지. 그런데 돌봐야 할 아이는 하나도 없고 아무 책임도 없단 말이야. 나는 이런 일이 있다는 것을 잘 알고 있어."

보이이가 말했다. "걱정 마요, 에도스. 그게 아저씨 아이인지 아닌지 우선 두고 보라고요. 두고 봐요."

헤트가 말했다. "보이이, 네가 이런 문제에 간섭하기에는 너무 어리지 않니?"

여러 달이 지나갔다.

어느 날 에도스가 선언했다. "그 여자가 어제 아이를 낳았어."

헤트가 말했다. "사내애야, 계집애야?"

"계집애야."

우리는 에도스가 너무 딱했다.

해트가 물었다. "그 아이가 자네 아이라고 생각해?"

"그래."

"그 애를 집으로 데리고 올 거야?"

"한 일 년쯤 지나고 나면 데리고 와야지."

"그렇다면 지금 당장은 걱정할 것이 하나도 없군그래. 그게 자네 아이거든 집으로 데리고 와. 그렇게 하면 선트 클레어에서 이전처럼 일을 하면서 물건도 수집할 수 있을 게 아냐?"

에도스는 그렇다고 했다. 그러나 그는 조금도 더 행복해 보이지는 않았다.

해트는 그 아이가 미겔 스트리트로 오기 오래전부터 그 아이에게 별명을 지어 붙였다. 그는 그 아이를 플레저('쾌락')라고 불렀는데 그 아이는 자라서 숙성한 소녀가 될 때까지 그 이름으로 불리었다.

갓난아기의 어머니가 어느 날 밤에 플레저를 데리고 왔지만 그녀 자신은 별로 오래 머물지 않았다. 그 여자가 몹시 예쁘다는 사실을 사람들이 알게 되었을 때 에도스의 주가는 올라갔다. 그 여자는 야성적이었고 스페인 여자처럼 보였다.

그러나 우리는 잠시 동안만 플레저를 보고서도 그 아이가 에도스의 아이가 될 수 없음을 대번에 알았다.

보이이는 어떤 칼립소 노래를 휘파람으로 불기 시작했다.

중국인 아이들이 나를 아빠라 불러요!

나는 이렇게 시커면 흑인인데요.

내 처도 타르처럼 시꺼멓고요.

그런데도 여전히 —

중국인 아이들이 나를 아빠라 불러요!

맙소사, 누군가 내 커피에 우유를 타고 있네요.

해트가 보이이를 꼬집었다. 그러고 나서 그는 에도스에게 말했다. "저 애는 참 잘생겼군, 에도스. 자네를 닮았어."

에도스가 말했다. "해트, 자넨 그렇게 생각하나?"

해트가 말했다. "그렇고말고. 내 생각으로는 저 애가 자라나면 저 애 아버지 못지않게 참한 소녀가 될 거야."

내가 말했다. "에도스, 참 귀여운 딸이 생겨서 좋겠네요."

아기는 잠들어 있었는데 분홍 피부가 아름답게 보였다.

에롤이 말했다. "저 애가 자라서 숙성한 처녀가 되기까지 십육 년을 기다리라면 기다리겠어."

이쯤 되자 에도스는 미소를 짓고 있었고 별 이유도 없이 웃음을 터뜨렸다.

해트가 말했다. "닥치게, 에도스. 그러다간 아이가 잠을 깨겠네."

그러자 에도스가 물었다. "자네 정말로 저 애가 나를 닮았다고 생각하나, 해트?"

해트가 말했다. "그렇고말고. 나는 자네가 잘했다고 생각해, 에도스. 내가 만약에 부주의하여 밖에 나가서 아이들을 배게 한다면 나도 그 애들을 모두 집으로 데리고 와서 키우겠어. 모조리 집으로 데리고 와서 키우고말고. 조금도 수치스럽게 여길 일이 아니지."

에도스가 말했다. "해트, 나한테 오래전에 주워 놓은 새장이 하나 있어. 내일 내가 자네에게 그걸 갖다 주지."

해트가 말했다. "그렇잖아도 새장을 하나 가졌으면 한 지가 오래된다네."

그 후 얼마 되지 않아서 에도스는 우리가 본래부터 알고 있던 에도스로 되돌아갔다. 그는 자기의 직업과 자기가 수집하는 고물을 자랑스럽게 여기고 있었고 게다가 이제는 플레저에 대해서도 자랑스럽게 여기고 있었다.

아기는 온 거리의 아이가 되었다. 모건 부인이니 바쿠 부인이니 로라니 우리 어머니니 하는 여인들이 모두 그 아이를 돌보는 일을 도왔다.

미겔 스트리트에도 남을 비웃고 싶어 하는 사람이야 있었지만, 플레저가 카우 앤드 게이트 베이비 대회에 나가서 1등상을 따고 그 사진이 신문에 나온 것을 보게 되었을 때만은 입을 꼭 다물고 말았다.

12
사랑, 사랑, 사랑만이

어느 날 아침 9시 무렵에 미스 힐튼네 집 밖에 영구차 한
대와 승용차 한 대가 와서 멎었다. 승용차에서는 남자와 여자
가 각각 한 사람씩 내렸다. 두 사람은 모두 중년이었으며 검은
상복을 입고 있었다. 남자가 영구차에 타고 있던 두 사내에게
뭐라고 소곤대는 동안 여자는 감정을 억제하며 점잖게 울고
있었다.

그래서 나는 미스 힐튼의 장례식은 미겔 스트리트에서 일
찍이 보지 못했던 가장 신속하고 가장 사사로운 장례식이었다
고 생각한다. 그것은 우리 거리에서도 비교적 나은 구역에 살
고 있던 사회 사업가요, 대영제국 훈장까지 받은 미스 리코드
같은 늙은 과부를 위해 우리가 마련했던 장례식과는 전혀 다
른 것이었다. 그 장례식 때는 참석한 승용차를 세어 보니 모두

일흔아홉 대였고 자전거도 한 대 왔었다.

남자와 여자는 한낮이 되자 돌아갔고 뜰에는 모닥불이 피워졌다. 미스 힐튼이 쓰던 매트리스니 베개니 홑이불이니 담요니 하는 것들이 불태워졌다.

그러자 그 잿빛 목조 건물의 창문은 모두 활짝 열렸는데 나는 그런 광경을 전에 본 적이 없었다.

주말이 되자 그 집 망고나무에는 '이 집을 팝니다'라는 간판이 못질되었다.

우리 거리에 사는 어느 누구도 미스 힐튼을 알지 못했다. 그녀가 살고 있을 때도 그녀의 집 대문은 늘 자물쇠로 채워져 있었고 아무도 그녀가 그 집에서 나오는 모습이라든가 혹은 사람들이 그 집으로 들어가는 것을 본 일이 없었다. 그러므로 누구든지 그녀의 죽음을 슬퍼할래야 슬퍼할 수가 없었으며 또 그녀를 그리워한다고 말할래야 말할 수가 없을 지경이었다.

내가 그녀의 집을 생각할 때면 으레 두 가지 색깔이 내 마음에 떠오른다. 회색과 초록이 바로 그것이다. 초록이란 망고나무의 빛이었고, 회색은 그 집의 색깔인 동시에 망고나무에 접근하지 못하도록 둘러 세워 놓은 함석 울타리의 색깔이기도 했다.

만약에 우리의 크리켓 공이 미스 힐튼네 뜰에 떨어지는 날이면 그 공을 회수할 생각은 버려야 했다.

미스 힐튼이 죽었을 때는 망고 철이 아니었다. 그러나 우리는 그녀의 뜰에 들어가서 크리켓 공을 여남은 개나 회수했다.

우리는 그 집에 새로 이사 올 사람들이 미처 이사를 오기도 전부터 벌써 그들을 미워할 태세였다. 지금 생각하건대 그때 우리는 약간 불안해하고 있었던 것 같다. 그 이유는 경찰에다 우리에 관한 불평을 계속 늘어놓곤 하던 사람이 그곳에서 살았던 적이 있기 때문이었다. 그는 우리가 길에서 크리켓 놀이를 한다고 해서 불평이었다. 그런데 우리가 크리켓 놀이를 하지 않고 있을 때도 그는 우리가 너무 많이 떠든다고 불평했다.

찰스 경사가 찾아와서 우리에게 말하곤 했다. "얘들아, 서장님께서 나를 보내셨단다. 그 못된 사람이 다시 전화를 걸어 온 거야. 너무 고깝게 여기지 않도록 해라."

어느 날 오후에 내가 학교에서 돌아오자 해트가 말했다.

"알고 보니 남자와 여자가 각각 한 사람씩이야. 여자는 아주 예뻐. 하지만 남자는 지독히도 흉하게 생겼어. 보아하니 포르투갈 사람들 같아."

나는 그들을 별로 볼 수 없었다. 대문은 열려 있었지만 창문이 다시 닫혔던 것이다.

나는 개가 미친 듯이 짖고 있는 소리를 들었다.

한 가지 사실만은 쉽사리 단정할 수가 있었다. 이 사람들이 누구든 간에 경찰에 전화를 걸어서 우리가 시끄럽게 군다든가 그들의 숙면을 방해한다고 고발할 사람은 결코 아니라는 사실이 바로 그것이었다.

그날 밤 그 집에서는 많은 소음이 들려왔다. 자정이 되어

트리니다드 방송국에서 방송을 마칠 때까지 라디오 소리가 꽝꽝 울려오고 있었다. 개는 짖어 댔고 사내는 고함을 지르고 있었다. 그러나 여자의 목소리는 들리지 않았다.

이튿날 아침은 참으로 조용했다.

나는 학교에 가기에 앞서서 그 여자가 나타나기를 기다렸다.

보이이가 말했다. "이봐요, 해트. 나는 저 여자를 어디선가 본 것 같아요. 내가 무쿠라포 지역에서 우유 배달을 하고 있을 때 저 여자를 봤다고요."

이 여자는 미겔 스트리트에 사는 다른 주민들과 어울릴 사람이 아니었다. 그녀는 너무 잘 차려입고 있었다. 그녀는 너무 예뻤고 너무 세련되어 있었으므로, 그녀가 마리네 가게에서 다른 아낙네들과 밀치락달치락하면서 밀가루니 쌀이니 하는 귀한 물건들을 사고 있는 광경은 우습게 보이기조차 했다.

나는 보이이의 말이 옳다고 생각했다. 무쿠라포 지역의 그 멋진 주택 중의 하나에 딸린 정원에서 제복을 입은 하인이 부산하게 오락가락하는 가운데 이 여자가 반바지 차림으로 홀짝홀짝 뛰어다니는 광경을 그려보기가 더 쉬운 일이었다.

처음 며칠이 지난 뒤 나는 그 집 남자를 차츰 더 자주 볼 수 있게 되었다. 그는 키가 컸고 몸은 가늘었다. 그의 얼굴은 흉했고 분홍빛 얼룩이 보였다.

해트가 말했다. "맙소사, 이제 보니 저 사람 일류 술꾼 아냐?"

얼마쯤 지나서야 비로소 나는 그 키다리가 사실상 거의 언제나 취해 있다는 것을 알게 되었다. 그는 늘 질이 나쁜 럼의 고약한 냄새를 풍기고 있었으며 나는 그를 무서워했다. 나는 그와 마주칠 때마다 길을 건너 그를 피했다.

그의 아내인지 뭔지 하는 여자는 우리 거리에서 가장 잘 차려입고 있었지만 그는 우리 중의 그 누구보다도 더 못 차려입고 다녔다. 그는 조지보다도 더 더러운 차림이었다.

그는 도무지 아무 일도 하는 것 같지 않았다.

나는 해트에게 물어보았다. "저런 예쁘고 잘생긴 여자가 어쩌다 저런 못난 남자와 어울리게 되었을까요?"

해트가 말했다. "얘, 너는 이해하지 못할 거야. 내가 너한테 얘기해 준다고 해도 너는 내 말을 믿지 않을걸."

그러자 그 집의 개가 내 눈에 띄었다.

그 개는 숫염소만큼이나 컸고 수소처럼 고약하게 보였다. 그 개도 자기 주인처럼 머리가 가늘었다. 나는 그 개가 주인과 늘 함께 있는 것을 보았다.

해트가 말했다. "만약 저 개가 주인을 떠난다면 여기 이 거리에서 크게 혼이 날걸."

며칠 지난 뒤 해트가 말했다. "방금 이런 생각이 떠올랐어. 나는 저 사람들이 가구라고 가져오는 것을 본 일이 없거든. 가진 것이라고는 그 라디오 한 대밖에 없는 것 같아."

에도스가 말했다. "그들에게 팔아먹을 만한 물건이 내게 많이 있지."

나는 그 집에 사는 사내와 개와 여인에 대한 생각을 할 때마다 그 여자가 딱했고 혹시 그 여자가 잘못되지나 않을까 두렵기도 했다. 그녀는 돌아다니면서 자기에게 아무 일이 없다는 것을 알리려 했고 또 자기는 남의 눈에 띌 만한 점이 하나도 없는 평범한 여인에 불과하다는 사실을 알리려 했기 때문에 나는 그녀의 그런 자세를 좋아하고 있었다.

그러자 사내는 여자를 구타하기 시작했다.

여인은 비명을 올리면서 집 밖으로 뛰쳐나오곤 했다. 그때마다 우리는 개가 몹시 짖어 대는 것을 들었으며 사내가 고함지르거나 욕을 퍼붓는 소리를 들었는데 그가 쓰는 말은 하도 야비했기 때문에 우리는 모두 그런 말에 충격을 받곤 했다.

해트는 우리 중에서 나이가 든 사람들을 상대로 말했다. "둘, 둘씩 놓고 어떻게 되나 살피기란 쉬워."

그 말을 듣자 에드워드와 에도스는 웃었다.

내가 말했다. "어떻게 되는 거예요, 해트?"

해트는 웃었다.

그는 말했다. "너는 아직 너무 어려서 그런 걸 몰라. 네가 긴 바지를 입는 어른이 될 때까지 기다려."

그래서 나는 최악의 경우까지 생각해 보았다.

여인은 마치 갑자기 모든 수치심을 상실해 버린 것처럼 행동했다. 그녀는 길거리에 나와 있는 사람이면 누구에게나 울면서 달려가서 애원했다. "도와주세요! 도와주세요! 그이가 나를 붙잡으면 죽일 거예요."

어느 날 그녀는 우리 집으로 달려왔다.

그녀는 갑자기 찾아오게 되어서 미안하다는 따위의 변명도 하지 않았다. 그녀는 너무나 겁을 먹고 있었기 때문에 울지도 못했다.

나는 어머니가 그때만큼 남을 도우려고 애를 쓰는 것을 본 일이 없었다. 어머니는 그 여인에게 차와 비스킷을 주었다. 여인이 말했다. "나는 최근에 토니에게 무슨 일이 있는지 알 수가 없어요. 오직 밤에만 그이가 이렇게 날뛴단 말이에요. 이러다가도 아침만 되면 내게 그렇게 다정하게 해 줄 수가 없지요. 그러나 정오 무렵이 되면 무슨 일이 있는지 그이는 미친 사람처럼 되어 버리는 거예요."

처음에 어머니는 그 여인 앞에서 지나치게 세련된 자세를 취하고 있었다. 가령 어머니는 당시에 유행하던 말이랑 유행하던 발음을 사용함으로써 자기가 상당히 세련되어 있음을 보여 준다든지 시를 쓰듯 운자(韻字)까지 맞추면서 모든 것이 잘 해결될 것이니 걱정할 것 없다고 장담했다. 보통 때 어머니는 남성들을 사내라고 지칭했는데, 이 여인 앞에서는 사내들의 버릇이 어쩌고 하면서 특히 돌아가신 우리 아버지가 그 전형적인 경우라고 하였다.

어머니는 말했다. "이 애 아버지에 대해서 한 가지 말해 둘 것은, 댁의 남편과 정반대된다는 거예요. 그이가 있던 방에 내가 들어갈 때마다 그이는 침대에서 벌떡 일어나서 소리를 지르며 도망치곤 했어요. 비명을 지르면서 도망쳤다고요."

그러나 그 여인이 이렇게 우리 집을 서너 차례 찾아온 후에 어머니는 자신의 본래 모습으로 되돌아가서 이 여인에 대해서도 로라나 바쿠 부인을 대하듯이 대하기 시작했다.

어머니는 늘 말하곤 했다. "자아, 그렇다면 말씀이에요, 에레이라 부인. 그 아무 데도 쓸모없는 양반을 떠나 버리면 될 텐데 왜 그렇게 하지 않나요?"

에레이라 부인이 말했다. "부인이나 다른 사람들에게 이런 말을 하면 바보처럼 들리겠지만 저는 토니를 좋아하거든요. 저는 그이를 사랑한단 말이에요."

어머니는 말했다. "그 참 별나게도 우스꽝스러운 사랑이군요."

에레이라 부인은 남편 토니에 대해서 마치 그녀가 좋아하는 어린 소년에 대해 말하듯이 이야기하기 시작했다.

그녀는 말했다. "그이는 좋은 점을 여럿 가지고 있어요. 정말이지 마음씨도 올바른 분이고요."

어머니가 말했다. "그 마음씨라는 것이 무엇인지는 모르겠어요. 하지만 내가 아는 것이 한 가지 있다면 그것은 그 양반이 몹시 혼이 나 봐야 정신을 차리겠다는 점이에요. 왜 그 양반이 그처럼 부인을 모욕하도록 내버려 두시는지 모르겠군요."

에레이라 부인이 말했다. "아니에요. 나는 토니를 잘 알고 있어요. 나는 그이가 아플 때 간호를 해 줬어요. 그게 그러니까 전쟁 때문이었어요. 그이는 선원이었는데 타고 다니던 배가 두 번이나 어뢰 공격을 받았다고요."

어머니가 말했다. "한 번 더 어뢰 공격을 받아도 싸겠군요."

"그렇게 악담하지 마세요." 에레이라 부인이 말했다.

어머니는 말했다. "봐요. 나는 내 속마음을 툭 터놓고 얘기한다고요. 부인께서도 어차피 조언을 받으러 우리 집에 오신 것 아니에요?"

"조언까지는 청하지 않았어요."

"그렇다면 도움을 청하러 오신 셈이죠. 지금 나는 도움을 드리고 싶을 뿐이에요."

"도움이건 조언이건 바라지 않겠어요." 에레이라 부인이 말했다.

어머니는 잠자코 있다가 말했다. "그렇다면 좋다고요. 그 위대한 분에게 돌아가시지 그래요. 내가 잘못했다고요. 백인들의 일에 간섭을 한 셈이었으니까. 왜 칼립소 노래에 이런 구절이 있잖아요?

사랑, 사랑, 사랑만이
에드워드 왕을 퇴위케 했나니.

자아, 이건 알아 두세요. 부인이 에드워드 왕은 아니라는 것을 아시란 말이에요. 부인은 그 위대한 분께 돌아가도록 하세요."

에레이라 부인은 문밖으로 나가면서 이렇게 말하곤 했다. "다시는 제가 여기 찾아오는 일이 없길 바라겠어요."

그러나 그 이튿날 저녁이면 그녀는 다시 찾아왔다.

어느 날 어머니가 말했다. "에레이라 부인, 이 동네 사람들은 누구나 부인 댁의 개를 무서워하고 있어요. 그 개는 너무 사나워서 이런 거리에는 둘 수 없다고요."

에레이라 부인이 말했다. "그건 제 개가 아니에요. 그 개는 토니의 것이기 때문에 나도 그 개를 건드리지 못한다고요."

우리는 토니를 멸시했다.

해트가 말했다. "사내가 이따금 한 번씩 여편네를 때리는 것은 좋아. 하지만 이 사람은 여편네 때리기를 마치 운동하듯이 한단 말일세."

게다가 그는 자기가 마신 술을 이기지 못해 멸시받기도 했다.

사람들은 그가 술에 만취한 채 온갖 곳에서 잠들어 있는 것을 보곤 했다.

그는 우리와 친하게 지내보려고 몇 번 노력했지만 그때마다 우리를 무엇보다 불편하게 만들곤 했다.

그는 말했다. "헬로, 얘들아."

그럴 때마다 그가 할 수 있는 말이라고는 그것뿐인 것처럼 보였다. 그리고 해트와 그 밖의 어른들이 그에게 다정하게 굴면서 말을 걸려고 할 때도 그가 도무지 귀담아듣지 않는다고 여겨졌다.

누군가가 하던 말을 미처 끝내기도 전에 그는 아무 말도 없이 갑자기 일어나서 가 버리곤 했다.

해트는 말했다. "가 버리니까 오히려 시원하지 뭐야. 그 친구를 오래 바라보다가는 구역질이 날 것 같단 말이야. 흰 피부색도 가끔은 아주 더럽게 보일 때가 있다는 것을 알아야 해."

사실 그의 피부는 더러웠다. 노랑과 분홍, 흰색이 섞인 피부였는데 갈색과 검은색 반점이 있었다. 그의 왼쪽 눈 위의 피부는 불에 덴 살갗처럼 흉한 분홍빛이었다.

그러나 나는 한 가지 이상한 점에 주목했다. 그것은 내가 토니의 손을 볼 때마다 그 몹시 가늘고 주름진 손 때문에 불쾌감이 생긴다기보다는 연민의 정이 생겼다는 사실이었다.

그러나 나는 내가 해트와 그 밖의 사람들과 함께 있을 때에 한해서 그의 손을 바라보았다.

나는 에레이라 부인이 그의 손만을 보았으리라 생각한다.

해트는 말했다. "얼마나 오랫동안 이런 생활이 계속될지 모르겠는걸."

에레이라 부인은 그 생활이 오래 계속되길 바라고 있음이 분명했다.

그녀와 어머니는 하여간 친한 사이가 되었고 나는 에레이라 부인이 자기의 장래 계획에 대해 이야기하는 것을 여러 번 들었다. 어느 날 그녀는 약간의 가구를 갖고 싶다고 했는데 그때 그녀는 몇 가지를 들여왔던 것으로 생각된다.

그러나 대체로 그녀는 토니에 대한 이야기를 했는데 그녀의 말투를 들은 사람이라면 으레 토니야말로 평범한 사람이구나 싶었을 것이다.

그녀는 말했다. "토니는 트리니다드를 떠날 생각을 하고 있어요. 우리는 바베이도스에 가서 호텔이나 하나 경영해 볼까 하거든요."

혹은 이런 말을 하기도 했다. "토니가 다시 완쾌되는 대로 우리는 오랫동안 바다 여행이나 떠날까 해요."

또 더러는 이런 말도 했다. "토니는 정말이지 절도 있는 사람이거든요. 말이야 바른 말이지, 굉장한 의지력을 소유하고 있다고요. 그이가 체력만 회복하고 나면 우리는 아무 걱정도 없게 될 거예요."

토니는 자기 자신을 둘러싼 이런 계획이 있는 것도 모르는 것처럼 여전히 사납게 굴었다. 그는 조용히 살기를 거절했다. 그는 점점 더 사나워졌고 더 불쾌한 존재가 되어 갔다.

해트는 말했다. "저 사람은 존존에서 온 교양 없는 사람들처럼 행동한단 말이야. 변소도 필요해서 지어 놓는데 그걸 잊은 것처럼 행동하거든." 그런데 그뿐만이 아니었다. 토니는 인류 전체에 대한 심한 혐오증을 가지게 된 듯했다. 그는 처음 보는 사람에게도 욕을 하기 시작했다.

해트는 말했다. "토니에 대해서는 우리가 어떤 조처라도 취해야 할 것 같아."

사람들이 토니를 구타하던 날 저녁에 나는 현장에 있었다.

그 후 오랫동안 그 구타 사건이 해트의 마음을 떠나지 않았다.

그것은 정녕 끔찍한 사건이었다. 해트와 그 밖의 사람들은 화를 내고 있지 않았다. 그리고 토니 자신도 화를 내지는 않았다. 그는 싸움의 상대가 되지도 않았다. 그는 얻어맞기만 했을 뿐 맞싸우려 하지 않았다. 그는 얻어맞고서도 아무 심경의 변화를 일으키지 않았다. 그는 겁을 먹은 표정마저 짓지 않았다. 그는 울지 않았다. 그는 하소연하지도 않았다. 그는 그저 서서 당하고만 있었다.

그가 용감했기 때문은 아니었다.

해트가 말했다. "그 친구는 술에 너무 취해 있었을 뿐이야."

결국 해트는 제풀에 화가 나고 말았다. 그는 이렇게 말했다. "나는 지금 일방적인 싸움을 하고 있어. 우리가 이래선 안 돼. 저 사람은 아무 감정도 가지고 있지 않을 뿐이야."

그런데 에레이라 부인이 말하는 투로 보아서 그녀는 남편의 구타 사건에 대해 모르고 있음이 분명했다.

해트가 말했다. "하여간, 그건 다행이지 뭐야."

이런 일들이 있던 몇 주일 동안 한 가지 의문이 늘 우리 마음속을 지배하고 있었다. 그것은 에레이라 부인과 같은 여인이 어쩌다가 토니와 같은 사람과 섞이게 되었을까 하는 의문이었다.

해트는 자기가 그 경위를 알고 있다고 말했다. 그러나 그는 에레이라 부인이 누군지 알고 싶어 했고 우리도 모두 그랬다. 어머니까지도 이에 대해 몹시 궁금해했다.

보이이가 좋은 생각을 해냈다.

그는 말했다. "해트, 사람들이 자기 남편이나 아내와 헤어지게 되면 광고를 내잖아요?" 해트가 말했다. "보이이, 너는 너무 지나치게 빨리 어른이 되어 가기 때문에 탈이야. 너 같은 어린애가 그런 건 알아서 뭐하니?"

보이이는 이 말을 칭찬으로 받아들였다.

해트가 말했다. "너는 에레이라 부인이 자기 원래 남편을 버렸다는 건 어떻게 아니? 그 여자가 토니와 결혼한 관계가 아니란 것을 어떻게 아니?"

보이이가 말했다. "해트, 내 말 좀 들어 봐요. 내가 우유 배달을 할 때 무쿠라포 지역에서 그 여자를 늘 만났거든요. 그래서 하는 얘기지요."

해트가 말했다. "백인들은 그런 짓을 하지 않아. 신문에 광고를 낸다든지 하는 일 말이야."

에도스가 말했다. "해트, 자네는 아무것도 모르면서 그래. 자네가 도대체 백인들을 얼마나 잘 알고 있다고 그러는 거야?"

결국 해트는 신문을 좀 더 주의해서 읽겠다는 약속을 했다.

그러던 중 커다란 말썽이 일어났다.

어느 날 에레이라 부인은 비명을 올리면서 집을 뛰쳐나왔다. "그이가 미쳤어요. 그이가 미쳤단 말이에요. 정말이에요. 이번에는 기어이 나를 죽이고 말 거예요."

그녀는 어머니에게 말했다. "그이가 칼을 잡고 나를 쫓아오기 시작했어요. 그이는 이렇게 말했어요. '죽여 버릴 테다. 죽여 버릴 거야.' 그것도 아주 조용히 말하는 거예요."

"혹시 부인께서 그분을 어떻게 하셨나요?" 어머니가 물었다.

에레이라 부인은 머리를 저었다.

그녀는 말했다. "그이가 날 죽이겠다고 협박한 것은 이번이 처음이에요. 그런데 그 태도가 아주 진지했단 말이에요."

그때까지만 해도 에레이라 부인은 한 번도 운 적이 없었는데 그날은 상심 끝에 소녀처럼 울고 있었다.

그녀는 이렇게 말했다. "토니는 내가 그동안 자기를 위해 해준 것을 잊어버렸어요. 그이가 병이 들었을 때 내가 어떻게 간호를 해 주었는지를 잊어버렸단 말이에요. 말씀해 보세요. 그게 글쎄 옳은 일인가 말해 봐요. 나는 그이를 위해 온갖 고생을 다 했어요. 온갖 고생을 했고말고요. 나는 모든 것을 바쳤다고요. 돈이니 가족이니 하는 것을 가리지 않고 모두 그이를 위해 희생했단 말이에요. 말 좀 해 보세요. 글쎄, 그이가 나를 이렇게 대접해도 괜찮으냔 말이에요. 오, 맙소사! 내가 무슨 죄가 있어서 이런 대접을 받아야 하는지 모르겠어요.”

이렇게 그녀는 울다가 말을 하다가 다시 울었다.

우리는 그녀가 얼마 동안 자기 마음대로 하도록 내버려 두었다.

이윽고 어머니가 말했다. “듣자하니 토니란 사람은 자기가 살인을 하고 있다는 죄책감도 없이 사람들을 아주 쉽게 죽일 수 있는 사람처럼 보이는군요. 부인께서는 오늘밤에 여기서 주무실래요? 우리 애 침대에서 주무세요. 그 애는 마루에서 자면 될 테니까.”

에레이라 부인은 듣고 있지 않았다.

어머니는 머리를 저으면서 우리 집에서 자고 가지 않겠느냐고 거듭 제의했다.

에레이라 부인이 말했다. “이젠 괜찮아요. 돌아가서 토니에게 말을 걸어 보아야겠어요. 지금 생각하니 내가 그이를 속상하게 한 것 같군요. 돌아가서 내가 잘못한 것이 무엇인지 알아봐야겠어요.”

“좋아요, 나도 이젠 단념했어요.” 어머니가 말했다. “부인께서는 이 사랑인지 뭔지 하는 것을 너무 중요시하는군요. 아시겠어요?”

이리하여 에레이라 부인은 자기 집으로 돌아갔다. 어머니와 나는 오랫동안 기다렸다. 혹시 비명 소리가 들려오지 않나 기다렸다.

그러나 우리는 아무 소리도 듣지 못했다.

그런데 이튿날 아침이 되자 에레이라 부인은 침착해 보였으며 전처럼 세련된 자세를 되찾고 있었다.

그러나 날이 갈수록 그녀는 싱싱한 모습을 잃어가고 있었으며, 그 아름다움 또한 슬픈 표정으로 변해 갔다. 그녀의 얼굴에는 주름살이 생겼다. 그녀의 눈은 충혈된 채 부어올랐고 눈밑의 그 검은 멍 자국들도 보기에 흉하기만 했다.

해트는 벌떡 일어나며 말했다. "나는 알고 있어. 나는 알고 있어. 오래전부터 알고 있었단 말이야."

그는 우리에게 어떤 신문의 종별 광고 페이지에 실린 이혼 공고란을 보여 주었다. 일곱 사람들이 자기네 배우자와 헤어지기로 결정했다는 것이었다. 우리는 해트의 손가락을 따라 읽어나갔다.

나, 헨리 휴버트 크리스티아니는 나의 처 안젤라 메리 크리스티아니가 이제 나의 후견과 보호를 받고 있지 않으며 따라서 그녀가 진 여하한 부채에 대해서도 나는 아무 책임이 없음을 공고한다.

보이이가 말했다. "그게 바로 그 여자예요."

에도스가 말했다. "그래, 크리스티아니야. 의사 친구였어. 내가 그 사람을 아주 잘 안다고. 내가 그 집 쓰레기를 치워 주곤 했으니까."

해트가 말했다. "하지만 모르겠단 말이야. 왜 여자들은 그처럼 훌륭한 남편을 떠나 토니 같은 남자를 쫓아다니는지 알 수가 없다고."

에도스가 말했다. "그럼, 내가 크리스티아니를 잘 알지. 집도 좋고 자동차도 멋지다고. 돈도 무척 많아. 내가 그 사람을 본 지도 오래되었군. 내가 무쿠라포 지역에서 일하던 시절부터 그 사람을 알았으니까."

그 후 삼십 분 만에 이 소식은 온 미겔 스트리트에 번져 나갔다.

어머니는 에레이라 부인에게 말했다. "경찰을 불러 보시는 게 좋겠어요."

에레이라 부인이 말했다. "아니, 안 돼요. 경찰을 부를 순 없어요."

어머니가 말했다. "부인께서는 토니보다도 경찰을 더 무서워하는 것 같군요."

에레이라 부인은 말했다. "소문이 무서운 거죠, 뭐."

"소문이라니!" 어머니가 말했다. "지금 사느냐 죽느냐 하는 판인데 소문을 생각하고 있단 말이에요? 그 사람으로부터 이미 지겹도록 모욕을 당하지 않았나요?"

어머니는 계속해서 말했다. "그렇다면 본 남편에게 돌아가시는 게 어때요?"

어머니는 자기가 이런 말을 하면 에레이라 부인이 놀라서

펄쩍 뛸 줄 알았다.

그러나 에레이라 부인은 아주 침착했다.

그녀는 말했다. "나는 그이에게 아무 애정도 느끼지 못해요. 게다가 나는 그이가 풍기는 그 깔끔한 의사 냄새를 견딜수가 없단 말이에요. 꼭 질식할 것만 같거든요."

나는 그녀의 말을 완벽히 이해할 수가 있었기 때문에 어머니의 눈치를 살피려고 했다.

토니는 참으로 사나워지고 있었다.

그는 늘 손에 반 병짜리 럼주를 든 채 집 앞 계단에 앉아있곤 했다. 그때마다 그는 개와 함께 있었다.

그는 주위 세계와의 접촉을 완전히 단절해 버린 것처럼 보였다. 그에게는 아무런 감정도 남아 있는 것 같지 않았다. 에레이라 부인인지 크리스티아니 부인인지 하는 여인이 그런 사내와 애정 관계를 맺고 있으리라고는 상상하기가 퍽 어려웠다. 그러나 그런 사내가 누구하고든지 애정 관계를 유지할 수 있으리라고 상상하기는 어려운 정도가 아니라 아주 불가능했다.

나는 그가 짐승 같다고, 특히 자기가 데리고 있던 개 같다고 생각했다.

어느 날 아침 에레이라 부인이 찾아오더니 아주 침착하게 말했다. "나는 토니와 헤어지기로 마음먹었어요."

그녀는 너무 침착했기 때문에 나는 어머니가 오히려 걱정하는 것을 볼 수 있었다.

어머니가 말했다. "도대체 어떻게 되어가는 거예요?"

에레이라 부인이 말했다. "아무 일도 아녜요. 간밤에 그이가 자기 개를 시켜 내게 덤벼들게 했어요. 그이는 자기가 그때 무슨 짓을 하고 있는지 모르고 있는 듯했어요. 그는 웃거나 뭐 그러지도 않았거든요. 생각해 보니 그이는 미쳐 가고 있는 것 같고 내가 만약 이 집에서 도망치지 않으면 그이가 나를 죽여 버릴 것 같아요."

어머니가 말했다. "누구한테 돌아가시겠어요?"

"남편에게."

"그분이 신문에다 광고를 냈는데도?"

에레이라 부인은 말했다. "헨리는 소년 같아요. 그이는 나에게 겁을 주어야겠다고 생각한 것뿐이에요. 내가 오늘 그이를 찾아간다면 그이는 기뻐할 거예요."

그런데 이런 말을 하는 그녀의 표정이 여느 때와는 달리 굳어 있었다.

어머니가 말했다. "그렇게 장담하지 마시라고요. 그분이 토니를 알고 계세요?"

에레이라 부인은 미친 듯이 웃었다. "토니는 헨리의 친구지 내 친구가 아니거든요. 헨리가 어느 날 토니를 집으로 데리고 왔더군요. 그런데 토니는 몹시 병들어 있었어요. 헨리는 그런 사람이에요. 나는 헨리만큼 좋은 일을 하고 싶어 하는 사람을 만난 적이 없어요. 그 양반이 마음을 쓰는 것은 선행과 위생밖에 없어요."

어머니가 말했다. "이봐요, 에레이라 부인. 부인께서도 나 같은 여자가 되어 주시길 진정으로 바라겠어요. 당신이 만약 열

다섯 살에 시집을 가게 되었더라면 이런 허튼 소리는 하지 않았을 거예요. 심정이니 사랑이니 하는 쓰레기 같은 것을 두고 소동을 벌이다니 창피하지도 않으세요?"

에레이라 부인은 울기 시작했다.

어머니가 말했다. "봐요, 내가 부인을 이렇게 울리고 싶었던 건 아녜요. 미안해요."

에레이라 부인은 흐느꼈다. "아녜요, 부인 때문에 우는 건 아니니까요. 부인 때문은 아니래도요."

어머니는 실망한 표정이었다.

우리는 에레이라 부인이 우는 것을 지켜보고 있었다.

에레이라 부인이 말했다. "나는 토니가 먹도록 한 일주일 분의 음식을 장만해 놓았어요."

어머니가 말했다. "토니는 아이가 아니라고요. 그 양반 걱정일랑 하지 마세요."

토니는 그녀가 자기를 버리고 간 사실을 알게 되었을 때 끔찍한 소동을 벌였다. 그는 개처럼 짖어 대고 갓난아기처럼 울고불고했다.

그러더니 그는 술에 취하기 시작했다. 그러나 여느 때와는 다른 모습으로 취했다. 그는 럼을 마시지 않고는 움직일 수조차 없는 그런 단계에 도달해 있었다.

그는 자기 개를 까맣게 잊고 있었고 개는 며칠 동안 굶었다.

그는 술에 취해서 비틀대며 이 집 저 집으로 에레이라 부인을 찾아다녔다.

그러나 집으로 돌아오면 그는 개에게 화풀이를 했다. 우리는 그 개가 짖어대거나 으르렁대는 소리를 여러 번 들었다.

결국 그 개마저 그에게 덤벼들고야 말았다.

그 개는 간신히 풀려나서 토니에게 덤벼들었던 것이다.

토니는 충격을 받고 정신을 차렸다.

개는 집을 뛰쳐나갔고 토니는 그 뒤를 쫓아갔다. 토니는 웅크리고 앉아서 휘파람을 불었다. 개는 멈추더니 귀를 쫑긋한 후 뒤를 돌아보았다. 그 만취한 미치광이가 자기 개를 향해 미소를 짓거니 휘파람을 불거니 하면서 개를 불러들이려고 애를 쓰는 광경은 보기에도 우스웠다.

개는 멈춰 서서 토니를 노려보았다.

개는 꼬리를 두 번 흔들더니 다시 아래로 떨어뜨렸다.

토니는 일어서서 개를 향해 걸어가기 시작했다. 개는 돌아서서 도망치고 말았다.

우리는 그가 자기 집 방에서 매트리스 위에 몸을 뻗고 누워 있는 것을 보았다. 방은 휑하니 비어 있었다. 매트리스와 빈 럼주 병과 담배꽁초밖에는 아무것도 없었다.

그는 술에 취해 잠이 들어 있었다. 그런데 그의 얼굴은 이상하게도 차분해 보였다.

그 가늘고 주름이 진 손은 그렇게나 여리고 슬퍼 보였다.

그 집 망고나무 위에는 다시 한번 '이 집을 팝니다'라는 간판이 못질되었다. 아이들을 다섯 명인가 데리고 있는 어떤 사내가 그 집을 샀다.

이따금 한번씩 토니가 그 집을 찾아와서 새로 이사 온 사람들에게 겁을 주곤 했다.

그는 집주인에게 돈과 럼을 요구했다. 그리고 그는 라디오를 내어놓으라고 요구하는 버릇이 있었다. 그는 늘 말하곤 했다. "당신에게 안젤라의 라디오를 맡겨 뒀다고요. 그 라디오의 사용료를 내놓아요. 한 달에 2달러씩. 그러니 지금 당장에 2달러를 내라고요."

그 집의 새 주인은 키가 작은 사람이었다. 그는 토니를 무서워했다. 그는 아무 대꾸도 하지 않았다.

토니는 우리를 바라보면서 웃으며 말하곤 했다. "너희들도 안젤라의 라디오를 알고 있겠지, 얘들아. 너희들 그 라디오를 알고 있겠지? 자아, 그런데 이 양반은 어쩌자는 거야?"

해트가 말했다. "왜 이 세상에 토니 같은 녀석이 살도록 허용되는지 누가 내게 말 좀 해 줄 수 없는지, 원."

두세 달이 지나자 그는 미겔 스트리트에 다시 나타나지 않았다.

나는 몇 년 후에 토니를 다시 만났다.

나는 아리마로 여행 중이었는데 라벤틸의 채석장 근처에서 그는 화물차를 몰고 있었다.

그는 궐련을 피우고 있었다.

지금 내 기억에 남아 있는 것이라고는 그 궐련과 그의 그 가느다란 팔뿐이다.

그리고 어느 일요일 아침 캐리니지로 차를 타고 가던 도중에 나는 그간 오랫동안 피해 다니던 크리스티아니의 집을 지나게 되었다.

크리스티아니 부인인지 에레이라 부인인지 하는 여인은 반바지 차림이었다. 그녀는 정원에 있는 안락의자에 앉아 신문을 읽고 있었다. 그 집의 열린 출입문을 통해서 나는 제복을 입은 하인 한 사람이 식탁에 점심상을 차리고 있는 것을 보았다.

차고에는 검은색 승용차가 보였는데 그것은 커다란 새 차였다.

13
기계의 천재

나의 아저씨 바쿠는 기계의 천재라고 해도 손색이 없을 만한 분이었다. 나는 그가 어떤 종류의 자동차건 한 대도 소유하고 있지 않은 때를 기억하지 못한다. 그러나 그가 자동차 제조업자 측의 설계에 대해서 늘 찬동하고 있었다고 생각되지는 않는다. 왜냐하면 그는 늘 엔진을 분해해 보고 있었기 때문이다. 타이터스 호이트는 이런 짓이야말로 에스키모 족의 습성이기도 하다고 말했다. 그는 지리책에서 그런 지식을 얻고 있었다.

나는 바쿠에 대한 생각을 하려 해도 그의 얼굴을 마음속에 떠올릴 수가 없다. 내가 생각해 낼 수 있는 것이라고는 고작해야 그가 자동차 밑으로 벌레처럼 기어들어 갔을 때 차 밖으로 내민 그의 발바닥뿐이다. 바쿠가 자동차 아래로 기어들 때마다 나는 걱정이 되곤 했는데, 그 이유는 늘 자동차가 쉽사리 잭으로부터 미끄러져서 그를 짓누를 것처럼 보였기 때문이다.

어느 날 바로 그런 사고가 일어났다.

그는 희미하게나마 신음소리를 냈는데 그 소리는 겨우 자기 아내의 귀에만 들렸다.

그녀는 울부짖었다. "오, 맙소사!"라고 말하면서 그녀는 그 자리에서 눈물을 쏟고 있었다. "뭔가 사고가 난 거야. 그이가 사고가 난 거야."

바쿠 부인은 남편을 지칭할 때 으레 '그이에게' 대신에 '그이가'라는 말을 쓰곤 했다.[12]

그녀는 뜰의 가장자리로 가서 바쿠가 신음하는 소리를 들었다.

"여보." 그녀는 속삭였다. "당신 괜찮아요?"

그는 약간 더 큰 소리로 신음하기 시작했다.

그는 말했다. "어떻게 내가 괜찮을 수가 있겠어? 당신 눈이 멀었어? 자동차가 온통 내 엉덩이를 짓부수고 있는 게 안 보여?"

충실한 아내였던 바쿠 부인은 다시금 울기 시작했다.

그녀는 함석 울타리를 치기 시작했다. "해트." 바쿠 부인이 불렀다. "해트, 빨리 오세요. 그이가 자동차 밑에 깔렸다고요."

마침 해트는 외양간을 청소하고 있었다. 그는 바쿠 부인의 목소리를 듣자 웃었다. "그래, 내가 뭐라고 했어." 그는 말했다. "그런 바보 같은 짓을 하다간 혼날 줄 알라고 했잖아? 그놈의

---

12) 원문에서는 him을 써야 할 경우에도 he를 썼다고 되어 있다.

자동차는 새것 아니야. 그런데 새 차를 놓고 미쳤다고 똑딱거리고 있어?"

"그이는 크랭크샤프트가 제대로 작동하지 않는다고 했어요."

"그래서 크랭크샤프트를 뒤지고 있던 중이란 말이지?"

"해트." 바쿠가 자동차 아래서 소리쳤다. "네놈이 내 위의 자동차를 치워 주는 대로 네놈의 엉덩이를 부숴 놓겠다."

"여보." 바쿠 부인이 남편에게 말했다. "당신은 어쩌면 그렇게 큰소리만 치세요? 이 양반이 마음씨가 착해서 당신을 도와주려고 하는데 당신은 이 양반을 때릴 생각만을 하고 있다니."

해트는 속이 상했고 오해받았다는 표정을 짓기 시작했다.

해트가 말했다. "이건 뭐 놀랄 일도 아니라고요. 애당초 내가 예상한 대로지 뭡니까. 나는 다른 사람의 일에 간섭했다가 늘 이런 대접밖에 받지 못했으니까요. 부인과 부인의 남편을 여기 내버려 두고 외양간으로 돌아가야 할까 봐요."

"안 돼요, 해트. 그이가 뭐라고 하든 상관하시면 안 돼요. 커다란 새 차에 몸이 짓눌리고 있다면 아저씨는 뭐라고 말씀하시겠어요?"

해트가 말했다. "좋아요, 좋아. 내가 가서 애들을 몇 놈 데리고 오지."

우리는 해트가 거리에서 큰 소리로 부르는 것을 들었다. "보이이, 에롤!"

아무 대답이 없었다.

"보이이——, 에——롤!"

"나가요! 해트."

"대체 너희들은 어디에 있었니? 너희들은 이제 어른이 되었다고 생각하니? 그래서 주머니에 두 손을 찔러 넣고 어른처럼 나돌아다닐 수 있다고 생각하는 거니? 너희들 담배 피우고 있었니?"

"담배 피웠느냐고요, 해트?"

"어떻게 된 거야? 너희들 갑자기 귀가 먹었니!"

"보이이가 담배를 피우고 있었어요, 해트."

"거짓말이에요. 실은 에롤이 피우고 있었다고요. 나는 저 애가 담배 피우는 것을 지켜보고만 있었으니까요."

"경을 쳐야 할까 보다. 두 놈 다 엉덩이가 터지도록 매를 맞아야 해. 에롤, 가서 보이이를 때릴 매를 가지고 오너라. 보이이, 가서 에롤을 때릴 매를 가져와."

우리는 두 소년이 투덜대는 소리를 들었다.

자동차 아래서는 바쿠가 소리쳤다. "해트, 그 애들을 내버려 두지 못하겠어? 이러다간 근간에 애들 기분을 상하게 해서 자네가 감옥살이를 하게 될지도 몰라. 그러니 그 애들을 내버려두는 게 어때? 그 애들도 이제는 다 컸다고."

해트는 바쿠에게 큰 소리로 대꾸했다. "자넨 자네 볼일이나 봐. 계속 남의 일에 간섭하면 자네가 자동차 아래서 썩어 버리도록 내버려 둘 테니까."

바쿠 부인이 남편에게 말했다. "여보, 못 들은 척하세요."

그러나 사고는 심각하지 않았다. 잭이 미끄러져 나온 것은 사실이었다. 그러나 액슬이 나무토막 더미 위에 놓이게 되었으므로 바쿠가 땅바닥에 꼼짝 못하고 눌려 있기는 했지만 다치지는 않았다.

바쿠는 차 밑에서 빠져나오자 입고 있던 옷을 살펴보았다. 그는 카키색 바지에 소매 없는 조끼를 입고 있었는데 아래위가 모두 엔진 기름 때문에 시커멓고 뻣뻣했다.

바쿠가 자기 아내에게 말했다. "이제 보니 이 옷이 너무 더럽군그래."

그녀는 남편을 자랑스럽게 바라보았다. "여보, 그렇네요." 그녀가 말했다. "정말로 더럽군요."

바쿠는 미소를 지었다.

해트가 말했다. "이봐, 자네 몸을 누르고 있는 자동차를 치워주는 것도 진저리가 난다고. 내가 충고하겠네만 진짜 기술자를 불러서 고치게 하는 것이 좋겠어."

바쿠는 이 충고를 듣지 않고 있었다.

그는 자기 아내에게 말했다. "크랭크샤프트는 아무렇지도 않아. 다른 게 고장이야."

바쿠 부인이 말했다. "그건 그렇고, 우선 밥이나 드세요."

그녀는 해트를 쳐다보며 말했다. "저이가 자동차 수리를 할 때는 내가 일러 주지 않으면 끼니도 잊는다고요."

해트가 말했다. "그래서 나보고 어쩌란 말씀이에요? 종잇조각에다 그 사실을 적었다가 신문사에 보내란 말씀인가요?"

그날 저녁에 나는 바쿠가 자동차 수리를 하는 광경을 지켜보고 싶었다. 그래서 나는 그에게 말했다. "바쿠 아저씨, 입고 계신 옷이 정말로 더럽고 기름투성이네요. 아저씨는 어떻게 그런 옷을 입고 계실 수 있는지 모르겠네요."

그는 나를 향해 미소를 지었다. "그럼 내가 어떻게 하란 말이니?" 그가 말했다. "나 같은 기계공은 깨끗한 옷을 입고 있을 시간이 없단 말이야."

"자동차가 어떻게 되기라도 했나요, 바쿠 아저씨?" 내가 물었다.

그는 아무 대답도 하지 않았다.

"철자(凸子)가 쿵쿵대나요?" 내가 물어보았다.

바쿠가 자동차에 관해서 내게 가르쳐 준 것이 하나 있다면 그것은 철자들이 늘 쿵쿵댄다는 것이었다. 바쿠에게 이 세상의 어떤 자동차를 준다고 해도 그는 그 차에 대해서 으레 이렇게 말했을 것이다. "철자가 쿵쿵댄다고, 이봐, 들리지?"

"철자가 쿵쿵대나요?" 내가 물었다.

그는 내게 다가오더니 진지하게 물었다. "뭐? 철자가 쿵쿵대는 소리가 네게 들리니?"

그러고 나서 내가 "네, 무엇인지는 몰라도 쿵쿵대네요."라고 대답을 하기도 전에 바쿠 부인은 그를 끌고 가면서 말했다. "여보, 와서 식사나 하세요. 맙소사, 오늘은 정말로 옷이 더럽네요."

바쿠의 몸을 눌렀던 자동차는 바쿠가 새 차나 다름없다고 자랑하고 있었음에도 불구하고 실은 새 차가 아니었다.

"그간 주행 거리가 200마일밖에 되지 않는다고." 그는 늘 말하곤 했다.

해트는 말했다. "글쎄, 트리니다드가 좁은 곳이라는 것은 나도 알아. 하지만 이곳이 그렇게나 좁은 곳인 줄은 몰랐어."

나는 그 자동차를 사던 날을 지금까지도 기억하고 있다. 그날은 토요일이었다. 그런데 바로 그날 아침에 바쿠 부인이 어머니를 찾아와서 쌀 값이니 밀가루 값 그리고 암시장 시세에 대한 이야기를 하고 있었다. 바쿠 부인은 떠나면서 이렇게 말했다. "그이가 오늘 시내로 들어갔어요. 그이는 새 차를 한 대 사겠다고 했어요."

그래서 우리는 그 새 차가 나타나기만을 기다렸다.

정오가 되었지만 바쿠는 나타나지 않았다.

해트가 말했다. "그 친구는 지금 이 순간에 그 차의 엔진을 뜯고 있을 가능성이 높아."

4시경에 우리는 빵빵 소리와 덜컥거리는 소리를 들었다. 미겔 스트리트를 따라 부두 쪽을 바라보던 우리는 자동차 한 대를 보았다. 그것은 1939년식 모델 중의 하나인 파란색 셰브롤레였다. 훌륭한 새 차 같았다. 우리는 손을 저으며 환성을 올렸다. 나는 바쿠가 왼손을 흔드는 것을 보았다.

우리는 손을 내젓거니 환성을 올리거니 하면서 바쿠네 집 앞 길로 춤을 추듯 뛰어나갔다.

자동차가 더 가까이 오자 해트가 말했다. "애들아, 뛰어라! 살고 싶거든 도망치라고. 보아하니 저 친구가 미친 것 같군."

그것은 웬만큼 적중한 경고였다. 자동차는 그 집 앞을 휙 지나갔고, 우리는 환성을 중단했다.

해트가 말했다. "저 자동차는 제동이 되지 않는군. 빨리 어떤 조처든 취하지 않으면 사고를 낼 것 같은데."

기계의 천재

바쿠 부인은 웃었다. "도대체 무슨 일이라도 났나요?" 그녀가 말했다.

그러나 우리는 바쿠의 이름을 부르면서 자동차 뒤를 쫓아갔다.

그는 그의 왼손을 흔들고 있는 것이 아니었다. 그는 사람들에게 피하라는 경고의 손짓을 하고 있었던 것이다.

자동차는 아리아피타 거리에 도달하기 직전에 기적적으로 멈췄다.

바쿠가 말했다. "나는 미겔 스트리트로 돌아들면서부터 브레이크를 밟으려고 했어. 그런데 브레이크가 듣지 않았단 말이야. 참 우스운 일이지 뭐야. 바로 오늘 아침에 내 손으로 브레이크를 모두 뜯어고쳤다고."

해트가 말했다. "자네가 할 수 있는 일이 두 가지 있어. 자네의 그 머리부터 뜯어고치든지 아니면 자네의 그 엉덩이를 이 동네에서 치워 버리는 거야. 그래야만 사람들이 골탕 먹지 않을 거야."

바쿠가 말했다. "너희들 말이다. 이 차를 집으로 밀고 가는 일 좀 도와줘야겠다."

우리가 그 차를 밀면서 꽃불 전문가 모건네 집 앞을 지나고 있을 때, 모건 부인이 소리쳤다. "아, 바쿠 부인. 보아하니 오늘 새 차를 한 대 사신 게로군."

바쿠 부인은 아무 대꾸도 하지 않았다.

모건 부인이 말했다. "아, 바쿠 부인. 남편에게 부탁해서 그 새 차에 나도 한번 태워 주지 않겠어?"

바쿠 부인이 말했다. "좋아. 이이가 한번 태워 줄 거야. 하지만 우선 댁의 남편이 당나귀 수레를 사거든 나를 한번 태워 주기부터 해야 한다고."

바쿠가 부인에게 말했다. "입 좀 다물지 못하겠어?"

바쿠 부인이 말했다. "그런데 왜 나더러 입을 다물라는 거예요? 당신은 내 남편이고 나는 당신이 조롱받을 때 당신 편에 서야 하는 것 아니에요?"

바쿠가 아주 준엄한 어조로 말했다. "당신은 내 요청이 있을 때에 한해서 내 편에 서면 되는 거야. 알겠어?"

우리는 바쿠네 집 앞에서 그 차를 떠났다. 우리는 바쿠 씨와 바쿠 부인이 말다툼을 하게 내버려 두었다. 그 싸움은 별로 재미도 없었다. 바쿠 부인은 남편 편에 설 권리가 자기에게 있음을 계속 주장했고, 바쿠는 그 주장을 계속 배격하고 있었다. 결국 바쿠는 자기 아내를 구타하지 않으면 안 되었다.

그건 말하기만큼 쉽지 않은 일이었다. 독자 여러분이 바쿠 부인의 생김새를 마음속에 올바로 떠올리고자 한다면, 여러분은 그 축소 모델로 배[梨]를 한 개 생각해야 한다. 바쿠 부인은 하도 살이 쪄서 자기 팔을 옆구리에 붙이면 그 팔이 마치 두 개의 마주 보는 괄호 부호처럼 보였다.

그런데 바쿠 부인이 그 꼴로 싸울 때 지르는 소리란……

해트는 늘 말했다. "축음기 음반을 거꾸로 빨리 돌린다면 저런 소리가 날 거야."

나는 바쿠가 자기 아내를 때리기 위해 오랫동안 여러 가지 매를 시험해 보았다고 생각한다. 크리켓 방망이로 때려 보는 것이 어떻겠느냐고 제안한 사람은 해트가 아니었던가 싶다. 그런 제안이야 누가 했든 간에 하여간 바쿠는 퀸즈 파크 오발 구장의 운동장지기 중의 한 사람으로부터 중고품 크리켓 방망이를 하나 구입한 후 기름을 먹여서 바쿠 부인을 때리는 데 사용했다.

해트는 말했다. "내 생각으로는 저런 방망이로 맞아야 비로소 바쿠 부인이 고통을 느끼는 것 같단 말이야."

그런데 가장 이상한 것은 바쿠 부인 자신이 그 방망이에 기름을 잘 먹여서 깨끗하게 간직해 둔다는 점이었다. 보이이는 여러 번 그 방망이를 빌려 쓰려고 했지만 바쿠 부인은 한번도 빌려주지 않았다.

그래서 바쿠가 자기 차에 깔리던 날 저녁에 나는 그의 작업 광경을 구경하러 갔다. "아까 너는 철자가 쿵쿵대는 소리가 들린다고 했었지?" 바쿠가 말했다.

"나는 아무 말도 하지 않았어요." 내가 말했다. "혹시 그 소리가 들리느냐고 물었을 뿐이에요."

"오!"

바쿠는 엔진을 뜯어 놓고 밤늦도록 작업을 했다. 그는 일요일이었던 이튿날도 또 그날 밤도 계속해서 일했다. 월요일 아침에 기계공이 찾아왔다.

바쿠 부인은 어머니에게 이렇게 말했다. "회사에서 기계공을 보낸 거예요. 이들 트리니다드의 기계공들에게 문제가 있다면 그건 그들이 자동차나 기계에 대해서는 기초적인 것도 모르는 어린아이들에 불과하다는 거예요."

나는 바쿠네 집으로 건너가서 그 기계공이 보닛 속에 머리를 들이밀고 있는 것을 보았다. 바쿠는 러닝 보드 위에 앉아서 기계공이 건네주는 부품에 기름을 문지르고 있었다. 그가 손가락을 기름 속에 담글 때마다 너무도 행복해 보여서 나는 그에게 청했다. "바쿠 아저씨, 내가 기름을 발라 문질러 볼게요."

"얘, 넌 저리 가. 넌 너무 어리단 말이야."

나는 앉아서 그의 동작을 지켜보았다.

그는 말했다. "철자가 쿵쿵대고 있었어. 하지만 내가 그걸 고쳤지."

내가 말했다. "잘됐군요."

기계공은 욕을 하고 있었다.

내가 바쿠에게 물었다. "포인트는 어떻게 되었나요?"

그는 말했다. "내가 조사해 봐야겠다."

나는 일어나서 차를 돌아가서는 바쿠 바로 옆의 러닝 보드 위에 앉았다.

나는 그를 쳐다보면서 물었다. "무슨 고장인지 아세요?"

"뭐라고?"

"내가 토요일에 엔진 소리를 들어보니까 작동이 제대로 되지 않는 것 같던데요."

바쿠가 말했다. "너는 정말 영리한 아이가 되어 가고 있구나. 너는 모든 것을 너무 빨리 배워."

내가 말했다. "모두 아저씨께서 내게 가르쳐 주신 것일 뿐이에요."

기계의 천재

그런데 사실 내가 아는 것은 그 정도가 고작이었다. 쿵쿵대는 철자니 포인트니 엔진의 작동이니 하는 것들을 겨우 들어서 알고 있을 뿐이었으니까. 그런데 내가 잊고 있던 것이 하나 있었다.

"이봐요, 바쿠 아저씨." 내가 말했다.

"왜 그러니?"

"바쿠 아저씨, 내 생각으로는 카뷰레터가 고장난 것 같군요."

"애, 너 정말 그렇게 생각하니?"

"틀림없어요, 바쿠 아저씨."

"글쎄 말이다. 내가 기계공에게 맨 먼저 말한 것도 혹시 카뷰레터 고장이 아니겠느냐는 것이었어. 그렇지만 기계공 생각은 그렇지가 않았어."

기계공은 더럽고 성난 얼굴을 엔진으로부터 처들더니 말했다. "백인들이 그들 손으로 직접 만든 엔진인데 당신네들 같은 온갖 무식쟁이들이 이러쿵저러쿵한다면 그 결과야 뻔한 것 아니겠어요?"

바쿠는 내게 눈을 껌벅해 보였다.

그는 말했다. "하지만 나는 카뷰레터라고 생각한단 말이야."

내가 받은 훈련 중에서도 카뷰레터 훈련이 가장 내 마음에 들었다. 이따금 바쿠는 내가 카뷰레터 위에 손바닥을 얹었다 떼었다 하는 동안 엔진을 최대 속도로 돌리곤 했다. 바쿠는 왜 이런 실험을 하는 건지 내게 설명해 준 일이 없었고 나도 그 이유를 물어보지 않았다. 이따금 우리는 탱크에서 휘발유를 빨아 올려야만 했다. 바쿠가 엔진을 최대 속도로 돌리고 있는 동안 나는 뽑아낸 휘발유를 카뷰레터 속에 쏟아 넣기도 했다. 나도 엔진을 최대 속도로 돌려 보고 싶다고 나는 자주 바쿠에게 청을 넣어 보았지만, 그는 허락하지 않았다.

어느 날 엔진에 불이 붙었다. 그러나 나는 때맞춰 뛰쳐 나왔다. 불은 이내 꺼졌다.

바쿠는 차에서 내리더니 영문을 모르겠다는 듯이 엔진을 바라보았다. 나는 그가 엔진 때문에 속상해하고 있다고 여겼고 그가 그 자리에서 당장 엔진을 뜯어내려나 보다 생각했다.

우리가 카뷰레터에 대한 훈련을 한 것도 그것이 마지막이었다.

드디어 기계공이 엔진과 브레이크를 시험한 후에 말했다. "이봐요, 이 차가 이제는 성능이 좋아졌다고요. 내가 새 자동차를 한 대 만들어 냈다고 해도 이만큼 힘이 들지는 않았을 거요. 이제 이 자동차를 건드리지 마세요."

기계공이 가 버린 후 바쿠와 나는 깊은 생각에 잠긴 채 차 주위를 두세 번 돌았다. 바쿠는 자기 턱을 톡톡 치고 있었지만 내내 말을 걸지는 않았다.

갑자기 그는 운전석으로 뛰어오르더니 경적 버튼을 몇 차례 눌렀다.

그는 말했다. "이 경적 소리를 어떻게 생각하니?"

나는 말했다. "다시 울려 보세요. 한 번 더 들어 보게."

그는 다시 경적 버튼을 눌렀다.

해트가 창문으로 머리를 들이밀면서 소리쳤다. "바쿠, 그 망할 놈의 차 좀 조용히 놔두지 못하겠어? 자네는 마치 결혼식이라도 진행하는 듯이 경적을 울려 대는군."

우리는 해트의 말을 들은 척도 하지 않았다.

내가 말했다. "바쿠 아저씨, 내 생각으로는 경적 소리가 좋은 것 같지 않군요."

그는 말했다. "정말로 그렇게 생각하니?"

나는 인상을 찡그리면서 침을 뱉었다.

그래서 우리는 경적을 고치는 작업을 시작했다.

우리가 작업을 마쳤을 때, 핸들 기둥에는 절연 전선들이 감겨 있었다.

바쿠는 나를 바라보며 말했다. "얘, 이 전선을 잡고 어떤 금속 부분에건 갖다 대어 보아라. 그러면 경적 소리가 울릴 게다."

그럴 성싶지가 않았다. 그러나 막상 해 보니 경적이 울렸다.

내가 말했다. "바쿠 아저씨, 이 모든 기술을 어떻게 알게 되셨나요?"

그는 말했다. "그저 언제나 배우기를 계속하면 되는 거야."

거리 사람들은 바쿠를 귀찮은 존재로 여겼기 때문에 좋아하지 않았다. 그러나 나는 목수 포포를 좋아한 것과 똑같은 이유에서 바쿠를 좋아하고 있었다. 그런데 지금 생각해 보건대 바쿠 역시 예술가였다. 그가 자동차를 만지작거린 것도 그저 그것이 즐거웠기 때문이었다. 그는 돈 따위에 대해서는 전혀 걱정하는 것 같지 않았다.

그러나 그의 아내는 걱정하고 있었다. 어머니와 마찬가지로 그녀 또한 자기는 돈을 슬기롭게 다루어야 할 운명으로 태어났으며, 무일푼에서 돈이 생겨나게 해야 하는 운명으로 태어났다고 생각하고 있었다.

그녀는 어느 날 우리 어머니와 이 문제를 놓고 이야기를 주고받았다.

어머니가 말했다. "요즈음은 택시업을 하면 많이 번대요. 미국인들과 그들의 여자 친구를 온갖 곳에 실어다 줄 수가 있기 때문이래요."

그런데 바쿠 부인은 남편에게 화물차를 한 대 사게 했다.

이 화물차를 미겔 스트리트 사람들은 진정으로 자랑스럽게 여겼다. 그것은 커다란 베드포드 화물차였는데, 바쿠가 그 차를 처음 집으로 몰고 왔을 때 우리 모두는 나가서 환영했다.

해트까지도 그 차를 보고는 감명받았다. "영국 사람들이 제대로 만들 줄 아는 것이 한 가지 있다면 그것은 화물차라고." 그는 말했다. "이 차는 포드니 닷지니 하는 미국산 화물차와는 다르다는 것을 알아야 해."

바쿠는 바로 그날 오후부터 그 화물차에 대해 작업을 시작했다. 바쿠 부인은 온 동네를 돌아다니면서 사람들에게 말했다. "와서 그이가 베드포드 화물차에 작업을 하시는 걸 보시지 않겠어요?"

이따금 바쿠는 화물차 밑에서 기어나와서 윙이니 보닛이니 하는 것들을 닦았다. 그러고 난 후 그는 다시 화물차 밑으로 기어들어 가곤 했다. 그러나 그는 어쩐 일인지 행복해 보이지 않았다.

그 다음 날 베드포드 화물차를 살 수 있도록 그에게 돈을 빌려준 사람들은 대표자들을 뽑아서 바쿠네 집으로 보내어 그가 화물차에 손을 대지 못하도록 간청하게 했다.

바쿠는 이런 간청에 대꾸하지 않고 화물차 밑에 들어가 있었다. 돈을 빌려준 사람들은 화를 내기 시작했고, 그들 중 아낙네 몇 사람은 울기 시작했다. 이런 눈물의 호소까지도 바쿠가 마음을 고쳐먹게 하지는 못했다. 그래서 대표자들은 그냥 돌아가는 수밖에 없었다.

대표자들이 가버리자 바쿠는 자기 아내에게 화풀이를 하기 시작했다. 그는 그녀를 때리면서 말했다. "내가 화물차를 사게 한 사람은 당신이라고. 당신이야, 당신이라고. 당신이 생각하는 것이라곤 돈밖에 없으니까. 꼭 당신 어머니처럼 말이야."

그러나 그가 화를 내게 된 진짜 이유는 엔진을 원래 모양대로 맞출 수가 없었기 때문이었다. 아무리 맞추어 보아도 두세 개의 부품이 밖에 남았기 때문에 그로서는 당황할 수밖에 없었다.

결국 자동차 대리점에서 기계공을 한 사람 보내왔다.

그는 화물차를 바라보더니 바쿠에게 아주 침착하게 물었다. "베드포드 화물차를 사신 이유가 뭡니까?"

바쿠가 대답했다. "나는 베드포드 차종을 좋아해요."

기계공이 소리쳤다. "제기랄, 사려거든 롤스로이스 차나 살 것이지. 그 회사에서는 엔진을 뜯어보지 못하게 봉한 채 자동차를 출하하니까."

그러고 나서 그는 수리를 시작했다. 그는 슬픈 어조로 말했다. "참으로 기막힌 일이군. 이런 멋진 새 차를 이 꼴로 해 놨으니."

스타터는 영영 작동하지 않았다. 그래서 바쿠는 엔진의 시동을 걸기 위해 매번 크랭크를 사용하지 않으면 안 되었다.

해트가 말했다. "이젠 좀 창피한 줄 알라고. 이 화물차는 새것 아닌가. 새것 냄새가 풀풀 난다고. 모든 것이 반짝이고 차체에는 아직 여러 가지 분필 자국이 그냥 남아 있는데, 이 사람아, 이게 무슨 꼴인가? 마치 낡은 포드 차를 다루듯 매번 크랭크를 돌려서 엔진의 시동을 걸어야 하다니."

그러나 바쿠 부인은 자랑하고 다녔다. "먼저 크랭크를 돌리기만 하면, 엔진에 시동이 걸려요."

어느 날 아침(그날은 장날이었던 토요일이었다.) 바쿠 부인이 울면서 우리 어머니를 찾아왔다. 그녀가 말했다. "그이가 병원에 입원했어요."

어머니가 물었다. "사고예요?"

바쿠 부인이 말했다. "그이가 글쎄, 시장 바로 밖에서 화물차의 크랭크를 돌리고 있었어요. 먼저 크랭크를 돌려야 엔진에 시동이 걸리거든요. 그런데 마침 기어가 걸려 있었던가 봐요. 엔진이 걸리는 순간 자동차가 굴러서 글쎄 그이가 그만 떠밀려 다른 화물차와 자기 차 사이에 끼이게 되었지 뭐예요?"

바쿠는 병원에 일주일 동안 입원했다.

그 화물차를 가지고 있는 동안 그는 사뭇 자기 아내를 미워했으며 크리켓 방망이로 그녀를 규칙적으로 구타하곤 했다.

기계의 천재

그러나 그녀도 그를 자기 혓바닥으로 구타하고 있었다. 그러므로 나는 싸움이 났을 때 사실상 지는 쪽은 바쿠였다고 생각한다.

그 화물차를 뒤로 몰아서 뜰로 끌어들이기란 쉬운 일이 아니었다. 그래서 그렇게 할 때마다 남편에게 방향을 가르쳐 주는 것은 바쿠 부인의 임무요 즐거움이기도 했다.

어느 날 그녀는 외쳤다. "올 라잇, 여보. 뒤로, 뒤로, 약간 오른쪽으로 돌려요. 올 라잇, 이제 걸리는 것이 없어요. 오, 맙소사! 안 돼, 안 돼, 안 돼요. 여보! 스톱! 그러다가 울타리를 무너뜨리겠어요."

바쿠는 갑자기 화를 냈다. 그는 차를 하도 세차게 후진했기 때문에 결국 콘크리트 울타리에 금이 가게 하고 말았다. 그러고 나서 그는 바쿠 부인의 비명 따위는 무시한 채 차를 앞으로 빼더니 다시 후진해서 울타리를 완전히 무너뜨리고 말았다.

그는 몹시 화를 내고 있었다. 그의 아내가 밖에 서서 울고 있는 동안, 그는 자기가 거처하는 작은 방으로 들어가서 팬츠만 남기고 옷을 홀랑 벗더니 침대 위에 몸을 던져 배를 깔고 엎드려 『라마야나』[13]를 읽기 시작했다.

화물차는 아무 돈도 벌어들이지 못했다. 도대체 돈을 조금이나마 벌기 위해서는 짐꾼들이 있어야 했다. 그는 그 당시에 포트오브스페인으로 쏟아져 들어오기 시작한 작은 그레나다 섬의 체격 큰 흑인 두 사람을 데리고 있었다. 그들은 바쿠를

---

13) 인도의 고전 서사시.

'보스'라고 불렀고 바쿠 부인을 '마담'이라고 불렀는데, 듣기가 좋았다. 그러나 이 두 사람이 그 먼지투성이였던 누더기 옷을 입고 그 찌그러진 펠트 모자를 쓴 채 화물차 뒤에 행복하게 누워 있는 광경을 볼 때마다, 나는 이들이 실은 얼마나 걱정거리가 되어 있으며 또 자기들의 일자리가 얼마나 불안정한 것인지를 알고나 있을까 궁금해지곤 했다.

바쿠 부인의 화제는 이제 이 두 짐꾼에게 쏠려 있었다.

그녀는 어머니에게 애통한 어조로 말하곤 했다. "내일 모레면 우리가 이 짐꾼들에게 급료를 줘야 해요." 이틀 후에 그녀는 마치 이 세상이 곧 끝장 나기라도 할 것처럼 말했다. "오늘 우리는 짐꾼들에게 급료를 줘요." 그러고 나서 얼마 후에 그녀는 다시 찾아와서 어머니에게 고통스러운 어조로 말했다. "내일 모레면 우리는 짐꾼들에게 급료를 줘야 해요."

짐꾼들에게 급료를 주는 일 외에 나는 바쿠 부인으로부터 여러 달 동안 아무 얘기도 듣지 못했던 것 같다. '급료를 줘야 한다'는 말은 우리 거리에 널리 알려지게 되었고 결국 하나의 관용어구가 되어 버렸다.

토요일이 되면 보이이는 에롤에게 말하곤 했다. "이봐, 록시의 1시 30분 쇼를 보러 가자고."

그러면 에롤은 자기 주머니를 뒤집어 보이면서 이렇게 말했다. "이봐, 나는 갈 수가 없어. 오늘 짐꾼들에게 급료를 줘야 하거든."

해트가 말했다. "보아하니 바쿠는 짐꾼들에게 급료를 주기 위해서 화물차를 산 것 같단 말이야."

결국 화물차는 없어지고 말았다. 따라서 짐꾼들도 가 버렸다. 나는 그들이 어떻게 되었는지 모른다. 바쿠 부인은 화물차들이 겨우 돈을 벌어들이기 시작했을 때 그 차를 팔아 치우게 했던 셈이다. 그들은 그 대신에 택시를 한 대 샀다. 그러나 그무렵에는 택시끼리의 경쟁이 아주 심해졌기 때문에 8마일을 뛰고도 12센트밖에 받지 못했고, 그 돈은 오일과 휘발유 값을 충당하기에나 알맞은 돈이었다.

바쿠 부인이 어머니에게 말했다. "택시는 돈벌이가 되지 않네요."

그런데 그녀는 택시를 또 한 대 샀고, 운전사를 고용하여 그 차를 굴리게 했다. 그녀는 이렇게 말했다. "두 대면 한 대보다는 낫지요."

바쿠는 『라마야나』를 더 열심히 읽고 있었다.

그런데 바쿠의 낭송 버릇까지도 거리의 사람들을 괴롭히기 시작했다.

해트는 말했다. "이젠 우리가 두 사람의 목소리를 듣게 되었으니! 여자는 그 큰 목소리로 여전히 떠들어 대고 있는데 이제 남자까지 그 망할 놈의 서사시를 노래 부르듯 외고 있다니."

독자 여러분은 다음 광경을 마음속으로 그려 보시라. 아주 작은 키에 살이 너무 찐 바쿠 부인은 뜰에 있는 파이프에 붙어 서서 남편에게 카랑카랑한 목소리로 소리 치고 있다. 남편 되는 사람은 팬츠 바람으로 침대에 배를 깔고 엎드린 채 슬픈 목소리로 『라마야나』를 외고 있다. 갑자기 그는 벌떡 일어서서 방구석에 세워 둔 크리켓 방망이를 움켜잡는다. 그는 방 밖으로 뛰어나가서 바쿠 부인을 방망이로 때리기 시작한다.

이 광경에 뒤따르는 침묵은 몇 분 동안 계속된다.

이윽고 바쿠의 소리만 들려온다. 『라마야나』를 혼자 외는 소리다.

하지만 독자 여러분께서 혹시 바쿠 부인이 자기 남편에 대한 자부심을 저버린 것이 아닌가 하고 생각한다면 그것은 잘못이다. 바쿠 부인과 모건 부인이 싸우는 소리를 들어본 사람이라면 바쿠가 여전히 자기 아내의 존경스러운 주인이요 지배자임을 쉽게 알 수 있을 것이다.

모건 부인은 늘 말하곤 했다. "간밤에 당신 남편이 잠꼬대를 하는데 그 목소리가 어찌나 크던지."

"잠꼬대를 한 게 아니야." 바쿠 부인이 말했다. "노래를 하고 있었던 거야."

"노래를 하고 있었다고? 하하하하! 뭘 좀 알기나 하고 하는 얘기야, 바쿠 부인?"

"뭐라고?"

"만약에 당신 남편이 저녁 밥벌이로 노래를 부른다면 당신네 두 사람은 다 굶어 죽을걸."

"그이는 이 거리에 사는 그 어느 무식쟁이보다도 훨씬 더 아는 것이 많다는 것을 알아야 해. 그이는 읽을 줄도 알고 쓸 줄도 안다고. 영어와 힌두어를 모두 읽고 쓴단 말이야. 도대체 당신은 얼마나 무식하길래 『라마야나』가 성전인 줄도 몰라? 그이가 노래 부르듯 외는 그 경전의 좋은 내용을 당신이 이해

하기만 한다면 당신도 무식쟁이처럼 이런 바보 같은 소리를
하지는 않을 게다."

"그건 그렇고. 당신 남편 오늘 아침에는 뭘 하지? 최근에도
새 차를 수리하니?"

"나는 당신 같은 여자하고 말다툼하느라 내 입을 더럽히고
싶지 않아. 그이는 자기 차를 수리할 줄도 안다고. 당신 남편
이 이른바 꽃불이랍시고 만들어 봐야 아무도 그걸 장치해 달
라고 부탁하는 사람이 없으니, 그것 참 알 수 없는 일이군."

바쿠 부인은 바쿠가 한 달에 두세 차례씩 『라마야나』를 읽
는다고 자랑하곤 했다. "경전 중의 일부는 그가 달달 외울 수
도 있어요." 그녀는 말했다.

그러나 아무리 외워봤자 돈이 벌리지 않았기 때문에 별 위
안이 되지 못했다. 그녀가 두 번째 택시 운전사로 고용했던 사
람은 바보처럼 굴고 있었다. 그녀는 불평했다. "그 사람은 지독
히도 우리 돈을 훔쳐 내고 있죠. 그 사람은 택시 벌이가 영 시
원찮다고 하기 때문에 요즘은 내가 오히려 그에게 빚을 지게
되었다고요." 그녀는 그 운전사를 해고하고 차는 팔아 버렸다.

그녀는 자기의 금전 관리 재주를 모두 활용해 보았다. 이제
그녀는 닭 치기를 시작했다. 그러나 많은 닭을 도둑맞았고 거
리의 개들이 나머지를 물어 죽였기 때문에 닭 치는 일도 실패
로 끝나고 말았다. 게다가 바쿠는 그 냄새를 몹시 싫어했다.
그녀는 바나나와 귤을 팔기 시작했다. 그러나 그녀는 몇 푼의
돈벌이보다는 그저 재미로 그 장사를 하고 있었다.

어머니가 말했다. "왜 바쿠는 나가서 일을 하지 않을까?"

바쿠 부인이 말했다. "하지만 왜 그런 것을 원하세요?"

어머니가 말했다. "내가 원하는 것이 아니에요. 부인 생각을 해서 하는 말이라고."

바쿠 부인이 말했다. "그이가 이곳 포트오브스페인의 그 모든 무례하고 거친 사람들과 어울려 일하는 것이 상상이나 되세요?"

어머니가 말했다. "하여간 그 양반도 뭔가 돈벌이를 해야 하잖아요? 그 양반이 자동차 밑에 기어 들어가고 『라마야나』를 외운다고 해서 돈 한푼 내놓을 사람은 없을 테니까."

바쿠 부인은 고개를 끄덕이면서 슬픈 표정을 지었다.

어머니가 말했다. "그런데 내가 대체 무슨 말을 하고 있는 거야? 바쿠가 『라마야나』 경을 알고 있기는 하다고 생각하세요?"

"그야 틀림없어요."

어머니가 말했다. "그렇다면 쉽지, 쉬워. 그 양반은 브라만 출신인 데다 『라마야나』 경을 알고 있고 또 차까지 가지고 있으니. 그 양반은 쉽게 판디트[14]가 될 수 있을 거야. 그것도 제대로 된 판디트가 될 수 있을 거야."

바쿠 부인은 손뼉을 쳤다. "그것 참 기막힌 생각이군. 요즈음은 힌두 판디트가 많은 돈을 벌지."

그래서 바쿠는 판디트가 되었다.

---

14) 힌두 철학, 종교, 법학에 정통한 학자.

판디트가 된 후에도 그는 여전히 자동차를 만지고 있었다. 그는 크리켓 방망이로 바쿠 부인을 구타하는 것만은 그만두지 않을 수 없었지만 그런대로 행복했다.

가엾은 힌두교도들이 바쿠가 자기네 영혼을 보살펴 주길 기다리고 있는 동안 도우티를 차려입은 판디트 바쿠가 자동차 밑에 기어 들어가서 크랭크샤프트를 손질하고 있을 것을 생각하면 나는 괴로웠다.

14
경계심

볼로는 1947년이 되어서야 비로소 전쟁이 끝났다는 것을 믿게 되었다. 그전에는 늘 이렇게 말하고 있었다. "전쟁이 끝났다고 하지만 그건 선전에 불과하다고. 흑인들에게 들려주는 거짓말일 뿐이야."

1947년이 되자 미국 군인들은 조지 5세 기념 공원에 설치했던 캠프를 허물기 시작했고, 많은 사람들은 그 광경을 지켜보며 슬퍼했다.

나는 어느 일요일 볼로를 찾아갔다. 그는 내 머리를 깎는 동안 이렇게 말했다. "듣자 하니 전쟁이 끝난 모양이야."

내가 말했다. "나도 그렇게 듣고 있어요. 하지만 아직도 나는 그 소식을 의심한다고요."

볼로가 말했다. "나도 네 말의 뜻을 알겠다. 이 사람들은 선전의 명수들이니까. 하지만 나는 이렇게 생각한단다. 만약에 아직도 전쟁 중이라면 그들이 캠프를 계속 유지할 것이 아니냐?"

"하지만 캠프를 유지하지 않을 모양이던데요." 내가 말했다.

볼로는 말했다. "바로 그거야. 둘에다 둘을 더하면 어떻게 되니? 그 답을 내게 말해 보렴."

내가 말했다. "넷이죠."

그는 얼마 동안 생각에 잠긴 채 내 머리를 깎았다.

그는 다시 입을 열었다. "하여간 전쟁이 끝났다니 기쁘지 뭐니."

나는 이발 요금을 내면서 그에게 물었다. "볼로 아저씨, 이제 우리는 어떻게 해야 하나요? 우리가 축하 잔치라도 열어야 하나요?"

그는 말했다. "얘야, 어디 두고 보자꾸나. 생각할 시간을 다오. 너무 큰 문제거든. 이 문제를 곰곰이 생각해 보아야겠구나."

그래서 그 문제는 그쯤 해 두었다.

나는 평화의 소식이 포트오브스페인에 알려지던 날 밤을 잘 기억하고 있다. 사람들은 그저 미친 듯이 날뛰었고 거리에서는 카니발이 벌어졌다. 새 칼립소 노래 한 곡이 갑자기 만들어졌고 그 가락에 맞춰서 모든 사람들이 길거리에서 춤을 추었다.

밤이나 낮이나 메리 앤 양은
강가에 앉아 사내를 맞이하지.

볼로는 춤추는 사람들을 바라보면서 말했다. "바보스럽도다. 바보스러워! 어쩌면 흑인들은 이처럼 바보스러울까?"

내가 말했다. "하지만 듣지 못하셨어요? 볼로 아저씨, 전쟁이 끝났다는 거예요."

그는 침을 뱉었다. "네가 어떻게 알아? 네가 이번 전쟁에서 싸우기라도 했니?"

"하지만 그 소식이 라디오를 통해 전해졌고 또 내가 신문에서도 읽었는걸요."

볼로는 웃으면서 말했다. "네가 그런 말을 하는 것을 듣는다면 누구라도 너를 아직 어리다고 생각할 것이다. 너는 이만큼이나 커서도 아직 신문에서 읽은 것을 무엇이나 믿는단 말이니?"

나는 이런 말을 그전에도 종종 들은 일이 있었다. 볼로는 나이가 예순이었는데 그때까지 그가 발견한 진리라고는 '신문에 나는 것은 무엇이건 믿어서는 안 된다'는 것뿐인 듯싶었다.

그것이야말로 그의 모든 철학이었지만 그것이 그를 행복하게 하지는 못했다. 그는 우리 거리에서 가장 슬픈 사람이었다.

나는 볼로가 천성이 슬픈 사람이었으리라 생각한다. 나는 그가 빈정대는 웃음을 제외하고는 웃는 것을 본 적이 없다. 나는 십일 년 동안 적어도 일주일에 한 번씩은 그를 보았다. 그는 키가 컸고 몸은 가늘지 않았다. 입이 아래로 구부러졌고 눈썹은 처진 데다가 그 큰 눈에 표정이라고는 조금도 들어 있지 않았기 때문에 그의 얼굴은 슬픈 표정의 캐리커처나 다름없었다.

볼로가 이발업을 그만두고 난 후에도 생계를 꾸려 나가는 것이 내게는 경이로웠다. 내가 생각하건대 인구 조사를 할 때는 그의 직업이 운수업으로 기록되었을 것 같다. 그가 가지고 있던 수레는 내가 본 수레들 중에서도 가장 작았다.

그 수레는 두 개의 바퀴 위에 얹힌 조그마한 상자에 불과했다. 그는 손수 그 수레를 밀고 다녔다. 하는 일에 대해 체념하고 그 일이 부질없는 것이 아니겠느냐는 태도를 역력히 드러내면서 그가 그 큰 체격으로 그 작은 수레를 밀고 가는 것을 본 사람이라면 저 사람이 도대체 저 일을 왜 하고 있나 의아해할 지경이었다. 이 수레에다 그는 기껏해야 밀가루나 설탕 두세 자루를 싣고 다녔다.

일요일이면 볼로는 다시 이발사가 되었다. 그런데 그가 자랑스럽게 여긴 것이 하나라도 있었다면 그것은 이 이발업이었다.

볼로는 자주 내게 말했다. "너, 새뮤얼을 아니?"

새뮤얼이라면 우리 지역에서 가장 성공한 이발사였다. 그는 돈이 아주 많았기 때문에 매년 일주일씩 휴가를 가졌고 또 그 사실을 모든 사람들에게 알리고 싶어 했다.

나는 답했다. "네, 새뮤얼이라면 알고말고요. 하지만 나는 그 사람이 내 머리카락에 손을 대는 것만은 싫어요. 그 사람은 이발을 할 줄 몰라요. 그건 이발이 아니라 내 머리를 긁어올리는 것이거든요."

볼로가 말했다. "너 새뮤얼에게 이발을 가르친 사람이 누군 줄 아니? 알아?"

나는 머리를 저었다.

"나야. 내가 새뮤얼에게 가르쳤어. 그가 처음 이발을 배울 때는 자기 수염도 면도하지 못했거든. 그는 늘 울면서 내게 애원했어. '볼로 씨, 볼로 씨, 이발하는 법을 가르쳐 주세요. 제발 가르쳐 주세요.'라고 하면서 말야. 그래서 내가 그에게 이발을 가르친 거야. 그런데 그 결과가 어떻게 되었지? 새뮤얼은 아주 대단한 부자가 되었고 나는 아직도 이 허물어진 낡은 집에서 방을 하나 얻어 살고 있잖니? 새뮤얼이 이발소를 따로 가지고 있는데도 나는 이 망고나무 아래서 이발을 해야 하다니."

내가 말했다. "하지만 바깥에서 이발하는 것도 좋아요. 더운 실내에 앉아서 머리를 깎는 것보다 더 낫단 말이에요. 그런데 볼로 아저씨, 아저씨는 왜 이발업을 본업으로 하지 않나요?"

"하! 얘야, 그건 정말 굉장한 질문이구나. 사실은 내가 내 자신을 신임할 수 없기 때문이지."

"그럴 리가 없어요. 아저씨는 이발을 잘하신다고요. 새뮤얼보다도 더 잘하시면서요."

"내 말은 그게 아니야. 얘, 가령 어떤 사람이 이발을 하겠다고 네 앞에 앉아 있다고 생각해 봐. 네가 그 사람을 싫어하는데 네 손에는 면도칼이 쥐어져 있다고 하면 여러 가지 우스운 일이 일어날 수가 있어. 나는 요즈음 내가 좋아하는 사람들의 머리만 깎아 준다고. 사람을 가리지 않고 누구에게나 이발을 해 줄 수는 없어."

1945년에 전쟁이 끝났을 때 볼로는 그 소식을 믿지 않기는 했지만, 1939년에 그는 굉장한 전쟁 경고론자 중의 한 사람이었다. 그 당시에 그는 포트오브스페인에서 발간되던 신문을 세 가지 다 보고 있었다. 그것은 《트리니다드 가디언》, 《포트오브스페인 가제트》,《이브닝 뉴스》였다. 전쟁이 발발하고《이브닝 뉴스》에서 특집호를 발행하기 시작하자 볼로는 그 특집호까지 구독했다.

그 당시에 볼로는 늘 말하곤 했다. "세상에는 남을 무시하고 푸대접해도 좋다고 생각하는 사람들이 많이 있지. 그들은 우리가 가난하기 때문에 우리가 아무것도 모르고 있다고 생각하지. 하지만 나는 그렇게 무시당하고 살 사람이 아니라는 것을 알아 둬야 해. 나는 매일같이 앉아서 신문을 꼬박꼬박 읽고 있단 말이야."

볼로는 다른 어느 신문보다도《트리니다드 가디언》에 더 흥미를 느끼고 있었다. 전시의 어느 한 기간 동안은 볼로가 매일 그 신문을 스무 부씩이나 사기도 했다.

《가디언》에서는 지상 '공 찾기 경쟁'을 하고 있었다. 그 신문에서는 어떤 축구 시합 진행 광경의 사진을 신문에 신되 공을 지워 버린 채 실었다. 독자들이 많은 돈을 따기 위해서 해야 하는 것은 공의 위치를 알아내어 ×표를 하는 것뿐이었다.

지워진 공의 위치를 알아맞히는 일은 볼로의 열띤 취미들 중의 하나였다.

처음에는 볼로가 매주《가디언》에 ×표를 한 사진을 한 장씩 보내는 데 만족하고 있었다.

그것은 매주 한 차례씩 우리 모두를 매우 흥분시키는 행사였다.

해트는 늘 말했다. "볼로, 자네가 돈을 따게 되면 우리를 모르는 척하겠지. 아마 자네는 이 미겔 스트리트를 떠나서 선트 클레어 지역에 있는 큰 집을 한 채 사겠지, 안 그래?"

볼로가 말했다. "아냐, 나는 트리니다드에 머물고 싶지 않아. 돈이 생기면 미국으로 갈 거야."

볼로는 매주 사진 두 장에 ×표를 하기 시작했다. 그러다가 차츰 석 장, 넉 장, 여섯 장으로 응모 사진의 수를 늘렸다. 그는 한푼도 따지 못했다. 그는 거의 언제나 화를 내고 있었다.

그는 늘 말했다. "이건 그들에겐 하나의 큰 잔치지. 신문사 사람들은 매주 당첨할 사람을 미리미리 정해 놓고 현상 모집이랍시고 하고 있는 거야. 그들은 모든 흑인들의 돈을 빼앗고자 할 뿐이야."

해트가 말했다. "용기를 잃지 말라고요. 앞으로도 계속해서 응모를 해보라고요."

볼로는 모눈종이를 여러 장 사서 공 찾기 사진 위에 맞췄다. 그는 선이 서로 마주치는 곳마다 ×표를 했다. 이 표시를 제대로 하기 위해서 볼로는 매주 백 부 내지는 백오십 부의 《가디언》을 사야만 했다.

이따금 볼로는 보이이와 에롤과 나를 불러 놓고 다음과 같이 말하기도 했다. "자, 얘들아, 너희들 생각에는 공이 어디에 있을 것 같니? 이봐, 너희들이 눈을 감고 이 연필로 한 곳씩 표시해 보라고."

그리고 또 더러는 볼로가 우리에게 이렇게 묻기도 했다. "너희들 이번 주에는 무슨 꿈을 꾸었니?"

이때 우리가 만약 아무 꿈도 꾸지 못했다고 말하면 볼로는 실망하는 것 같았다. 그래서 나는 늘 꿈을 꾸며 댔고, 볼로는 그 꿈 이야기를 적당히 해석하여 공의 위치를 알아내는 데 이용했다.

사람들은 볼로를 '미싱 볼'(없어진 공)이라고 부르기 시작했다.

해트는 말하곤 했다. "저 미싱 볼에 미친 사람 좀 보게."

어느 날 볼로가 《가디언》 지의 사무실로 찾아가서는 편집 차장 한 사람을 구타해서 결국 경찰까지 개입하게 된 일이 있었다.

법정에서 볼로는 말했다. "공은 없어진 게 아니었다고요. 처음부터 사진 속에 들어 있지 않았으니까."

볼로는 25달러의 벌금을 물었다.

《가제트》에서는 다음 표제를 가진 기사를 실었다.

공 찾기 사진 사건에 선고 내리다
파울에 대한 벌금형

볼로는 사진 속의 공 찾기에 응모하려다 모두 300달러의 돈을 쓴 셈인데, 애석상 하나 받지 못하고 말았다.

볼로가 규칙적인 이발업을 중단한 것과 《가디언》 구독을 중단한 것도 모두 이 벌금형이 있고 난 직후의 일이었다.

나는 볼로가 어떤 경위에서 《이브닝 뉴스》의 구독도 중단했는지 지금 기억할 수 없지만 《가제트》의 구독을 중단한 이유는 알고 있다.

전쟁 중에 포트오브스페인에는 주택이 크게 모자라는 사태가 야기되었다. 그래서 1942년에 한 자선 사업가가 무주택자들을 구제하겠다고 나섰다. 그는 조합 주택 건축 사업 계획을 추진하겠노라고 공언했다. 그 사업에 참여하고자 하는 사람들은 우선 200달러쯤 되는 돈을 예치해 놓고 한두 해가 지난 후에는 다른 돈을 거의 내지 않고 새 집 한 채를 얻게 되어 있었다. 몇몇 유지들이 이 새로운 사업 계획을 찬양했고 이 사업을 출범시키기 위한 만찬회도 여러 번 개최되었다.

이 사업 계획은 널리 광고되었고 대여섯 채의 집이 실제로 건축되어 만찬회에 참석했던 사람들에게 주어졌다. 신문에서는 입주자들이 새 집의 출입문 자물쇠에 열쇠를 끼우는 광경이라든지 현관으로 들어서는 광경의 사진을 실었다.

볼로는 《가제트》에 난 사진과 광고를 보고 자기 몫으로 200달러를 지불했다.

1943년에 조합 주택 협회의 회장은 행방불명이 되었고, 이삼천 명의 내 집 갖기 꿈도 무산되고 말았다.

볼로는 《가제트》 구독을 중단했다.

그것은 그해 11월의 어느 일요일이었다. 볼로는 이발을 하기 위해 망고나무 밑에 앉아 기다리던 사람들에게 자기의 결심을 선언했다.

그는 말했다. "이제 나는 여러분에게 무언가 한마디 하려 합니다. 그러니 하느님, 내가 만약에 이 약속을 어긴다면 내 두 눈을 잃어도 좋습니다. 여러분, 제 말을 들어 주십시오. 나는 이제부터 신문 구독을 중단합니다. 내가 설혹 중국말을 배우게 된다 해도 중국말 신문을 읽지 않을 것입니다. 여러분은 신문에 나는 것을 아무것도 믿어서는 안 됩니다."

볼로는 그때 마침 해트의 머리를 깎고 있었는데 해트는 이 선언을 듣고 황급히 일어서더니 자리를 떠나고 말았다.

나중에 해트는 말했다. "내 생각을 말할 테니 들어 봐. 이제 부터 볼로에게 이발해 달라고 하지 말아야겠어. 그날 그 사람 때문에 나는 정말이지 질겁했다고."

그러나 우리는 해트의 결심에 대해서 깊이 생각할 필요가 없었다. 왜냐하면 며칠 뒤에 볼로는 우리를 찾아와서 이렇게 말했기 때문이다. "이제 이번이 마지막이 될 것 같아서 내가 여러분을 한 사람 한 사람씩 찾아보고 있는 거야."

그는 너무 슬픈 표정이었고 곧 울음을 터뜨릴 듯이 보였다.

해트가 말했다. "이제 무슨 일을 하려고 그래?"

볼로가 대답했다. "나는 이 섬을 영영 떠나려고 해. 이곳에 는 망할 놈의 사기꾼들이 너무 많단 말이야."

에도스는 말했다. "볼로, 그 상자수레도 가지고 가는 거야?"

볼로가 말했다. "아냐, 왜? 갖고 싶어?"

에도스는 말했다. "그저 생각해 봤어. 그 수레가 내게는 좋은 재료가 될 것 같아서 말이야."

볼로가 말했다. "에도스, 내 상자수레를 가져."

해트가 물었다. "볼로, 어디로 가는 거야?"

볼로는 대답했다. "곧 듣게 될 거야."

그날 저녁에 그는 우리를 떠났다.

에도스는 말했다. "자네들 볼로가 미쳤다고 생각하나?"

해트가 말했다. "아냐, 그는 베네수엘라로 갔어. 그렇기 때문에 그는 자기가 가는 곳을 비밀로 해 둔 거야. 베네수엘라 경찰은 트리니다드 사람들이 건너가는 것을 좋아하지 않거든."

에도스가 말했다. "볼로는 착한 사람이야. 나는 그가 떠나서 섭섭해. 볼로가 남겨놓고 간 상자수레를 갖게 되면 좋아할 사람들이 있다는 것을 나는 알아."

우리는 그날 저녁에 볼로가 거처하던 작은 방으로 가서 그가 남겨둔 모든 쓸 만한 물건들을 깨끗이 치워버렸다. 물건이 많지는 않았다. 약간의 기름종이에다 낡은 빗이 두세 개, 단검한 자루, 그리고 긴 의자 하나가 고작이었다. 우리는 그것을 보고 모두 슬퍼했다.

해트가 말했다. "이 나라에서는 가여운 볼로를 사람들이 너무 심하게 대했어. 나는 그가 떠났다고 해서 탓하고 싶지 않아."

에도스는 직업 의식을 발휘하며 방을 둘러보고 이렇게 말했다. "하지만 볼로는 모든 것을 가지고 가 버렸군."

다음 날 오후에 에도스는 사람들에게 알렸다. "내가 그 상자수레를 얼마 받고 처분했는지 아나? 2달러를 받았다고!"

해트가 말했다. "에도스. 자네 참 동작도 빠르군."

그때 우리는 미겔 스트리트를 따라 걸어오는 볼로의 모습을 보았다.

해트가 말했다. "에도스, 자네 이제 골치 아프게 되었군."

에도스는 대답했다. "하지만 그는 그 수레를 내게 주었단 말야. 내가 어디 그것을 훔치기라도 했나?"

볼로는 전보다도 더 지치고 더 슬퍼 보였다.

해트가 말했다. "어떻게 된 거야, 볼로? 자네는 신기록을 세웠어. 설마 그동안에 벌써 베네수엘라까지 갔다가 되돌아왔단 말은 아니겠지?"

볼로는 말했다. "트리니다드 사람들! 트리니다드 사람들! 나는 왜 히틀러가 이곳에 와서 이 섬에 사는 모든 개새끼들을 폭격해 버리지 않는지 모르겠단 말이야. 이봐, 그 친구는 지금 엉뚱한 사람들만 폭격하고 있는 중이야."

해트가 말했다. "볼로, 앉아서 그동안 일어난 얘기 좀 해 봐."

볼로는 말했다. "아냐. 지금은 안 돼. 우선 해결해야 할 문제가 있어. 에도스, 내 상자수레 어디 있지?"

해트는 웃었다.

볼로가 말했다. "자네는 웃고 있지만 나는 그게 웃을 일이라고 생각하지 않아. 에도스, 내 상자수레 어디 있어? 자네가 그런 상자수레를 만들 수 있을 것 같아?"

에도스가 말했다. "볼로. 자네의 상자수레 말이야? 그건 내게 주었잖아?"

볼로가 말했다. "돌려 달라니까."

에도스가 말했다. "팔았어. 봐, 이게 그 값으로 받은 2달러야."

볼로가 말했다. "자네, 동작도 빠르군."

에도스는 자리에서 일어서고 있었다.

볼로가 말했다. "에도스, 자네가 지금부터 해서는 안 되는 것 한 가지를 일러두겠네. 다시는 내게 이발하러 오지 말도록, 알겠나? 내가 무슨 짓을 하게 될지 나도 알 수가 없어. 그러니 어서 가서 내 상자수레를 되찾아오도록 해."

에도스는 자리를 떠나면서 중얼대고 있었다. "사람들이 그 작은 상자수레를 그처럼 귀하게 여기다니 이 세상은 참으로 알 수 없는 곳이란 말이야. 그게 어디 내 푸른색 수레에 비할 수나 있는 건가?"

볼로는 그간의 경위를 이야기했다. "내 돈을 먹고 날 베네수엘라로 데려다주겠다던 그 망할 자식을 내 손으로 붙들기만 해 봐라. 내 그놈을 그냥 두지 않을 테니. 자네들 그놈이 어떤 짓을 했는지 아나? 아, 글쎄, 그놈이 우리를 모터 달린 배에 태우더니 밤이 새도록 돌아다니다가 어떤 늪지대에 내려놓고는 베네수엘라에 도착했다는 것이 아니겠어. 몇몇 사람들이 보이더군. 내가 그들에게 스페인어로 말을 걸었더니 그들은 머리를 흔들면서 웃는 거야. 어떻게 된 줄 알아? 그 망할 놈이 글쎄, 우리를 트리니다드섬에다 다시 내려놓은 것이라고. 라 브레아에서 삼사 마일쯤 떨어진 곳이었어."

해트가 말했다. "볼로, 자네는 그래도 운이 좋았다는 것을 알아야 해. 사람들을 잘못 만났더라면 배에서 살해되어 바닷물 속으로 내던져졌을지도 몰라. 그들은 베네수엘라 경찰과 말썽이 나는 걸 원치 않는다고. 베네수엘라로 가는 것 자체가 불법이라는 것을 알아야 해."

이런 일이 있고 난 후 우리는 볼로에 대한 이야기를 별로 하지 않았다. 에도스는 간신히 상자수레를 되찾은 후 나더러 그 수레를 볼로에게 갖다 주라고 부탁했다.

에도스는 말했다. "이 세상에서 흑인들이 출세하지 못 하는 이유가 무엇인지 아니? 그 사람이 자기 두 손으로 그 수레를 내게 줄 때 너도 현장에 있었잖니? 그래 놓고 이제 그 수레를 다시 내놓으라니 그게 말이나 되니? 이 수레를 그에게 갖다주고 내가 잘 먹고 잘 살라고 하더라는 말도 전해 주렴."

나는 볼로에게 말했다. "에도스가 미안하다고 하면서 이 상자수레를 돌려주라고 했어요."

볼로가 말했다. "너 흑인들이 어떤 사람인 줄 아니? 흑인들이란 남의 것을 빼앗는 데만 날쌔고, 남에게 주는 것은 싫어한단 말이야. 그렇기 때문에 흑인들은 출세하지 못하는 거야."

내가 말했다. "볼로 아저씨, 내가 가져간 물건도 있어요. 그것을 되돌려 드리겠어요. 이건 기름종이예요. 내가 이걸 어머니에게 갖다 드렸는데 어머니께서 이걸 아저씨께 되돌려드리라고 하시더군요."

볼로가 말했다. "괜찮다. 하지만 얘야, 요즘은 누가 네 머리를 깎아 주니? 네 꼴이 꼭 새가 머리에다 집을 지은 것처럼 보이는구나."

내가 말했다. "새뮤얼이 이발을 해 주지요, 볼로 아저씨. 하지만 정말이지 그분은 이발할 줄을 모른단 말이에요. 이발을 한답시고 내 머리를 긁어 올리기만 하니."

볼로가 말했다. "이번 일요일날 오너라. 내 손으로 네 머리를 깎아 주마."

나는 머뭇거렸다.

볼로가 말했다. "너 혹시 겁을 내는 거니? 바보처럼 굴지마. 나는 너를 좋아한다고."

그래서 나는 일요일에 그를 찾아갔다.

볼로가 말했다. "네 공부는 어떻게 되어 가고 있니?"

나는 자랑하고 싶지 않았다.

볼로가 말했다. "나는 네가 날 위해서 어떤 일을 하나 해 주길 바란다. 하지만 내가 너에게 이런 부탁을 해도 괜찮을지 모르겠구나."

나는 말했다. "하지만 볼로 아저씨, 말씀해 보세요. 아저씨를 위해서라면 무슨 일이든지 해 드리겠어요."

그는 말했다. "아니다. 걱정 마라. 다음에 오면 네게 말해 주겠다."

한 달 후에 내가 다시 볼로를 찾아가자 그는 말했다. "너 글을 읽을 줄 아니?"

나는 그에게 글을 읽을 줄 안다고 했다.

그가 말했다. "내가 몰래 하고 있는 일이 하나 있단다. 나는 아무에게도 그것을 알리고 싶지가 않다. 너 그 비밀을 지킬 수 있겠니?"

나는 대답했다. "네, 비밀을 지킬 수 있어요."

"나 같은 늙은이가 이제 얼마나 살겠니?" 볼로가 말했다. "나 같은 늙은이가 혼자서 살자면 삶의 목적 같은 것이 있어야 한다. 내가 이제 너에게 이야기하겠지만 내가 그것을 하는 이유도 바로 거기에 있어."

"그것이라니요, 볼로 아저씨?"

그는 머리 깎기를 중단하더니 자기 바지 주머니에서 인쇄된 종이 한 장을 끄집어냈다.

그는 물었다. "너 이게 무엇인지 아니?"

내가 말했다. "그야 복권이죠."

"옳다. 넌 참 영리하구나. 정말 이건 복권이야."

내가 말했다. "하지만 볼로 아저씨, 아저씨가 내게 원하시는 게 무엇이지요?"

그는 말했다. "우선 아무에게도 말하지 않겠다는 약속부터 해야 한다."

나는 약속했다.

그는 말했다. "이 번호가 당첨되었는지 알아봐 달라는 거다."

복권 추첨은 육 주일 후에 있었고 나는 그 번호가 당첨되었는지 알아보았다. 나는 그 결과를 볼로에게 말해 주었다. "그 번호는 당첨되지 않았어요. 볼로 아저씨."

그는 물었다. "이등 당첨도 안 되었더냐?"

나는 머리를 저었다.

그러나 볼로는 실망한 것 같지 않았다. "그건 내가 예상한 결과다." 그는 말했다.

그 후 약 삼 년간 이 일은 우리 두 사람만이 아는 비밀이었다. 삼 년 내내 볼로는 복권을 샀지만 한 번도 당첨되지 못했다. 그 비밀은 아무도 모르고 있었다. 그래서 해트라든지 그밖의 누가 그에게 "이봐, 볼로, 자네가 한번 해 볼 만한 것이 있어. 복권을 한번 사 보지 그래?" 하고 말하는 날이면 볼로는 "이보게, 나는 그 따위 짓은 않는다네."라고 대답하곤 했다.

1948년의 크리스마스 모임 때 볼로의 번호가 당첨되었다.

당첨액은 많지 않았다. 겨우 300달러가 될까 말까였다.

나는 볼로의 방으로 뛰어가서 말했다. "볼로 아저씨, 당첨되었어요."

볼로의 반응은 내 기대와 달랐다. "이봐, 너도 이젠 긴 바지를 입고 다닌다고 나를 화나게 하지 말라고. 나한테 매를 맞고 싶니?"

내가 말했다. "하지만 이번에는 당첨되셨는걸요. 볼로 아저씨."

그는 물었다. "그게 당첨되었는지 네가 어떻게 아니?"

내가 말했다. "그 번호가 신문에 난 걸 보았어요."

이 말을 듣자 볼로는 진정으로 화를 내면서 내 멱살을 움켜잡았다. 그는 비명 섞인 목소리로 말했다. "내가 도대체 네게 몇 번씩이나 말을 해 줘야 하니? 이 아무데도 쓸데없는 개자식 같으니라고. 신문에 나는 것을 믿어서는 안 된다고 이미 여러 번 말하지 않든?"

그래서 나는 트리니다드 경마 클럽에 그 번호의 당첨 여부를 확인해 보았다.

나는 볼로에게 말했다. "알아봤는데 정말로 당첨되셨어요." 그러나 볼로는 여전히 믿지 않겠다고 버티었다.

그는 말했다. "이곳 트리니다드의 주민들은 거짓말, 거짓말밖에 할 줄 몰라. 그들이 아는 거라고는 거짓말뿐이야. 그들이 너를 속일 수는 있을지는 모르지만 나만은 속일 수가 없다고."

나는 우리 거리의 주민들에게 말했다. "볼로가 지독히 미쳐 버렸어요. 그는 300달러를 따고서도 그것을 믿지 않으려고 해요."

어느 날 보이이가 볼로에게 말했다. "봐요, 볼로. 복권에 당첨되셨다면서요?"

볼로는 보이이를 쫓으면서 소리쳤다. "너까지 농담이니? 네 할아비가 되어도 좋을 만큼 늙은 사람을 데리고 네까짓 것이 감히 농담을 하려고 들어?"

그 후에 볼로가 나를 보게 되자 그는 말했다. "이게 네가 비밀을 지킨 결과니? 이게 네가 비밀을 지킨 결과냔 말이야. 너희 트리니다드 놈들은 어쩌면 그렇게 똑같니?"

그러고 나서 그는 자기 상자수레를 밀고 에도스의 집으로 가서 말했다. "에도스, 자네 이 상자수레를 갖겠나? 자, 이 상자수레를 가지게."

그는 자신의 단검으로 수레를 조각 내기 시작했다.

그는 나를 향해 소리쳤다. "사람들은 나를 속이려고만 들고."

그러고 나서 그는 복권을 끄집어내더니 찢었다. 그는 내게로 달려와서 복권 조각들을 내 셔츠 주머니에 강제로 처넣었다.

그 후에 그는 그 작은 방에서 혼자 살면서 거리에 나오는 일이 드물었고 그 어느 누구에게도 말을 걸지 않았다. 한 달에 한 번씩 그는 노령자 연금을 인출하러 갔을 뿐이었다.

15
군인들이 오기까지

　해트의 동생 에드워드는 재주가 많은 사람이었다. 그래서 나는 그가 우리에게서 떨어져 나간 것을 늘 슬픈 일로 여기고 있었다. 내가 그를 처음 알게 되었을 때, 그는 해트를 도와 젖소들을 돌보고 있었다. 그 당시 그는 해트처럼 마음의 안정을 얻고 있는 듯했고 아주 행복해 보였다. 그는 여자 따위는 영영 포기했노라고 장담하면서 크리켓과 축구, 권투, 경마, 닭싸움에만 열중하고 있었다. 이런 일에 몰두하느라 그는 권태를 느끼지 않았고 별로 야심이 없었기 때문에 불행하게 될 이유 또한 없었다.

　해트와 마찬가지로 에드워드도 아름다움을 무척 숭상하고 있었다. 그러나 해트와는 달리 그는 깃이 아름다운 새들을 수집하고 있지는 않았다. 그 대신에 에드워드는 그림을 그렸다.

그가 즐겨 그리던 그림은 검은 손을 잡고 있는 갈색 손이었다. 에드워드가 갈색 손을 그릴 때면 그 손은 갈색 손일 뿐이었다. 빛이 어쩌고 그늘이 어쩌고 무의미한 짓을 하는 일은 없었다. 바다는 푸른 바다였고 산은 초록이었을 뿐이다.

에드워드는 자기 그림을 스스로 액자에 넣었는데 늘 붉은 사진틀을 사용하는 것을 잊지 않았다. 살바토리니 포거티니 존슨이니 하는 큰 백화점에서는 청탁받은 에드워드의 작품을 나눠주었다.

그러나 거리의 사람들에게 에드워드는 위협적인 존재였다.

그는 모건 부인이 새 드레스를 입고 있는 것을 보면 이렇게 말했다. "아, 모건 부인, 참으로 멋진 드레스를 입고 계시는군요. 하지만 그 옷에 약간 장식을 달면 잘 어울릴 것 같은데요."

혹은 에도스가 새 셔츠라도 입고 있는 것을 보는 날이면 그는 이렇게 말했다. "에, 에, 에도스, 자네 새 셔츠를 입고 있군. 자네 그 셔츠에다 이름을 써넣도록 하지 그래. 누가 그 셔츠를 보면 재깍 낚아채 갖고 갈 것 같구먼. 내가 거기다 자네 이름을 써넣어 주지."

그는 이런 식으로 많은 사람들의 옷을 망치고 말았다.

그에게는 또한 자기가 손수 장식한 넥타이를 나누어 주는 버릇이 있었다. 그는 이렇게 말하곤 했다. "자네에게 줄 게 있어. 이것 한번 매 봐. 내가 자네를 좋아하기 때문에 주는 거야."

그런데 넥타이를 받은 사람이 그것을 매지 않는 날이면 에드워드는 화를 내면서 소리치기 시작했다. "흑인들이란 정말 배은망덕하단 말이야. 내 말 좀 들어 보라고. 이 사람이 내가 준 넥타이를 매지 않다니 이게 될 말이야? 나는 버스를 타고 시내에 들어가지. 존슨 백화점으로 가서 신사용품점을 찾지. 거기서 소녀 점원을 만나 넥타이를 하나 산다고. 나는 버스를 타고 집으로 되돌아와. 나는 내 방으로 들어가서 붓을 들고 페인트 마개를 따지. 나는 붓에 페인트를 발라서 넥타이 위에 그린다고. 그러는 데 두세 시간씩이나 걸려. 이 모든 고생 끝에 넥타이를 완성해서 주었는데, 글쎄 그것을 매지 않겠다니 참 기가 막혀서."

에드워드는 그림 그리기 이외에도 여러 가지를 했다.

내가 미젤 스트리트로 이사 온 후 몇 달 되지 않았던 어느 날 에드워드는 이렇게 말했다. "간밤에 코코라이트에서 버스를 타고 돌아오는데 말이야. 버스 바퀴 밑에 게들이 깔려 그 등딱지가 바삭바삭 부서지는 소리만 들리지 뭐야. 왜, 야자수가 늘어서 있는 곳과 늪을 너희도 알고 있잖아? 거기 가면 게가 막 기어 다닌다고. 사람들이 그러는데 거기서는 게들이 야자나무에도 기어오른다는 거야."

해트는 말했다. "보름달이 뜨면 게들이 기어 나와. 오늘밤에 가서 에드워드가 보았다는 그 게를 좀 잡아 보자꾸나."

에드워드가 말했다. "내가 그러자고 말하려던 참이었어. 애들도 데리고 가. 게가 하도 많아서 애들도 많이 잡을 수 있을 테니까."

그래서 우리 소년들까지 초대받았다.

에드워드가 말했다. "해트, 내 생각은 이래. 삽을 가지고 가면 게 잡기가 훨씬 더 수월할 것 같단 말이야. 게가 너무 많아서 삽으로 그저 퍼 담기만 하면 될 테니까."

해트는 말했다. "좋아, 외양간의 삽을 들고 가면 되겠다."

에드워드가 말했다. "이제 모든 것이 결정되었다. 그런데 너희 튼튼한 신이 있니? 너희는 튼튼한 신을 신고 오는 것이 좋겠어. 이 게란 놈들은 도무지 정정당당하지가 못하단 말이야. 조심하지 않으면 눈 깜박하는 사이에 발톱을 하나 물어뜯고 도망을 칠지도 모른다고."

해트가 말했다. "나는 외양간을 청소할 때 매는 각반을 가지고 갈까 봐."

에드워드가 말했다. "그리고 장갑도 끼는 것이 좋겠어. 어느 날 게를 잡고 있던 사람이 갑자기 자기의 오른쪽 손이 팔에서 떨어져 나가 걸어가는 것을 보고 놀랐다는 얘기를 들었어. 그가 가만히 살펴보니까 네댓 마리의 게들이 그 손을 가지고 가더라는 거야. 그래서 이 사람은 벌떡 일어나서 미친 듯이 소리치기 시작했대. 그러니 우리는 조심해야지. 장갑을 갖고 있지 않거든 손을 헝겊으로라도 싸매도록 해라. 그렇게 하면 아무 일도 없을 테니까."

그날 밤에 우리 모두는 코코라이트행 버스를 탔다. 해트와 에드워드는 각각 자기네 각반을 매고 있었고 우리 소년들은 단검과 여러 개의 큼직한 갈색 자루를 들고 있었다.

해트가 가지고 온 삽에서는 아직도 외양간 냄새가 풍겨 나고 있었기 때문에 승객들은 코를 싸잡기 시작했다.

해트가 말했다. "이 냄새가 어때서. 젖소에서 짜낸 우유는 좋아라고들 마시면서."

사람들은 각반이니 단검이니 삽이니 자루니 하는 것들을 보고는 재빨리 외면하고 말았다. 그들은 이야기를 중단했다. 차장은 우리에게 요금을 내라고 하지도 않았다. 에드워드가 말을 시작하기까지 버스 승객들은 침묵을 지켰다.

에드워드가 말했다. "우리는 단검을 쓰지 않도록 해야겠다. 살생을 하는 것은 좋지 않으니까, 산 채로 잡아서 자루 안에 담도록 해라."

많은 사람들이 다음 정류장에서 내렸다. 버스가 무쿠라포 로드에 이르렀을 무렵에 승객이라고는 우리뿐이었다. 차장은 버스의 맨 앞에 서서 운전사에게 이야기를 하고 있었다.

우리가 코코라이트 종점에 이르기 전에 에드워드가 말했다. "오, 맙소사! 내가 한 가지 잊은 것이 있군. 우리가 잡은 게를 모두 버스에 싣고 올 수가 없을 거야. 내가 가서 화물차 한 대를 보내 달라고 전화해야겠어."

그는 종점 직전의 정류장에서 내렸다.

우리는 밝은 달빛을 받으며 얼마쯤 걸어간 후 길을 벗어나서 늪으로 기어 내려갔다. 맥 빠진 바람이 바다에서 불어오고 있었다. 텁텁한 바닷물 냄새가 도처에 가득했다. 야자수 아래는 어두웠다. 우리는 좀 더 깊이 들어갔다. 구름이 달을 가렸고 바람은 자고 있었다.

해트가 소리쳐 불렀다. "애들아, 너희 모두 아무 일 없니? 발 조심해라. 너희 중에 누구라도 발가락을 셋만 남긴 채 집으로 돌아가서야 되겠니?"

보이이가 말했다. "하지만 게라고는 구경도 못하겠는데요."

십 분 후에 에드워드가 우리에게 합류했다.

그는 말했다. "자루를 몇 개나 채웠니?"

해트가 말했다. "보아하니 많은 사람들이 우리와 똑같은 생각을 했던 모양이야. 벌써 와서 모든 게를 잡아간 게 분명해."

에드워드가 말했다. "바보 같은 소리! 지금 달빛이 없는 것도 안 보여? 달빛이 다시 나올 때까지 기다려야 해. 그러면 게들이 나올 테니까. 얘들아, 앉아서 기다리자꾸나."

달은 반 시간 동안 구름에 가려 있었다.

보이이가 말했다. "추워서 집에 가고 싶어. 게는 잡을 수 있을 것 같지도 않단 말이야."

에롤이 말했다. "보이이에 대해서는 신경 쓰지 마세요. 나는 얘를 잘 알아. 그저 어두워서 겁이 났고 게한테 물릴까 봐 겁이 난 것뿐이야."

이때 우리는 먼 곳에서 들려오는 우르릉 소리를 들었다.

해트가 말했다. "화물차가 온 게로군."

에드워드가 말했다. "실은 보통 화물차가 아니라고. 샘에게 대형 트럭을 한 대 보내라고 부탁했어."

우리는 잠자코 앉아서 달빛이 나오기를 기다렸다. 그때 여남은 개나 되는 횃불이 우리 주변에서 번득였다. 누군가가 소리쳤다. "우리는 말썽을 원치 않는다고. 그렇지만 너희 중에서 누구라도 바보 같은 짓을 하면 몹시 얻어맞을 줄 알아라."

우리는 일단의 경찰관 같은 사람들이 우리를 에워싸는 것을 보았다.

보이이는 울기 시작했다.

에드워드가 말했다. "세상에는 마누라를 구타하는 사람도 많고 다른 집에 들어가서 도적질을 하는 사람들도 많아요. 경찰관들이거든 그런 곳이나 찾아가서 의미 있는 행동을 취하시는 게 어때요? 기분 전환도 할 겸."

경찰관 한 사람이 말했다. "닥치지 못하겠어? 낯짝에다 참을 뱉어주어야 알겠니?"

다른 경찰관이 말했다. "그 자루 속에는 무엇이 들었어?"

에드워드가 말했다. "게밖에 없어요. 하지만 조심하세요. 게가 너무 커서 손가락을 물어뜯을지도 모르니까."

아무도 자루 속을 살피지는 않았다. 이윽고 금띠를 여럿 단 경찰관이 말했다. "요즘은 많은 사람들이 나쁜 짓을 하더니 모두 대답 하나는 미국인처럼 척척이로군."

한 경찰관이 말했다. "이 사람들은 자루를 가지고 있고, 단검을 가지고 있으며, 삽을 가지고 있고, 또 장갑을 끼고 있군요."

해트가 말했다. "우리는 게를 잡고 있던 중입니다."

경찰관이 말했다. "삽을 가지고서? 도대체 어떻게 되었다는 거야? 자네들이 갑자기 하느님이라도 되어 삽을 가지고서나 잡을 수 있는 새로운 종류의 게를 창조해 냈다는 거야?"

경찰관들에게 이야기를 납득시키기까지 우리는 오랫동안 옥신각신해야만 했다.

선임 경찰관이 말했다. "가서 그 개자식이나 붙잡아야겠군. 글쎄, 그 자식이 우리에게 전화를 걸어 자네들이 누군가를 살해하려 한다고 신고했지 뭐야."

그러고 난 후 경찰관들은 가 버렸다.

군인들이 오기까지

이미 밤은 늦었고 우리는 마지막 버스를 놓치고 말았다.

해트가 말했다. "에드워드가 불렀다는 그 트럭이 올 때까지 기다리는 게 좋겠군."

에드워드가 말했다. "어쩐지 그 트럭이 오지 않을 것 같은 예감이 드는군."

해트는 반쯤 웃음 섞인, 그러나 반쯤은 진지한 어조로 아주 천천히 말했다. "에드워드, 너는 내 동생이지만 말이야, 정말로 개자식이구나."

에드워드는 앉아서 그저 웃고 있었을 뿐이다.

그러다가 전쟁이 발발했다. 히틀러는 프랑스를 침공했고 미국인들은 트리니다드에 침입했다. 인베이더(침입자) 경(卿)은 다음과 같은 칼립소 노래로 히트를 쳤다.

내가 점잖고 허욕 없는 아내와 살고 있는데
군인들이 나타나 내 인생 망쳤네.

트리니다드의 역사상 처음으로 모든 사람이 일자리를 갖게 되었고 미국인들은 많은 보수를 지불했다. 인베이더는 노래했다.

아버지, 어머니, 그리고 딸이
양키의 돈을 벌러 일하고 있네.
온 나라에 양키의 돈!

오, 양키의 돈이여!

에드워드는 젖소 우리 일을 그만두고 차구아라마스의 미군 부대에 취직했다.

해트는 말했다. "에드워드, 그런 데 취직하다니 바보 아니냐. 미군은 이곳에 영원히 머무는 것이 아니라고. 돈벌이를 한답시고 이곳을 떠났는데 앞으로 삼사 년 후에 일자리를 잃게 된다면 그게 무슨 꼴이니?"

에드워드가 말했다. "이번 전쟁은 보아하니 오래오래 계속될 것 같단 말이야. 게다가 미국인들은 영국인과 다르다는 것을 알아야지. 미국인들은 잔뜩 부려 먹지만 돈은 준단 말이야."

에드워드는 자기 몫의 젖소를 해트에게 팔아 버렸다. 이것은 그가 우리를 떠나가게 된 발단이 되었다.

에드워드는 미국인들에게 완전히 굴복하고 말았다. 그는 미국인식으로 옷을 차려입기 시작했고, 껌을 씹기 시작했으며, 미국식 악센트로 말하려고 했다. 우리는 일요일이 아닌 날에는 그를 잘 볼 수조차 없었지만 만날 때마다 그는 우리에게 열등감을 심어 주었다. 그는 옷매무새에 대해 신경을 쓰게 되었고 목에는 금줄을 매고 다니기 시작했다. 그는 정구 선수들모양으로 손목에 띠를 두르고 다니기 시작했다. 이 손목띠는그 당시 포트오브스페인의 스마트한 젊은이들 간에 막 유행하기 시작했다.

에드워드는 그림 그리기를 포기하지 않았다. 그러나 그는우리에게 무엇을 그려 주겠다는 제안을 하지는 않았다. 그래서 대부분의 사람들은 안심했다. 그는 몇몇 포스터 모집에 응모하기도 했는데 그가 그린 작품이 장려상도 하나 못 받게 되면 그는 트리니다드라는 곳은 정말 형편없는 곳이라고 하면서 몹시 화를 내곤 했다.

어느 일요일 그가 말했다. "내가 몸소 두 손으로 그린 작품을 트리니다드 사람들에게 보내 심사를 받게 하다니, 내가 바보지 뭐야. 도대체 트리니다드 사람들이 알기는 뭘 알아? 만약 내가 미국에 산다면 사정은 다를 거야. 미국인들이야 사람다운 사람들이지. 그들은 사리를 안다고."

에드워드의 이야기만 들은 사람들이라면 미국이야말로 거인들이 거주하는 거대한 나라라고 생각했을 것이다. 그들은 거대한 집에서 살며, 세계에서 가장 큰 자동차를 몰고 다닌다는 것이었다.

에드워드는 늘 말하곤 했다. "미겔 스트리트의 꼴을 좀 봐요. 미국에 이런 좁은 거리가 있는 줄 알아? 이런 거리를 미국에 갖다 놓으면 한길의 인도 턱이나 될까?"

어느 날 밤, 나는 에드워드와 함께 미국인이 진주하고 있던 부두 지역으로 갔다. 철조망 사이로 옥외 영화의 그 큰 스크린을 볼 수가 있었다.

에드워드는 말했다. "트리니다드 같은 이런 좁고 형편없는 곳에 미국인들이 와서 세워 놓은 극장을 좀 보라고. 미국에 가면 어떤 규모의 극장이 있을지 상상해 봐."

우리가 좀 더 걸어가니까 초소에 초병이 보였다.

에드워드는 한껏 미국식 악센트를 구사하면서 말했다.

"조, 무슨 재미나는 일 없어?"

놀랍게도 사나운 얼굴에 헬멧을 쓰고 있던 그 초병이 에드워드에게 응답을 했고 순식간에 두 사람은 이러쿵저러쿵 이야기를 주고받기 시작했는데 서로 상대방보다 더 많은 욕설을 섞어 말하려고 경쟁이라도 하는 듯했다.

에드워드는 미겔 스트리트로 돌아오자 으스대기 시작했으며 내게는 이렇게 말하기까지 했다. "사람들에게 말해 줘. 내가 미국 사람들과 얼마나 잘 어울릴 수 있는지 네가 본 대로 사람들에게 말해 줘."

그리고 그가 해트와 함께 있게 되자 이렇게 말했다. "그저께 저녁에 어떤 미국인과 이야기를 해 보았어. 그 사람 정말 멋진 친구더군. 그 사람이 그러는데 미국인들이 참전을 하는 날이면 전쟁이 재깍 끝날 거래."

에롤이 말했다. "우리는 전쟁을 이기려고 하지 않고 있어요. 앤토니 이든 경을 수상으로 삼으면 전쟁이 대번에 끝날걸요."

에드워드가 말했다. "닥쳐, 어린 놈은."

그러나 에드워드가 가장 많이 변한 것은 그가 여자들에 대한 이야기를 하기 시작했다는 점이었다. 그때까지만 해도 그는 여자들에게 영영 아무 관심도 갖지 않겠노라고만 말해 왔던 것이다. 그는 오래전 여자 때문에 상심한 이후 다시는 여자에 대한 관심을 갖지 않겠다는 맹세를 했노라고 공언하고 다녔다. 그의 이야기는 애매했으나 비극적인 것이었다.

그러나 이제 일요일 저녁만 되면 에드워드는 이렇게 말했다. "미군 기지에 와 있는 조합 여성들을 자네들이 한번 보았어야 하는데. 도대체 트리니다드의 계집애들과는 질이 다르다는 것을 알아야 해. 다르고말고. 모두 스타일이 있는 계집애들이요, 진짜 고급 계집애들이라고."

지금 생각하니 에도스가 말했던 것 같다. "자네는 그런 것에 마음 쓸 필요가 없다니까. 어차피 그 계집애들이 자네와 어울리지는 않을 테니까. 그 애들이야 그 크디큰 미국인들만 상대할 것 아냐? 자넨 아무 볼일도 없을 거야."

에드워드는 이 말을 듣자 에도스를 새우 같은 자식이라고 욕하면서 황급히 자리를 뜨고 말았다.

그는 역도를 시작했는데 바로 이 점에 있어서도 에드워드는 유행의 첨단을 걷고 있던 셈이다. 나는 그 당시에 트리니다드가 어떻게 돌아가고 있던 것인지 알 수가 없다. 그러나 모든 젊은이들이 갑자기 '육체미'라는 관념에 사로잡히게 되었고 거의 매달 육체미 대회가 개최되었다. 해트는 자위 삼아서 이렇게 말하곤 했다. "걱정 마. 모두 일시적 유행이 되고 말 거야. 그들은 근육, 근육 하면서 자기네 체격을 단련하고 있지만 이 열기가 식고 나면 어떻게 되나 두고 보라지. 그들이 근육이랍시고 단련시킨 것들이 모두 기름덩이로 변하고 말 테니까."

에도스는 말했다. "참 기막히게 우스꽝스러운 광경이지 뭐야. 요즈음 필립 스트리트의 낙농품 상회에서 볼 수 있는 거라고는 카운터에 앉아서 1쿼터짜리 병에 든 하얀 우유를 마셔대는 흑인들의 장사진밖에 없다니까. 그들은 모두 자기네의 그 큰 팔을 과시하기 위해서 소매 없는 저지 옷을 입고 있지."

약 삼 개월 후에 에드워드는 소매 없는 저지 옷을 입고 우리 동네에 나타났다. 그는 어느새 진짜 위대한 사내가 되어 있었던 것이다.

얼마 후에 그는 미군 기지에 가면 자기 뒤를 쫓아다니는 여인들이 많다는 이야기를 하기 시작했다.

그는 말했다. "그 여자들이 나한테 뭐가 볼 게 있다고 그러는지 모르겠단 말이야."

누군가가 지역 장기 자랑 쇼를 조직해 보는 것이 어떠냐는 생각을 해냈다. 그 말을 듣자 에드워드는 말했다. "웃기지 말라고. 도대체 트리니다드 같은 곳에 무슨 놈의 장기를 가진 사람이 있을라고."

첫 번째 쇼가 방송되었을 때 우리 모두는 에도스의 집에서 라디오를 청취했다. 에드워드는 방송이 끝나도록 사뭇 비웃고만 있었다.

해트가 말했다. "그러지 말고 네가 한번 노래를 불러 보지 그래?"

에드워드가 말했다. "누구를 상대로 노래를 하란 말이야? 트리니다드 주민을 위해서?"

해트는 말했다. "그들에게 좋은 일을 하는 셈치고 불러 보려무나."

정말 놀랍게도 에드워드는 노래를 시작했다. 그 결과 해트가 다음과 같은 말을 하기에 이르렀다. "난 에드워드와 한 집에서 살 수가 없어. 그 애가 다른 곳으로 이사를 가든지 해야지, 원."

에드워드는 이사를 갔다. 그러나 그는 그리 멀리 가지는 않았다. 그는 미겔 스트리트에서도 우리 집이 있는 쪽에 와서 살았다.

그는 말했다. "잘됐어. 나도 그 젖소 냄새 때문에 진저리치고 있었으니까."

에드워드는 드디어 지방 장기 자랑 쇼에 나가게 되었다. 그가 그동안 우리에게 역겨운 존재이긴 했지만 일단 쇼에 나가게 되자 그가 무슨 종류의 상이든 타게 되길 바랐다. 그 쇼의 스폰서는 어떤 비스킷 회사였는데 지금 생각하니 우승자가 약간의 상금을 타게 되어 있었던 것 같다.

"낙선자들은 31센트짜리 비스킷 한 봉지를 받게 되어 있어." 해트가 말했다.

에드워드는 비스킷을 한 봉지 타는 데 그쳤다.

하지만 그는 그 비스킷 봉지를 집에 가지고 오지 않았다. 그는 그것을 버리고 왔던 것이다.

그는 말했다. "내다 버렸지. 내다 버리지 않을 이유가 있어? 자, 내 말 좀 들어 봐. 트리니다드 사람들은 좋은 것이 무엇인지 모르고 있단 말이야. 태어나면서부터 바보들이니까. 미군 기지에 가면 미군들이 나더러 노래 좀 해 달라고 애원하는 판인데. 그들이야말로 좋고 나쁜 것을 분간할 줄 알지. 며칠 전에 내가 기지에서 일을 하면서 노래를 하고 있는데, 대령이 내게로 다가와서 내 목소리가 훌륭하다고 말하잖겠니. 그는 내게 미국으로 가서 노래를 불러 보라고 간청했다고."

해트가 말했다. "그러면 미국으로 가지 그러니?"

에드워드가 격한 어조로 말했다. "시간을 달라고. 두고 봐. 가는지 못 가는지."

에도스가 말했다. "네 꽁무니를 뒤쫓아 다닌다는 그 여자들은 어떻게 되었어? 너를 따라왔니 아니면 너를 앞질러 버렸니?"

에드워드가 말했다. "이봐, 조. 내가 너 같은 사람들에게 난폭하게 굴 수야 있겠니? 그러니 내게 좋은 일 해 주는 셈 치고 좀 닥치고 있어."

에드워드가 미국인 친구들을 자기 집으로 데리고 오는 날이면 우리 따위는 아예 모르는 척해 버렸다. 그가 미국인 친구들과 걷고 있는 모습은 우스꽝스러웠다. 그의 팔은 마치 고릴라의 팔처럼 느슨하게 늘어져 있었고 그의 친구들은 이 팔을 미국식으로 잡고 있었다.

해트가 말했다. "그 애는 돈을 버는 대로 모두 럼과 진저 에일을 사는 데 써 버린다고. 물론 미국인들의 환심을 사기 위해서지."

어떤 의미에서는 우리 모두가 그를 시기하고 있었다고 생각된다.

해트가 말하기 시작했다. "미군 기지에서 일자리를 구하기란 어렵지가 않아. 하지만 나는 내게 이래라저래라 하는 보스를 모시고 싶지 않을 뿐이야. 나는 내 자신의 보스가 되고 싶거든."

이제 에드워드는 우리와 별로 어울리지도 않았다.

어느 날 그는 슬픈 얼굴로 우리를 찾아와서 말했다. "해트, 아무래도 나 결혼을 해야겠어."

이때 그는 트리니다드식 악센트로 말하고 있었다.

해트는 걱정스러운 얼굴이었다. 그는 말했다. "왜? 왜? 왜 결혼을 해야 한단 말이니?"

"여자가 애를 뱄어."

"참, 별놈의 우스운 소릴 다 들어보겠구나. 여자가 애를 뱄다고 해서 모두 결혼해야 한다면 이놈의 세상이 생지옥이 되게? 너는 트리니다드에 사는 어느 누구와도 다른 사람이 되어 보겠다고 하더니 그 포부는 어떻게 되었니? 네가 벌써 미국인들을 너무 닮아 버렸다는 거니?"

에드워드는 입고 있던 몸에 딱 붙는 미국식 바지를 추스른 후 어떤 미국 영화배우처럼 상을 찌푸렸다. 그는 말했다. "잘 알면서 그래. 이 계집애는 다르단 말이야. 물론 나도 과거에 한두 번 사랑에 빠져 본 일은 있어. 하지만 이번 애는 좀 다르단 말이야."

해트가 말했다. "결혼 비용 같은 것은 가지고 있는 여자니?"

에드워드가 대답했다. "응."

해트는 말했다. "에드워드, 너도 이젠 어른이야. 너는 그 여자와 결혼해야겠다고 작정한 것이 분명해. 그런데 왜 나를 찾아와서 내가 너한테 그 여자와 결혼하라고 강요하게 하니? 너는 어른이야. 이제 너는 이런저런 일을 하는 데 내 허락을 받으러 올 필요가 없다고."

에드워드가 가 버리자 해트는 말했다. "에드워드가 날 찾아와서 거짓말을 할 때면 으레 어린애 같거든. 그 애는 내게 거짓말을 못한다고. 하지만 이번에 그 애가 그 계집애하고 결혼한다면, 내가 비록 그 계집애를 보지는 못했으나, 결국 결혼한 것을 후회하게 될 것 같은 느낌이 든단 말이야."

에드워드의 아내는 키가 크고 몸이 가늘고 살결이 흰 여자였다. 그녀는 아주 파리했으며 언제나 몸이 불편한 것처럼 보였다. 그녀는 한 걸음 한 걸음이 몹시 힘들다는 듯이 몸을 움직였다. 에드워드는 그 여자 때문에 큰 소동을 벌이면서도 그녀를 우리에게 소개해 주지는 않았다.

우리 거리의 아낙네들은 재깍 그녀를 놓고 이러쿵저러쿵 말을 하기 시작했다.

모건 부인이 말했다. "그 여자 말이야, 천성이 말썽꾼 같아. 에드워드 보기가 딱해. 그 사람 고생길에 들어섰지 뭐야."

바쿠 부인은 말했다. "그 여자는 요즈음 볼 수 있는 현대 여성이야. 이런 여자들은 하루 종일 밖에서 일하고 집으로 돌아온 남편이 밥도 짓고 빨래하고 청소해 주길 바라지. 그들이 할 줄 아는 것이라곤 얼굴에 분 바르고 루즈 칠하는 것과 엉덩이를 흔들면서 나돌아 다니는 것밖에 없어."

그리고 해트는 말했다. "그런데 애를 뱄다는데 어떻게 된 셈인지 모르겠군. 무슨 표가 나야 말이지."

그리하여 에드워드는 우리의 세계에서 완전히 떨어져 나가고 말았다.

해트가 말했다. "그 애가 여편네 때문에 혼이 나고 있는 중이야."

그러던 어느 날 해트는 길 건너 사는 에드워드에게 소리쳤다. "조, 너 여기 잠시 다녀가거라."

에드워드는 아주 실쭉한 표정이었다. 그는 트리니다드식 악센트로 물었다. "왜 그래?"

해트는 미소 지으며 말했다. "그 배 속에 들었다는 애는 어떻게 되었니? 그 애는 언제 나오니?"

에드워드가 말했다. "그건 알아서 어디다 쓰려고 그래?"

해트는 말했다. "내가 친조카에게 관심을 갖지 않는다면 삼촌치곤 우스운 삼촌이 되지 않겠니?"

에드워드가 말했다. "지금은 아이를 갖고 있지 않아."

에도스가 말했다. "그렇다면 그 여자가 그동안 공포탄만 쏘고 있었단 말이군."

해트가 말했다. "에드워드, 너는 거짓말을 하고 있어. 그 여자는 애를 배고 있지도 않았어. 그리고 너도 그걸 알고 있다고. 그 여자가 너에게 애를 뺐다는 말을 하지도 않았고 너도 그걸 알고 있었어. 그 여자와 결혼하고 싶거든 그냥 결혼을 할 것이지 왜 이런 거짓말은 꾸며 댄 거니?"

에드워드는 아주 슬퍼 보였다. "말이야 바른 말이지, 내 처는 아이를 밸 수 있을 것 같지도 않아."

그런데 이 소식이 우리 거리의 아낙네들의 귀에 전해지자 모두들 어머니와 같은 말을 했다.

어머니는 이렇게 말했다. "피부색이 분홍이고 창백한 사람들이 애 낳는 것 봤어?"

비록 그런 여자들이 애를 낳지 못한다는 증거가 우리에겐 없었지만, 그리고 에드워드의 집은 여전히 미국인들로 들끓고 있었지만, 에드워드와 그의 아내 사이가 좋지 않다는 것만은 우리 모두가 눈치챌 수 있었다.

어느 금요일, 땅거미가 질 무렵에 에드워드가 나에게 달려와서 말했다. "얘, 그 바보 같은 것 좀 그만 읽고 가서 경찰관을 한 사람 불러오너라."

내가 말했다. "경찰관을요? 하지만 내가 어떻게 가서 경찰관을 부를 수가 있겠어요?"

에드워드는 물었다. "너 자전거 탈 줄 아니?"

내가 말했다. "알아요."

에드워드가 물었다. "너 자전거 램프를 갖고 있니?"

나는 대답했다. "아니요."

에드워드가 말했다. "자전거를 타고 가거라. 램프 없이 타지 그러니. 경찰관을 부르러 가는 길이니까."

나는 물었다. "경찰관을 만나면 뭐라고 말할까요?"

에드워드가 말했다. "우리 집사람이 또 자살을 하려 한다고 해라."

아리아피타 거리에 도달하기 전에 나는 경찰관을 한 사람이 아니라 두 사람 만났다. 그중의 한 사람은 경사였다. 그는 말했다. "너 램프도 없이 멀리 가는 거니?"

나는 답했다. "아저씨를 만나러 가던 길이에요."

옆에 섰던 경찰관이 웃었다. 경사가 그에게 말했다. "이놈 영리하군. 치안판사가 그 변명을 들으면 좋아하겠다. 참으로 기발한 변명이라 나 같은 사람도 좋아할 수밖에 없는걸."

나는 말했다. "어서 가 보세요. 에드워드의 아내가 또다시 자살을 하려 하고 있어요."

경사는 말했다. "오, 에드워드의 처는 늘 자살을 기도하지 않니?" 이렇게 말하면서 그는 웃었다. 그는 덧붙여 말했다. "그런데 이번에는 에드워드의 처가 어디서 자살을 기도한다는 거니?"

내가 말했다. "미겔 스트리트를 따라 조금만 내려가시면 됩니다."

순경이 말했다. "그놈 참 영리하군."

경사가 말했다. "그래. 이 애는 여기다 두고 그 자살하겠다는 여자나 찾아보자고. 이런 엉터리없는 소리는 앞으로 그만 둬. 자전거 면허증 좀 보자."

나는 말했다. "내가 말씀드린 것은 모두 정말이에요. 저와 함께 가 보세요. 그 집을 알려 드릴 테니까요."

에드워드는 우리를 기다리고 있었다. 그는 말했다. "이 두 경찰관을 모시고 오는 데 웬 시간이 그렇게나 오래 걸리니?"

경찰관들은 에드워드와 함께 집 안으로 들어갔고 길에는 사람들이 약간 모여들었다.

바쿠 부인이 말했다. "이건 내가 애초에 예상한 대로지 뭐야. 나는 처음부터 이렇게 끝장날 줄 알았다고."

모건 부인이 말했다. "인생이란 참 우스운 것이군. 나도 저 여자처럼 애를 낳지 못했으면 좋겠어. 그런데 세상에는 애를 못 낳는다고 자살을 하려는 여자가 다 있군."

에도스가 말했다. "그 여자가 자살하려는 이유가 그 때문인지 아주머니가 어떻게 아세요?"

모건 부인은 그 살찐 어깨를 흔들었다. "그게 아니라면 무슨 이유가 있겠어요?"

그런 일이 있고 난 후 나는 에드워드를 딱하게 여기기 시작했다. 왜냐하면 우리 거리의 남자들과 여자들은 모두 그에게 한마디 변명할 기회조차 주지 않았기 때문이다.

에드워드가 자기 집에서 미국인들을 위한 성대한 파티를 아무리 자주 연다고 하더라도 사람들이 그에게 말을 걸면 그는 곧 기가 죽어버리는 것을 나는 볼 수 있었다. 가령 에도스는 "왜 자네 처를 미국으로 데리고 가 보지 않나? 미국 의사들은 지독히 똑똑하다고 하던데. 그들은 어떤 병도 고칠 수가 있다고 하잖아?"라고 소리쳤고, 바쿠 부인은 에드워드에게 그의 처를 아리아피타 거리의 끝에 있는 카리비언 의료 의원회로 데리고 가서 혈액 검사를 받게 해 보는 것이 어떠냐는 제안을 하기도 했다.

에드워드의 집에서 벌어지는 파티는 점점 더 떠들썩해지고 더 호화로워졌다. 해트는 말했다. "파티에 온 사람이야 마치고 집에 돌아가면 그만이지. 에드워드만 점점 더 자기 자신을 비참하게 만들고 있을 뿐이야."

파티를 아무리 열어보았자 에드워드의 아내는 조금도 더 행복해지지 않음이 분명했다. 그녀는 여전히 약해 보였고 걸핏하면 싸움을 걸어올 듯이 보였다. 이제 우리는 에드워드가 목소리를 높여 그녀와 언쟁하는 것을 들을 수도 있었다. 그것은 우리가 동네에서 흔히 들을 수 있던 그런 부부간의 말다툼이 아니었다. 에드워드는 화가 난 목소리였지만 간절히 아내의 기분을 맞추려 했다.

에도스가 말했다. "내가 결혼하게 될 여자가 그렇게 굴어보라지. 한번 죽도록 때려 주면 대번에 대나무처럼 쭉 곧은 인간이 될걸."

해트는 말했다. "에드워드는 이 모든 고생을 자청했다고. 그런데 바보 같은 것은 에드워드가 여전히 이 여자를 진심으로 사랑하는 것 같다는 점이야."

에드워드는 해트와 에도스 같은 어른들이 말을 걸어오면 상대해서 대화를 했지만 우리 소년들이 그에게 말을 걸려고 하면 참을성을 잃고 말았다. 그는 으레 우리를 구타하겠다고 덤볐기 때문에 우리는 그를 상대하지 않았다.

그러나 에드워드가 지나가는 것을 볼 때마다 여전히 무모하고 바보스럽기만 하던 보이이는 미국식 악센트를 흉내 내면서 "무슨 일이에요, 조?"라고 했다.

에드워드는 걸음을 멈추고 보이이를 성난 듯이 쳐다보다가 큰 소리로 욕을 퍼부으면서 그에게 덤벼들었다. 그는 늘 말했다. "트리니다드의 아이들은 이렇게 버르장머리가 없다고. 이런 놈들은 그저 엉덩이에 피가 나도록 때려 주어야지 별 수가 없다니까."

어느 날 에드워드는 보이이를 붙잡았고 그를 때리기 시작했다.

한 대씩 때릴 때마다 보이이는 소리쳤다. "그러지 마요, 에드 워드."

그러면 에드워드는 점점 더 화를 내곤 했다.

그때 해트가 달려와서 말했다. "그 애를 당장 내버려 두지 못하겠니? 이 동네 사람들이 큰 소동을 벌여야 알겠어? 당장에 그만해 둬. 네 놈이 굵직한 팔을 갖고 있다고 해서 내가 겁낼 줄 아니?"

결국 우리 거리 사람들은 이 형제간의 싸움을 말려야만 했다.

보이이는 풀려나자 에드워드에게 소리쳤다. "왜 자기 자식 하나 낳아서 때리지 않고."

해트가 말했다. "보이이, 네놈을 당장 혼내 주겠다. 에롤, 가서 매를 하나 구해 온."

그 소식을 퍼뜨린 것은 에드워드 자신이었다.

그는 말했다. "아내가 가 버렸어." 그는 아무렇지도 않다는 듯이 말했다.

에도스가 말했다. "그거 듣기 거북한 소식이군, 에드워드."

해트는 말했다. "에드워드. 있어서 안 될 것은 있지 않는 법이야."

에드워드는 별로 주의해서 듣는 것 같지 않았다.

그래서 에도스가 말을 이었다. "나는 그 여자를 처음부터 좋아하지 않았다고. 나는 애를 낳지 못하는 여자와는 결혼해서는 안 된다고 생각해."

에드워드가 말했다. "에도스, 네놈의 그 작은 입 좀 다물고 있지 못하겠니? 그리고 해트, 형도 좀 가만히 있어. 이런 거짓 동정은 싫단 말이야. 나는 형이 무척 슬퍼하고 있다는 것을 알고 있어. 형은 그렇게 슬프면서도 비웃기만 하기야?"

해트가 말했다. "그런데 비웃기는 누가 비웃니? 에드워드, 가서 다른 사람들에게 화를 내려면 내라. 하지만 내게만은 화를 내지 마라. 어쨌든 아내가 도망친다는 것은 별일이 아니다. 칼립소 가수 인베이더도 이렇게 노래했잖니?

내가 점잖고 허욕 없는 아내와 살고 있는데
군인들이 나타나 내 인생 망쳤네.

그러니 네 잘못은 아니야. 이게 모두 미국 사람들의 잘못이라고."

에도스가 물었다. "그 여자가 누구하고 도망을 쳤는지 아나?"

에드워드가 답했다. "그년이 어떤 남자와 도망쳤다고 내가 말했냐?"

에도스가 말했다. "아냐. 그런 말은 하지 않았어. 그저 내 느낌이 그렇다는 게지."

에드워드는 슬픈 듯이 말했다. "맞아, 그년은 도망쳤어. 어떤 미군하고 도망친 거야. 그런데 내가 그놈한테 그 많은 럼을 대접했던 것을 생각하면."

그러나 며칠이 지난 후 에드워드는 돌아다니면서 사람들에게 그간에 있었던 일을 이야기해 주면서 이렇게 말했다. "참

잘되었지 뭐야. 아이도 낳지 못하는 여자를 데리고 사는 것은 나도 원하지 않으니까."

그래서 이제는 아무도 에드워드가 미국 풍습을 숭상하는 버릇을 조롱하지 않게 되었다. 말하자면 우리는 그를 다시 우리의 세계로 맞아들이려고 했다. 그러나 그는 우리의 세계에 별로 흥미를 느끼고 있지 않았다. 우리는 거리에서 그를 만나보기가 어려웠다. 그가 일을 하지 않을 때 그는 어딘가 나다니고 있었다.

해트는 말했다. "사랑 때문이야. 그는 그 여자를 잊을 수 없을만큼 사랑하고 있어. 그는 그 여자를 찾아다니고 있는 거야."

인베이더 경의 칼립소 노래에서 가수는 미군에게 아내를 빼앗긴 자기 신세를 노래했다. 그가 아내를 찾아가서 집으로 돌아가자고 애원하자 그녀는 이렇게 대답한다.

인베이더, 나는 생각을 바꾸었어.
나는 양키 군인과 살 거야.

이 가사는 정확히 에드워드의 신세를 노래한 셈이었다.

그는 무척 화를 내며 돌아왔다. 그는 참담한 꼴로 말했다. "나는 트리니다드를 떠나야겠어."

에도스가 말했다. "어디로 가는 거야? 미국?"

에드워드는 에도스를 때릴 듯했다.

해트가 말했다. "한 여자 때문에 네 인생을 망쳐야 하겠니?

세상에 여편네를 빼앗긴 사람이 너 하나뿐인 것처럼 구는구나."

그러나 에드워드는 듣지 않았다.

그달 말에 그는 살던 집을 팔고 트리니다드를 떠나고 말았다. 나는 그가 아루바나 쿠라사오로 가서 네덜란드의 대규모 석유 회사에서 일을 했으리라 생각한다.

그 후 몇 달이 지났을 때 해트는 이렇게 말했다. "내가 들은 소문을 얘기해 줄까? 에드워드의 처가 미군과 살기 시작한 후 아이를 뱄다는 거야."

16
해트

해트는 아주 사소한 것을 가지고서도 즐겨 미스터리를 만들곤 했다. 가령 보이이나 에롤 같은 소년들과의 관계가 그러했다. 그는 처음 보는 사람들에게 그 소년들은 자기의 사생아라고 말했다. 이따금 그는 그 소년들이 진짜 자기 아이들인지 아닌지도 잘 모르겠다고 말하면서, 자기와 에드워드가 함께 데리고 살았다는 어떤 여인에 대한 황당무계한 이야기를 꾸며대기도 했다. 또 더러 그는 그 소년들이 자기의 전처 소생이라고 주장하기도 했다. 그 아이들의 죽은 어머니가 임종 때 그들을 가까이에 불러 놓고 장차 착한 사람이 되겠다는 맹세를 받았다는, 해트가 꾸며 댄 이야기를 들은 사람이라면 누구나 눈시울이 뜨거워졌을 것이다.

상당한 시간이 흐르고 나서야 비로소 나는 보이이와 에롤이 실은 해트의 조카들이라는 것을 알게 되었다. 상그레그란데 근처의 숲에서 살던 그들의 어머니는 남편이 죽은 직후에 죽었기 때문에 소년들은 해트의 집에 와서 살게 되었다.

그 애들은 해트를 별로 존경하지 않았다. 그들은 해트를 삼촌이라고 부르는 일이 없었고 늘 해트라는 이름으로 불렀다. 그런데 해트가 이 두 소년을 자기 사생아들이라고 주장할 때도 그들은 상관치 않았다. 오히려 그들은 자기네들의 출생에 대해서 해트가 꾸며 대는 여하한 거짓말도 늘 시인하려고 했다.

내가 처음으로 해트를 알게 되던 날 그는 내게 오발('타원') 구장에서 벌어진 크리켓 시합을 구경시켜 주겠다고 했다. 나중에 알게 된 일이지만, 그날 그는 우리 이웃 거리에 사는 열한 명의 다른 아이들도 함께 데리고 가게 되어 있었다.

우리는 매표소 앞에 줄을 지어 섰고 해트는 커다란 소리로 우리를 세웠다. 그는 말했다. "어른 표 한 장과 애들 표 열두 장을 주세요."

많은 사람들이 하던 일을 멈추고 우리를 쳐다보았다.

표를 팔던 사람이 물었다. "애들 표를 열두 장이나?"

해트는 자기 구두를 내려다보면서 말했다. "애들 표 열두 장."

우리 열세 명이 해트를 앞세우고 줄을 지어 이곳저곳 앉을 곳을 기웃대고 있을 때, 우리는 관중들에게 상당한 호기심거리였다.

사람들은 소리쳤다. "여보, 그게 모두 당신 애들이오?"

해트는 힘없이 미소 지으며 사람들에게 그렇게 믿도록 했다. 우리가 자리를 잡자 그는 우리를 큰 소리로 세어 보는 것을 잊지 않았다. 그는 말했다. "우리가 집에 돌아갔을 때 애를 하나 잃어버리고 왔다고 너희 어미가 소동을 벌이면 어떡하겠니?"

그것은 트리니다드와 자메이카 간에 벌어진 마지막 시합의 마지막 날이었다. 게리 고메즈와 렌 하빈이 트리니다드 팀을 위해 크게 활약하고 있었다. 고메즈가 150에 달했을 때 해트는 미친 듯이 껑충껑충 춤을 추면서 소리쳤다. "백인들은 하느님 같다는 것을 알아야 해."

청량음료를 팔고 다니던 여인이 우리 앞을 지나갔다.

해트가 물었다. "그 유리잔에 담긴 것 얼마씩에 팔지요?"

여인이 답했다. "한 잔에 6센트씩입니다."

해트가 말했다. "도매금으로 주시오. 열세 잔을 살 테니까."

여인이 물었다. "애들이 모두 아저씨 애들인가요?"

해트가 말했다. "그래서 뭐가 잘못됐소?"

여인은 그 청량음료수를 한 잔에 5센트씩 받고 팔았다.

렌 하빈이 89가 되었을 때 그는 LBW[15]로 아웃되었고, 트리니다드 팀은 중도에 시합 중지를 선언했다.

해트는 화가 났다. "LBW라고? LBW라? 그가 어찌 LBW 반칙을 할 수 있담. 이건 강도 행위나 다름없어. 게다가 심판도 트리니다드 사람이 아닌가 말이야. 맙소사, 요즈음은 심판까지도 뇌물로 매수된단 말이야."

그날 오후에 해트는 내게 많은 것을 가르쳐 주었다. 그가

---

15) leg before wicket의 약자. 크리켓에서 타자가 삼주문 앞에 발을 내밀고 공을 막는 반칙.

크리켓 선수들의 이름을 하도 예쁘게 발음했기 때문에 나는 그 이름이 아름답다는 것을 알게 되었다. 또 그는 크리켓 시합을 관전할 때의 그 모든 흥분을 고스란히 내게 전해 주기도 했다.

나는 그에게 스코어보드 읽는 법을 가르쳐 달라고 했다.

그는 말했다. "왼쪽에는 타격을 마친 타자의 이름이 나와 있어."

내가 이 말을 지금까지 기억하고 있는 이유는 타격을 마친 타자라는 말이 그 타자가 아웃되었다는 것을 참으로 듣기 좋게 표현한 것이라고 생각했기 때문이었다.

차 마시는 시간에도 해트는 사뭇 흥분하고 있었다. 그는 온갖 부류의 사람들을 상대로 하여 온갖 종류의 도박을 하려고 애를 썼다. 그는 1달러짜리 지폐를 손에 들고 내저으면서 외쳤다. "1달러 대 1실링이오. 헤들리가 더블 피겨에 이르지 못하고 말 것이오." 혹은 그는 이렇게 외치기도 했다. "1달러를 걸겠소. 스톨마이어는 첫 볼을 받아서 던질 것이오."

심판들이 걸어 나가고 있을 때, 한 아이가 울기 시작했다.

해트가 말했다. "너, 왜 우니?"

소년은 울면서 중얼댔다.

해트가 다시 물었다. "그런데 울긴 왜 우느냐고?"

어떤 사내가 소리쳐 말했다. "젖병을 빨고 싶은 모양이에요."

해트는 그 사내를 향해 말했다. "2달러를 걸겠소. 오늘 오후에 자메이카 팀의 삼주문 위켓이 다섯 개 넘어질 것이오."

사내가 말했다. "좋소. 당신이 돈을 그렇게나 잃고 싶다면 내가 상대해서 걸어주리다."

건 돈은 제삼자에게 맡겼다.

소년은 여전히 울고 있었다.

해트가 말했다. "얘, 너는 사람들이 보는 데서 왜 나를 망신시키니? 도대체 무엇 때문에 우는지 말이나 좀 해 보렴."

그 소년은 울기만 할 뿐 아무 대꾸도 하지 않았다. 다른 한 소년이 해트에게 다가와서 그의 귀에다 속삭였다.

해트가 말했다. "오, 맙소사! 어쩌다 그랬니? 언제 그게 나왔단 말이니?"

그는 우리를 모두 일으켜 세웠다. 그는 운동장에서 우리를 이끌고 나가더니 오발 구장의 함석 울타리를 마주하고 한 줄로 서게 했다.

그는 말했다. "자, 이제 오줌을 누도록 해라. 빨리 누라고."

그날 오후 크리켓 시합은 기가 막혔다. 위대한 헤들리 선수가 소속돼 있던 자메이카 팀은 31점에 여섯 개의 위켓을 잃었다. 해가 질 무렵 트리니다드 팀의 속구 투수 타이렐 존슨의 공을 상대 팀은 어떻게 해 볼 도리가 없었다. 존슨은 성공을 거둘수록 공에 점점 더 속도를 가하고 있었다.

한 뚱보 노파가 우리의 왼쪽에서 타이렐 존슨을 향해 소리를 지르기 시작했다. 그녀는 고함 소리를 중단할 때마다 우리 쪽을 향해 아주 조용히 말했다. "나는 타이렐이 혈기 왕성하던 소년 시절부터 알고 있었다고. 우리는 함께 구슬을 던지면서 놀곤 했지." 이렇게 말한 후 그녀는 다시 경기장 쪽으로 고개를 돌리고 소리치기 시작했다.

해트는 노름해서 딴 돈을 챙겼다.

나는 그 후 얼마 되지 않아서 해트에게는 여러 가지 취미가 있는데 그중의 하나가 열정적으로 노름하는 버릇이라는 것을 알게 되었다. 특히 경마장에서 그는 많은 돈을 잃었다. 그러나 이따금 그가 돈을 딸 때도 있었는데 그때마다 그는 너무 많은 돈을 땄기 때문에 미겔 스트리트에 사는 우리 모두에게 한턱 쓰곤 했다.

나는 해트만큼 인생을 즐기는 사람을 만나지 못했다. 그는 새롭거나 화려한 짓은 하나도 하지 않았다. 사실 그는 매일같이 똑같은 것들을 반복하고 있었지만 늘 자기가 하는 일을 즐기고 있었다. 그런데 이따금 그는 자기가 하는 아주 평범한 일에다 기발한 맛을 더하는 재주를 보이기도 했다.

그는 그의 개와 약간 닮은 데가 있었다. 그 개는 내가 일찍이 본 개들 중에서도 가장 길이 잘 든 셰퍼드였다. 내가 미겔 스트리트에서 눈여겨본 것 중의 하나는 개들이 어쩌면 그 주인들을 그처럼 닮을 수 있을까 하는 점이었다. 조지는 실쭉하고 야비한 잡종견을 키우고 있었다. 토니의 개는 무시무시하고 야만적이었다. 해트의 개는 내가 알기로는 유머 감각을 갖춘 유일한 셰퍼드였다.

첫째 그의 개는 셰퍼드치고는 거동이 이상했다. 물건을 던진 후 그 개에게 물고 오게 함으로써 누구나 그 개를 세상에서 가장 행복한 개로 만들 수 있었다. 어느 날 사바나 초원에서 나는 빽빽한 관목숲 속에 구아버 열매 한 개를 던졌다. 그 개는 그 구아버 열매를 물고 올 수가 없었기 때문에 낑낑대며 신음했다. 갑자기 그 개는 몸을 돌리더니 몹시 짖어 대며 내 앞을 획 지나 달려갔다. 내가 무슨 영문인지를 살피고 있는 동안 그 개는 숲을 향해 다시 달려갔다. 내가 아무런 이상한 점도 찾지 못한 채 숲 쪽으로 시선을 돌렸을 때 마침 그 개는 숲 뒤쪽으로 다른 구아버 열매를 물고 가는 중이었다.

내가 그 개를 부르자 개는 낑낑대거니 짖거니 하면서 내게로 달려왔다.

내가 말했다. "가거라. 가서 내가 던진 구아버 열매를 물고 와야지."

개는 숲으로 달려가서 코를 들이밀고 잠시 실룩거리더니 제 자신이 갖다 둔 구아버 열매를 가져오기 위해 숲 뒤로 달려갔다.

나는 해트가 수집하던 그 아름다운 새들도 그 셰퍼드만큼 길이 잘 들었더라면 얼마나 좋았을까 싶다. 그가 기르던 갖가지 앵무새들은 늘 성을 내며 싸움을 거는 노파 같았고 누구에게나 덤벼들었다. 이 모든 새들 때문에 해트의 집이 이따금 위험스러운 곳이 될 때도 있었다. 가령 우리는 조용히 이야기를 하고 있을 때 새들이 별안간 장딴지를 쪼거나 물고 당기는 변을 당하기도 했다. 그것은 대개 사랑앵무새거나 보통 앵무새였다. 해트는 새들이 자기를 무는 일은 절대 없다고 하면서 믿어 주길 바랐지만 내가 알기로는 그 자신도 새에게 물린 적이 있었다.

해트나 에드워드가 아름다움을 가지고 장난을 치려 할 때면 으레 동네 사람들에게는 위험 인물로 지목되곤 했는데 그건 참 이상한 일이다. 에드워드가 그림 그리기로 사람들을 골 탕 먹이는가 하면, 해트는 그 부리가 뾰족한 사랑앵무새를 가 지고서 사람들에게 겁을 주었다.

해트는 늘 경찰과 말썽을 빚고 있었다. 하지만 심각한 사고 를 내는 일은 물론 없었다. 더러는 닭싸움을 시키다가 걸려드 는가 하면 더러는 노름을 하다가 발각되었고, 또 더러는 술을 조금 마신 끝에 말썽을 빚는 것이 고작이었다.

하지만 그렇다고 해도 그는 결코 법에 대해 반감을 품지는 않았다. 오히려 매년 크리스마스가 되면 찰스 경사는 우체부 와 위생 검사관을 데리고 해트의 집을 찾아와서 술을 한잔 들 고 가기도 했다.

찰스 경사는 늘 이렇게 말했다. "나는 밥벌이를 하고 있을 뿐이야. 해트, 자네도 알잖아. 아무도 내게 말해 줄 필요가 없 다고. 나는 이제 더 승진하지 못한다는 걸 알아. 하지만."

이럴 때면 해트가 답하곤 했다. "괜찮아, 경사. 우리 중의 어 느 누구도 자네 때문에 속상해하지는 않는다고. 요즈음 집에 애들은 잘 크고 있나? 엘라이저는 잘 있는가?"

엘라이저는 머리 좋은 소년이었다.

"엘라이저 말인가? 오, 내 생각으로는 그 애가 금년에 장학 금을 받을 것 같아. 우리로서는 그 길밖에 없잖은가? 우리가 할 수 있는 일이라고는 그저 한번 해 보는 것뿐이야. 그 이상 이야 능력이 있어야지."

그러고 나서 그들은 늘 좋은 친구가 되어 헤어졌다.

그런데 언젠가 한번 해트는 우유에 물을 탄 죄로 크게 혼이 난 적이 있었다.

그는 말했다. "경찰에선가 찾아와서, 어떻게 했길래 우유에 물이 들어가게 되었는지 설명하라고 했어. 마치 내가 알고 있을 것처럼 말이야. 물이 어떻게 해서 우유에 들어가게 되었는지 내가 어떻게 알겠어? 알다시피 내가 우유 통을 물속에 세워 놓고 뒤집히지 않도록 하기는 해. 새로 짠 우유를 시원하게 해서 변하지 않게 하기 위해서지. 통에 구멍이 났었던가 봐. 그 뿐이야. 아주 작은 구멍이 나서 물이 우유에 스며든 거라고."

에드워드가 말했다. "솔직하게 치안판사에게 모든 것을 말하는 편이 더 낫다고."

해트는 말했다. "에드워드, 너는 마치 트리니다드가 영국 같은 곳인 줄 아는가 보구나. 트리니다드에서 사람들이 진실을 말하고도 처벌을 면한 적이 있어? 트리니다드에서는 사람들이 결백하면 결백할수록 감옥살이를 더 많이 해야 하고 뇌물도 더 많이 먹여야 해. 치안판사에게는 뇌물을 먹여야 한다고. 판사에게는 가금류를 갖다줘야겠어. 이를테면 큼직한 레그혼 암탉을 한 마리 갖다줘야지. 그리고 돈도 먹여야 해. 위생검사관에게도 뇌물을 먹여야 할걸. 뇌물을 먹여 놓고 나서 감옥살이를 조용히, 조용히 하는 것이 좋아."

에드워드가 말했다. "그건 사실이야. 그렇지만 형이 유죄를 자인할 순 없잖아. 뭔가 새로운 이야기를 꾸며 대야지."

해트는 200달러의 벌금형을 받았고 치안판사는 그에게 긴 설교를 했다.

법정에서 돌아오자 그는 진심으로 화를 냈다. 그는 입고 있던 웃옷과 넥타이를 후다닥 벗어던지며 말했다. "참으로 고약한 세상이군. 목욕을 하고 깨끗한 셔츠로 갈아입고 정장을 걸치고 구두까지 반질반질하게 닦았는데 말이야. 이게 다 무엇 때문에 한 짓인 줄이나 알아? 글쎄 이게 모두 그놈의 바보 같은 치안판사 앞에 나아가서 실컷 욕이나 얻어먹기 위해서였지 뭐야. 참 기가 막혀서."

며칠 동안 해트는 원한에 사무치는 듯했다.

그는 말했다. "이봐, 히틀러의 말이 옳지 뭐야. 모든 법률책을 불태워 버리는 거야. 모두 태워 버려야 해. 모두 태우고 타는 꼴을 지켜봐야 한다고. 히틀러의 말이 옳지 뭐야. 나는 우리가 무엇 때문에 히틀러를 상대로 싸우고 있는지 모르겠단 말이야."

에도스가 말했다. "자네, 참, 말 같잖은 소리를 많이도 하는군, 해트."

해트는 말했다. "나도 그런 소리는 하고 싶지 않다고. 그런 소리를 하고 싶지가 않단 말이야. 히틀러의 말이 옳다는 것뿐이야. 법률책들을 태워 버려라. 모조리 태워 버려라. 나도 그런 소리는 하고 싶지가 않아."

그 후 삼 개월 동안 해트는 찰스 경사와 서로 말도 하지 않고 지내는 사이가 되었다. 찰스 경사는 속이 상했다. 그래서 그는 늘 해트에게 우정의 메시지를 보내고 있었다.

어느 날 그는 나를 자기 집으로 불러 놓고 말했다. "너 오늘 저녁에 해트를 만날 예정이니?"

내가 답했다. "네."

"너 어제도 그 사람을 보았니?"

"네."

"그 사람 어떻든?"

"어떻다니, 그게 무슨 말이에요?"

"이를테면 말이야, 그 사람의 표정이 어떠했으며 건강해 보이더냐는 말이다. 행복한 얼굴이더냐?"

내가 말했다. "몹시 골난 얼굴이던데요."

찰스 경사는 말했다. "오."

내가 말했다. "괜찮을 거예요."

"얘, 가기 전에 말이야."

"뭐라고요?"

"아무것도 아니다. 아냐, 아니지. 얘, 잠깐만 기다려 봐. 해트를 만나거든 내가 안부를 전하더라고 말해 주지 않겠니?"

나는 해트에게 말했다. "찰스 경사가 오늘 나를 자기 집으로 부르더니 울면서 부탁하기 시작했어요. 그분은 자기가 아저씨 때문에 화를 내고 있지 않다는 말을 아저씨께 전해 달라고 내게 여러 번 당부했어요. 또 그 물 탄 우유를 경찰에 신고한 사람이 자기가 아니었다는 사실도 아저씨께 전해 달라고 했어요."

해트가 말했다. "무슨 우유에 무슨 물을 탔단 말이니?"

나는 어떻게 대답해야 할지 몰랐다.

해트는 말했다. "트리니다드가 망할 놈의 곳이 되어 가고 있다는 것은 너도 짐작할 게다. 어떤 사람은 내가 우유에 물을 탔다고 주장하고 있어. 하지만 아무도 내가 우유에 물을 타는

걸 본 사람은 없어. 그런데도 마치 누가 직접 보기라도 한 것
처럼 떠들고 있어. 그래서 이제는 모든 사람들이 '바로 그 우
유에 탄 바로 그 물' 운운하고 있으니 참으로 기가 막혀서."

해트는 이런 말을 하면서 실은 그 말까지 즐기고 있음이 뻔
했다.

나는 늘 해트야말로 몸에 밴 버릇들을 가진 사람이라고 생
각했다. 그가 겉보기와는 다른 사람일 거라고 생각하기는 어
려웠다. 그가 나를 크리켓 경기장으로 데리고 가던 무렵 그의
나이는 서른다섯이었고 그가 감옥에 갔을 때의 나이는 마흔
셋이었다고 생각된다. 그러나 그는 늘 내게 똑같은 사람으로만
보였다.

내가 앞에서 이미 말한 대로 그의 외모는 렉스 해리슨과 비
슷했다. 그는 얼굴빛이 암갈색이었고 중키에 보통 체격이었다.
그는 약간 앙가발이 걸음을 걷는 편이었고 평발이었다.

나는 그가 여생 동안 똑같은 짓을 되풀이하고 있으리라 생
각하고 싶었다. 크리켓 및 축구 시합을 구경하고 경마에 돈을
걸며 아침저녁으로 신문이나 들고 있다든가, 보도 위에 앉아
잡담을 나누고 있다든가, 크리스마스 이브나 섣달 그믐날 밤
에 술에 취해 시끄럽게 떠든다든가 하는 것이야말로 그가 평
생 버리지 않을 버릇들로 보였다.

그에게는 그 밖에 아무것도 필요할 것 같지 않았다. 그는 모
든 것에 자족하고 있었으며, 여자는 필요하지도 않았던 것으
로 생각되었다. 물론 그가 이따금 시내의 이곳저곳을 찾아다

니는 것을 나는 알고 있었지만, 그것이 여자를 찾아다니기 위해서라기보다도 악랄한 스릴을 찾기 위해서였다고 생각했다.

그러다가 이 사건이 일어났다. 이 사건은 미겔 스트리트 클럽을 깨어 버렸고 해트 자신도 그 후에는 이전과 다른 사람이 되어 버렸다.

어떻게 보면 그게 모두 에드워드의 잘못 때문이었다고 생각된다. 해트가 에드워드를 얼마나 사랑하고 있었는지, 또 에드워드가 결혼하게 되었을 때 해트가 얼마나 마음 아파했는지를 우리 동네 사람들 중에서 어느 누구도 알고 있었을 것 같지 않다. 에드워드의 아내가 그 미군하고 도망을 쳤을 때 해트는 기쁨을 감추지 못했다. 그러나 에드워드가 아루바로 떠났을 때 그는 크게 실망했다.

언젠가 한번 그는 이렇게 말한 적이 있었다. "사람들은 모두 성장하고 있거나 떠나는군."

또 어떤 때는 그가 이렇게 말하기도 했다. "나도 에드워드라든가 다른 많은 사람들처럼 미군 부대에나 가서 일을 할걸 바보처럼 그렇게 하지 않았으니."

에도스가 말했다. "해트가 요즈음은 밤에 시내로 자주 들어가는군."

보이이가 말했다. "그 사람은 어른인데 자기 하고 싶은대로 해서 안 될 이유가 있어요?"

에도스는 말했다. "세상에는 으레 그런 사람들이 있어. 사실이지 모든 사내들에게 결국 그런 일이 있기 마련이야. 늙어는 가고 그래서 겁을 먹고 젊은이로 남아 있어야겠다고 마음먹는 거야."

나는 해트를 그런 식으로 생각하고 싶지 않았기 때문에 에도스의 말을 듣고 화가 났다. 그러나 가장 참을 수 없는 것은 내 자신도 에도스의 말이 옳을지 모르겠다고 생각했기 때문에 속으로 수치심을 금하기 어려웠다는 점이었다.

나는 말했다. "에도스, 왜 아저씨는 그런 더러운 생각을 어디 다른 곳에 갖다 버리지 않으세요? 그 모든 더러운 생각들을 쓰레기 더미에다 갖다 버리는 게 어때요?"

그러던 어느 날 해트는 한 여인을 집으로 데리고 왔다.

그래서 나는 해트와 함께 있기가 약간 거북하게 느껴졌다. 이제 그는 가정적 의무와 도덕적 책임을 져야 하는 사람이 되었기 때문에 우리를 위해 그 모든 시간과 관심을 쏟을 수가 없게 되었다. 설상가상으로 동네 사람들은 모두 해트의 집에 여자가 와 있지 않은 것처럼 여기는 척했다. 해트까지도 꼭 그렇게 처신했다. 그는 그 여자에 대한 이야기를 하는 일이 없었고 자기 주변의 모든 일이 이전이나 변함없다고 우리가 믿어주길 바라는 것처럼 처신했다.

그녀는 서른쯤 된 엷은 갈색 피부의 여인이었는데 약간 뚱뚱한 편이었으며 파란색을 좋아했다. 그녀는 돌리라는 이름으로 불리고 있었다. 우리는 그녀가 해트의 집에서 창밖을 멍하니 내다보는 것을 늘 볼 수 있었다. 그녀는 우리에게는 말을 걸지 않았다. 사실이지 나는 그녀가 말을 하는 것을 들어본 적이 거의 없었다. 그녀는 집 안으로 해트를 불러들이기 위해 이름을 부르는 것이 고작이었다.

그러나 보이이와 에드워드는 그 여인이 가져온 변화에 대해 만족해하고 있었다.

보이이는 말했다. "내가 여자와 한 집에서 살아본 기억은 이번이 처음이야. 집에 여자가 있으니까 아주 다르더군. 왜 그런지 이유는 설명하기가 어려워. 하지만 여자가 있으니까 훨씬 더 나은걸."

어머니는 말했다. "사내들이란 참 바보 같다고. 해트는 에드워드가 여자 때문에 어떻게 되었는지를 자기 눈으로 보고서도 정신을 차리지 못하고 이런 여자와 어울렸으니."

모건 부인과 바쿠 부인은 돌리를 거의 보지 못했기 때문에 아직 그녀를 미워할 구실이 별로 없었다. 그러나 그들은 이미 이 새로 나타난 여자야말로 아무 데도 쓸데없는 게으름뱅이일 것이라는 데 의견의 일치를 보고 있었다.

모건 부인은 말했다. "이 돌리라는 여자 말이야. 내가 보기에는 꼭 늙은 '마담'[16] 같단 말이야."

해트는 계속 이전과 다름없이 살고 있었기 때문에 돌리가 그의 집에 살고 있다는 사실을 우리는 꽤 쉽게 잊을 수 있었다. 우리는 여전히 온갖 스포츠 구경을 다녔고 여전히 포도 위에 앉아서 잡담을 나누었다.

돌리가 카랑카랑한 목소리로 "해트, 들어오시는 거예요?"라고 말할 때마다 해트는 아무 대답도 하지 않았다.

삼십 분쯤 지난 후에 돌리는 이렇게 묻곤 했다. "해트, 당신

---

16) '마담'은 '포주'라는 뜻으로 쓰이기도 한다.

들어오시는 거예요? 안 오시는 거예요?"

그러면 해트가 대답하는 것이었다. "들어가."

나는 돌리에게는 삶이 어떠했을까 생각해 보았다. 그녀는 거의 언제나 집 안에서 살았고 해트는 거의 언제나 집 밖에서 살았다. 그녀는 집 앞쪽으로 난 창에서 밖을 내다보는 데 많은 시간을 소비하고 있는 듯싶었다.

두 사람은 실로 우리 거리에서 가장 이상한 부부였다. 그들은 함께 외출하는 일이 없었다. 우리는 그들이 함께 웃는 소리를 듣지 못했고 싸우는 소리 또한 듣지 못했다.

에도스는 말했다. "그들은 서로 낯선 사람처럼 지낸단 말이야."

에롤이 말했다. "하지만 그렇지가 않아요. 해트가 여기 앉아 있을 때는 아주 말이 없지만 일단 집에 들어가면 사람이 달라진단 말이에요. 그가 돌리와 말하고 있을 때는 우리가 아는 해트가 아니란 말이에요. 그는 그 여자에게 보석도 많이 사 준다는 것을 아셔야지요."

에도스가 말했다. "내 생각으로는 그 여자가 마틸다와 닮은 데가 있는 것 같단 말야. 왜 칼립소 노래에 나오는 마틸다라고 있잖아.

마틸다, 마틸다
마틸다, 그대는 내 돈을 훔쳐
베네수엘라로 가버렸네.

272

보석을 사 주다니! 도대체 해트는 어떻게 되고 있는 걸까? 그는 요즈음 늙은이처럼 행동하고 있어. 여자들이란 해트 같은 사내한테서 보석 따윈 원하지 않는다고. 원하는 게 따로 있지."

밖에서 바라볼 때 우리는 해트의 집 안에서 두 가지 변화가 일어나는 것만을 볼 수가 있었다. 모든 새들은 새장 속에 갇혔고 셰퍼드까지 묶인 채 비참하게 살고 있었다.

그러나 아무도 해트에게 돌리에 대한 이야기를 하지 않았다. 나는 이 모든 일이 너무나 큰 놀라움으로 우리에게 다가오지 않았나 생각한다.

그러나 뒤이어 일어난 사건으로 우리는 더더욱 놀랐다. 얼마쯤 지나서야 우리는 그 사건의 전말을 상세히 알게 되었다. 처음에는 해트가 행방불명이 되었다는 것만 알았고 곧 소문을 듣게 되었다.

나중에 법정에서 밝혀진 이야기는 대강 이러했다. 돌리는 해트를 버리고 도망쳤는데 물론 그가 준 선물들을 모두 가지고 갔다. 해트가 그녀를 뒤쫓아가니 그녀는 다른 남자와 함께 있었다. 그래서 큰 싸움이 벌어졌고 그 사내가 도망치자 해트는 돌리에게 화풀이를 했다. 경찰 조사에 의하면 그 후에 해트가 눈물을 흘리며 경찰서를 찾아가서 자수하면서 "나는 한 여자를 죽였습니다."라고 했다는 것이었다.

그러나 돌리는 죽지 않았다.

우리는 처음에 그 뉴스를 마치 어떤 사람이 죽었다는 뉴스처럼 받아들였다. 그래서 우리는 한 이틀 동안 그 뉴스를 믿을 수가 없었다.

그러자 미겔 스트리트에는 굉장한 침묵이 흘렀다. 해트의 집 바깥에 있던 전신주 아래에서 소년들과 어른들이 모여 이런저런 일을 이야기하는 일조차 없어졌다. 아무도 크리켓 시합을 하거나 낮잠 자는 사람들을 괴롭히지 않았다. 우리 클럽은 깨어지고 말았다.

잔인하게도 우리는 모두 돌리를 까맣게 잊었고 오직 해트만을 생각했다. 우리는 마음속으로 해트의 잘못을 찾을 수가 없었다. 그와 고통을 함께하고 있었던 것이다.

우리는 법정에 가서 해트가 변해 버린 것을 알았다. 그는 더 늙어 있었고 우리를 향해 미소를 지을 때도 입으로만 웃을 뿐이었다. 그러나 여전히 그는 우리 앞에서 체통을 지키려 하고 있었기 때문에 우리는 웃으면서도 실은 울고 싶은 심경이었다.

검사가 해트에게 물었다. "어두운 밤이었소?"

해트가 대답했다. "하룻밤 내내 어두웠습니다."

해트의 변호사는 치타란잔이라는 이름을 가진 키가 작고 살이 찐 사람으로 냄새 나는 갈색 양복을 입고 있었다.

치타란잔은 자비를 베푸십사고 포샤[17]의 변론을 늘어놓기 시작했다. 만약에 판사가 '이 변론은 흥미있고 또 그 내용의 일부가 사실이긴 하지만, 치타란잔 씨, 당신은 이 법정의 시간을 낭비하고 있습니다.'라고 주의를 주지 않았던들, 그는 끝까

---

17) 셰익스피어의 『베니스의 상인』에 나오는 여주인공의 이름.

지 장황한 변론을 계속했을지도 모른다.

치타란잔은 걷잡을 수 없는 애욕에 대해 떠들썩하게 늘어 놓았다. 그는 해트가 자존심을 버린 것처럼 앤토니[18]도 사랑을 위해 제국을 버린 적이 있노라고 주장했다. 그는 해트의 죄야말로 이른바 치정 범죄crime passionnel라고 하면서 프랑스어 문자를 쓰기도 했다. 그는 자기가 파리에 가본 일이 있기 때문에 프랑스 사정을 잘 안다고 전제한 후에, 프랑스에 간다면 해트 같은 사람이 영웅 대접을 받을 것이며 여인들이 그에게 꽃다발 세례를 퍼부었을지도 모른다고 했다.

에도스가 말했다. "죄수가 교수형을 당하게 하는 변호사가 바로 이런 변호사지 뭐야."

해트는 사 년 징역 선고를 받았다.

우리는 프레데릭 스트리트에 있는 감옥으로 그를 만나러 갔다. 우리는 그 감옥을 보고 실망했다. 벽은 연한 크림색이었고 별로 높지도 않았다. 게다가 대부분의 방문자들이 아주 즐거워하는 것을 보고 나는 놀랐다. 몇몇 아낙네들만이 울고 있었을 뿐, 대체로 사람들은 웃거나 지껄이고 있었기 때문에 온통 파티 분위기였다.

이 면회를 위해 가장 좋은 양복으로 갖춰 입고 온 에도스는 모자를 손에 들고 사방을 두리번거렸다. 그는 해트에게 말했다. "이곳은 그리 나쁜 것 같지 않군."

해트가 말했다. "다음 주에 나를 카레라로 이감시킨대."

---

18) 셰익스피어의 『앤토니와 클레오파트라』에 나오는 주인공의 이름.

카레라는 포트오브스페인에서 몇 마일 떨어진 작은 감옥 전용 섬이었다.

해트가 말했다. "내 걱정일랑 하지 마. 자네들 내가 어떤 사람인 줄 알잖아? 두세 주만 지나면 당국자들이 나에게 무언가 좀 수월한 일을 시키도록 해 볼 테니까."

나는 해수욕을 하기 위해 카리니지나 쿠마나곶에 갈 때마다 푸른 바다 너머로 카레라섬을 바라보았다. 바다 위로 우뚝 솟은 그 섬 위에는 깔끔하게 보이는 분홍빛 건물들이 보였다. 나는 그 건물들 속에서 어떤 일이 벌어지고 있을까 상상해 보려 했지만 내 상상력으로는 아무것도 그려볼 수가 없었다. 그래서 나는 속으로 이렇게 생각해 보곤 했다. '해트는 저기 있고 나는 여기 있는데, 해트는 내가 지금 여기서 자기 생각을 하고 있는 걸 알기나 할까?'

그러나 여러 달이 지나감에 따라 나는 내 자신의 일에 점점 더 열중하게 되어 여러 주일씩 해트에 대한 생각을 전혀 하지 않은 적도 있었다. 나는 이래서야 되겠는가 하고 부끄럽게 생각하려 했지만 그것은 헛된 일이었다. 나는 내가 이제 해트를 그리워하지 않고 있다는 사실에 직면하지 않으면 안 되었다. 이따금 내 마음에 다른 생각이 전혀 없을 때 나는 앞으로 얼마나 더 있으면 그가 감옥에서 풀려나게 될까 생각해 보았지만, 어느새 그에 대한 걱정을 진심으로 하고 있지는 않았다.

해트가 감옥에 들어갔을 때 나는 열다섯 살이었는데, 내가 열여덟 살이 되어서야 비로소 그는 출옥했다. 그 삼 년 동안 많은 일이 있었다. 나는 학교를 떠나 세관에서 일하기 시작했다. 나는 이미 소년이 아니었다. 나는 한 사람의 어른으로서 이미 돈을 벌고 있었다.

해트가 집으로 돌아왔을 때 우리는 그를 덤덤하게 맞았다. 우리 소년들이 성장해 버렸기 때문만은 아니었다. 해트 또한 변해 있었다. 그의 발랄함은 얼마쯤 사라지고 없었고 그래서 서로간의 대화가 잘 이루어지지 않았다.

그는 자기가 아는 집을 모두 찾아다니면서 그간에 겪었던 일을 열심히 이야기해 주었다.

어머니는 그에게 차를 대접했다.

해트는 말했다. "애초에 내가 예상한 대로 되었지 뭐예요. 몇몇 간수들과 친해지게 되었는데 그 후에 어떻게 되었는지 아세요? 두세 가지의 막후 공작을 한 결과, 하, 글쎄, 감옥의 도서관지기가 되었다고요. 그 감옥에는 커다란 도서관이 있더군요. 온갖 거창한 책들이 다 갖춰져 있고요. 타이터스 호이트가 가면 좋아했을 만한 곳이더군요. 책은 그렇게나 많은데 아무도 읽을 사람이 없어서 걱정이었어요."

나는 해트에게 궐련을 권했고 그는 그것을 기계적으로 받았다.

그러더니 그는 소리치는 것이었다. "하지만, 에, 에, 이게 뭐야? 너 이제 어른이 되었구나. 내가 이곳을 떠날 때 넌 담배를 피우지 않았는데, 하기야 오랜 세월이 지나갔지."

내가 말했다. "그럼요. 오래되고말고요."

실로 오랜 세월이었다. 따지고 보면 삼 년밖에 되지 않았지만 그동안 나는 성장했고 내 주위의 사람들을 비판적인 눈으로 보게 되었던 것이다. 나는 어느새 에도스 같은 사람이 되고 싶어 하지 않았다. 그가 그처럼 약하고 몸이 가늘며, 아주 작은 사람이라는 것을 나는 미처 모르고 있다가 겨우 알게 된 셈이었다. 타이터스 호이트는 바보스럽고 상대하기에 지리한 사람이었으며 전혀 우습지가 않다는 사실도 깨달았다. 내 눈에도 모든 것은 변해 있었다.

　해트가 감옥에 가던 날 나의 일부가 죽어 버렸던 것이다.

17
내가 미겔 스트리트를 떠난 경위

어머니가 말했다. "이곳에서 너는 너무 난폭해지고 있구나. 내 생각으로는 네가 이곳을 떠날 때가 된 것 같다."

"그렇지만 어디로 가지요? 베네수엘라?" 내가 물었다.

"아니다. 베네수엘라는 안 된다. 다른 곳으로 가야지. 베네수엘라는 네가 도착하는 순간 너를 감옥에 가두고 말 테니까. 나는 네가 어떤 애인지 잘 알고 있고 베네수엘라가 어떤 곳인지도 잘 안다. 안 되고말고. 다른 곳으로 가야 한다."

나는 말했다. "좋아요. 어머니가 이 문제를 생각해 보시고 결정하세요."

어머니가 말했다. "내가 가서 가네시 판디트를 만나 이 문제를 상의해 보겠다. 그분은 네 아버지의 친구였다. 어쨌든 너는 이곳을 떠나야 한다. 너는 너무 난폭해지고 있어."

나는 어머니의 생각이 옳았다고 생각한다. 나는 자신도 잘 모르는 사이에 약간 난폭해지고 있었다. 나는 술을 고래처럼 마시고 있었고 그 밖에도 많은 짓거리를 하고 있었다. 세관에서는 조그마한 구실만 있으면 술을 압수할 수 있기 때문에 나는 세관에 근무하면서부터 술을 마시기 시작했다. 처음에는 술 냄새만 맡아도 비위가 뒤틀렸다. 그렇지만 그럴 때마다 나는 자신에게 말하곤 했다. "너는 이것을 극복해야 돼. 술을 약처럼 마셔라. 코를 꽉 잡고 눈은 감아라." 이윽고 나는 일류 술꾼이 되었고 어느새 술꾼으로서의 자존심 때문에 고통을 당하기 시작하고 있었다.

그러자 보이이와 에롤이 도심지의 여러 풍경을 내게 구경시켜 주었다. 내가 세관에서 일하기 시작한 후 얼마 되지 않던 어느 날 밤, 이 애들이 마린 스퀘어 근처의 어느 곳으로 나를 데리고 갔다. 우리는 이층으로 올라가서 녹색 전등불이 켜진 어느 좁고도 혼잡한 방에 들어가게 되었다. 녹색 전등불은 젤리처럼 짙어 보였다. 그 방 안에는 많은 여인들이 보였다. 그들은 손님을 기다리면서 오가는 사람들을 바라보고 있었다. 커다란 간판에는 이렇게 쓰여 있었다. '추잡한 말을 금합니다.'

우리는 바에서 한잔했는데 그것은 단맛이 나는 진한 술이었다.

에롤이 내게 물었다. "너 어떤 여자가 마음에 드니?"

나는 그 물음이 무엇을 뜻하는지 곧 알았기 때문에 불쾌감을 느꼈다. 나는 약간 메스껍기도 하고 약간 겁이 나기도 해서 당장 그 방에서 뛰쳐나와 집으로 돌아왔다. 나는 내 자신에게 이렇게 말하고 있었다. "너는 이것을 극복해야 한다."

이튿날 밤에 나는 그 클럽에 다시 찾아갔다. 그리고 그 후에도 또다시 찾아갔다.

우리는 야단스러운 파티를 열었고 럼을 들고 여인들과 어울려 마라카스만으로 가서 밤을 새우기도 했다.

"너는 요즘 너무 난폭해지고 있어." 어머니가 말했다.

나는 어머니의 경고를 아랑곳하지 않다가 결국 어느 날 저녁 너무 많은 술을 마신 나머지 이틀 동안이나 술이 깨지 않아 고생한 적이 있었다. 내가 술에서 깨어났을 때 나는 다시는 담배를 피우지 않고 술도 마시지 않겠다고 맹세했다.

나는 어머니께 말했다. "따지고 보면 내 잘못도 아니에요. 모두 트리니다드의 책임이죠. 이곳에서는 술이나 마셔야지 그밖에 할 일이 있겠어요?"

약 두 달 후에 어머니가 말했다. "다음 주에 너는 나를 따라가야겠다. 가네시 판디트를 찾아뵈러 가는 거다."

가네시 판디트는 이미 오래전부터 신비가 노릇을 그만 두고 있었다. 그는 정계로 전향하여 상당히 잘해 나가고 있었다. 그는 정청(政廳)의 어느 부처에서 장(長)이 되어 있었는데 사람들은 그가 대영제국 훈장을 받을 가망이 높다고 말하고 있었다.

우리는 선트 클레어에 있는 대저택으로 그를 찾아갔다. 신비가 노릇을 하던 시절과는 달리 그는 도우티와 코르타를 입고 있지 않았으며 값이 비싸 보이는 신사복을 차려입고 있었다.

그는 어머니를 아주 따뜻하게 맞았다.

그는 말했다. "내가 할 수 있는 일이면 하죠."

어머니는 울기 시작했다.

내게 가네시는 말했다. "그래 해외에 나가서 무엇을 공부할 작정이냐."

나는 대답했다. "무엇을 특별히 공부해야겠다는 건 아닙니다. 그저 이곳을 떠나야겠다는 것뿐입니다."

가네시는 미소를 지으며 말했다. "정청에서는 아직 그런 목적으로 장학금을 지급한 일은 없다. 네가 말하는 것은 목사들이나 도울 수가 있을까? 안 돼, 너는 무엇인가를 공부해야 해."

나는 말했다. "저는 아직 그 문제를 심각하게 생각해 본 일이 없습니다. 잠시 생각할 여유를 주십시오."

가네시가 말했다. "좋다. 잠시 생각해 보려무나."

어머니는 가네시 앞에서 감사의 표시로 계속 울고 있었다.

나는 말했다. "이제 공부해야 할 과목이 생각나는군요. 공학입니다." 그 순간 나는 바쿠 아저씨를 생각하고 있었다.

가네시는 웃으며 말했다. "네가 공학에 대해 아는 것이 있느냐?"

나는 대답했다. "지금 당장에야, 아무것도 아는 것이 없습니다. 하지만 그 과목이면 마음을 붙일 수 있을 것 같습니다."

어머니가 말했다. "너 법학을 공부해 보는 것이 어떻겠니?"

나는 치타란잔과 그가 입고 있던 그 갈색 양복을 생각해 본 후에 말했다. "아녜요, 법학은 공부하지 않겠습니다."

가네시가 말했다. "지금 남아 있는 장학금은 하나밖에 없는데 그것은 약학을 공부할 사람을 위한 것이지."

나는 말했다. "하지만 저는 약제사가 되고 싶진 않아요. 저는 하얀 저고리를 입고 아낙네들에게 립스틱이나 파는 사람이 되고 싶지 않단 말이에요."

가네시는 미소를 지었다.

어머니가 말했다. "선생님, 이 애가 버릇없이 구는 것을 용서하십시오. 이 애는 약학을 공부할 것입니다." 그리고 나서 어머니는 내게 말했다. "너는 마음만 붙이면 무엇이건 공부할 수가 있어."

가네시가 말했다. "생각해 보아라. 그 장학금을 타면 런던에 가게 된다. 눈이 내리는 광경을 볼 수 있고 템스강도 구경하게 되고 또 그 큰 국회의사당도 볼 수 있단다."

나는 대답했다. "좋습니다. 약학을 공부하겠습니다."

어머니는 말했다. "선생님. 제가 선생님께 어떻게 감사를 표해야 할지 모르겠습니다."

이렇게 말한 후에 여전히 울면서 어머니는 200달러를 세더니 가네시에게 주었다. 그녀는 말했다. "저는 이 돈이 얼마 되지 않는다는 것을 압니다, 선생님. 하지만 이건 저의 전 재산입니다. 이 돈을 모으는 데도 오랜 시간이 걸렸습니다."

가네시는 슬픈 표정으로 그 돈을 받고 나서 말했다. "이런 일 때문에 과히 걱정 마십시오. 그저 여유가 있는 대로 주시면 됩니다."

어머니는 계속해서 울었고 결국은 가네시까지도 울음을 터뜨리고 말았다.

가네시가 우는 것을 보자 어머니는 눈물을 닦고 나서 말했

다. "선생님, 제가 생활난으로 얼마나 걱정하고 있는지 선생님
께서 알아주시기 바랍니다. 돈을 쓸 데는 많은데 돈은 없고
앞으로 어떻게 살아가야 할지 정말 걱정이 태산 같습니다."

가네시는 이제 울음을 멈추었고 다시 어머니가 울기 시작
했다.

이런 식으로 얼마쯤 계속된 후에 결국 가네시는 어머니에
게 100달러를 되돌려 주고 말았다. 그는 훌쩍이면서 몸을 떨
고 있었다. "이 돈을 받아요. 이 애에게 좋은 옷이나 사 주도록
하세요." 그는 말했다.

내가 말했다. "선생님, 선생님은 정말 좋은 분이십니다."

이 말에 그는 크게 감동했다. 그는 말했다. "네가 어른이 되
고 훌륭한 약제사가 되어 자격증이니 뭐니 하는 것들을 받아
가지고 영국서 돌아오게 되면 내가 널 찾아가마. 그때 너는 나
한테 진 빚을 갚도록 해라."

나는 해트에게 내가 떠날 예정임을 말해 주었다.

그는 말했다. "뭘 하러 가는 거니? 노동?"

내가 말했다. "정청에서 내게 약학을 공부하라고 장학금을
주었어요."

그가 물었다. "네가 그 장학금을 우려냈니?"

"아녜요. 우리 어머니가요."

에도스가 말했다. "그것 잘되었구나. 내가 약제사를 한 사람
알지. 나는 벌써 여러 해 동안 그 집 쓰레기를 치우고 있는데
그 친구 아주 대단한 부자야. 돈을 그냥 긁어 들이고 있으니."

이 소식이 엘리아스의 귀에 들어가게 되자 그는 심술을 부

렸다. 어느 날 저녁 그는 우리 집 대문 앞에 와서 소리쳤다. "뇌물, 뇌물이야. 뇌물을 주고 얻어낼 수 있었던 거야. 뇌물이야."

어머니는 큰 소리로 대꾸했다. "뇌물이 어쩌고 하면서 불평하는 사람들은 너무 가난해서 뇌물을 쓸 여유조차 없는 사람들 뿐이라고."

한 달쯤 걸려 출발을 위한 모든 절차가 끝났다. 트리니다드 정청에서는 뉴욕 주재 영국 영사에게 나에 관한 공문을 보냈다. 브리티시 카운슬[19]에서도 나에 대해 알게 되었다. 미국 정부에서는 내게 무력에 의한 정부 전복 기도를 하지 않겠다는 서약을 시킨 후에 비자를 발급해 주었다.

내가 떠나기 전날 밤 어머니는 조촐한 파티를 열었다. 그것은 철야제(徹夜祭)와 비슷한 파티였다. 사람들은 슬픈 표정으로 찾아와서 내가 떠난다니 몹시 섭섭하다고 말한 후에 이내 나의 존재 따위는 잊어버린 채 먹고 마시는 일에만 열중했다.

로라는 내 뺨에 키스를 한 후에 성 크리스토퍼 메달을 내게 선물했다. 그녀는 내게 그 메달을 목에 걸고 다니라고 당부했다. 나는 그렇게 하겠다고 약속한 뒤에 그 메달을 주머니에 넣었다. 그 후에 그 메달이 어떻게 되었는지 나는 모른다. 바쿠 부인은 내게 6페니 주화 한 닢을 주면서, 나를 위해 손수 특별히 성별(聖別)한 것이라고 했다. 그 돈은 다른 6페니 주화와 다른 것 같지 않았기 때문에, 나는 그것을 써 버렸던 것 같다. 타이터스 호이트는 내게 모든 것을 용서해 준다고 하면서

---

19) 영국 정부에서 지원하는 국제 학술문화 교류 기관. 영국문화원.

에브리먼 판의 테니슨 시집 제2권을 주었다. 에도스는 새것이나 다름없다고 하면서 중고품 지갑을 하나 주었다. 보이이와 에롤은 내게 아무것도 주지 않았다. 해트는 내게 궐련 열 갑을 주면서 말했다. "나는 네가 다시는 담배를 피우지 않겠다고 맹세한 것은 안다. 하지만 받아 둬라. 혹시 네가 마음을 고쳐 먹을지 누가 아니?" 그 결과 나는 다시 담배를 피우기 시작했다.

바쿠 아저씨는 다음 날 아침에 나를 비행장까지 태우고 갈 화물 자동차를 밤새도록 수리했다. 이따금 나는 밖으로 나가서 그에게 이제 그만 해 두는 것이 어떠냐고 했다. 그는 카뷰레터가 말을 잘 듣지 않는다고 했다.

이튿날 아침 바쿠는 일찍 일어나서 다시 자동차에 매달렸다. 우리는 8시에 떠날 예정이었다. 그러나 8시 십 분 전까지도 바쿠는 똑딱거리고 있었다. 어머니는 겁을 내고 있었고 바쿠 부인도 점점 초조해졌다.

바쿠는 자동차 밑에서 『라마야나』 경에 나오는 한 이행연구(二行連句)를 휘파람 불고 있었다. 그는 차 밑에서 기어 나오더니 웃으면서 말했다. "너 혹시 늦을까 봐 겁이 나지, 응?"

이윽고 우리는 떠날 준비를 모두 갖추었다. 다행히도 바쿠가 자동차를 별로 손상시키지 않았는지 차는 굴러갔다. 내 가방들이 차에 실렸고, 나는 영영 집을 떠날 차비를 갖추었다.

어머니가 말했다. "기다려라."

어머니는 문간 한가운데에 우유를 담은 놋항아리를 갖다 놓았다.

나는 지금까지도 그날 어떻게 그런 일이 일어날 수 있었는지 이해할 수가 없다. 문간은 자동차도 지나다닐 수 있을 정도로 넓고 컸다. 그 한가운데에 폭 4인치 가량의 항아리가 놓여 있었다. 나는 되도록 그 항아리에서 멀리 떨어진 채 그 문간을 걸어가고 있었다고 생각했다. 그런데도 어쩌다 그 항아리를 발로 차서 쓰러뜨리고 만 것이다.

어머니는 얼굴을 떨어뜨렸다.

내가 물었다. "나쁜 징조인가요?"

어머니는 대답하지 않았다.

바쿠가 경적을 울리고 있었다.

우리는 차에 올라탔다. 바쿠는 차를 몰고 미겔 스트리트를 따라 내려간 후 라이트슨 로드를 거슬러 올라가서 남부 부두까지 갔다. 나는 창밖을 내다보지 않았다.

어머니는 울고 있었다. 어머니는 말했다. "다시는 너를 미겔 스트리트에서 보지 못할 것을 나는 알고 있단다."

내가 물었다. "왜요? 내가 그 우유 항아리를 쓰러뜨렸기 때문에요?"

어머니는 엎지른 우유를 놓고 울어 보았자 소용이 없다는 것을 알면서도 여전히 울고 있었고 내가 묻는 말에는 아무 대꾸도 하지 않았다.

우리가 포트오브스페인 시내와 교외를 벗어난 후에야 비로소 나는 바깥을 내다보았다. 날씨는 맑았으나 더운 날이었다. 논에서 일하는 남녀들의 모습이 보였다. 길가의 배수탑 아래서 몇몇 아이들이 목욕을 하고 있었다.

우리가 피아르코에 도착했을 때는 시간이 넉넉히 남아 있었다. 그때 비로소 나는 장학금을 받지 말걸 싶었다. 비행장 대합실을 보고 나는 겁을 먹고 말았다. 뚱뚱한 미국인들이 바에서 낯선 음료수를 마시고 있었다. 거만하게 색안경을 쓴 미국 여자들은 말할 때마다 목소리를 높이고 있었다. 그들은 모두 너무 부유하고 너무 안락해 보였다.

그러자 스페인어와 영어로 방송이 나왔다. 206편 비행기가 여섯 시간이나 연발하겠다는 뉴스였다.

나는 어머니에게 말했다. "포트오브스페인으로 돌아가요."

얼마 후면 대합실로 다시 돌아와서 다른 승객들과 함께 있어야만 했지만 나는 그 순간을 되도록 지연시키고 싶었던 것이다.

내가 미겔 스트리트로 돌아와서 처음 만난 사람은 해트였다. 그는 팔에 신문 한 부를 끼고 평발 걸음으로 어슬렁어슬렁 카페에서 돌아오고 있는 중이었다. 나는 손짓을 하며 그에게 소리쳤다.

그는 이렇게 말할 뿐이었다. "나는 네가 이맘때쯤 하늘 위에 있을 줄 알았는데."

나는 실망했다. 해트가 이렇게 냉랭하게 맞아 주었기 때문만은 아니었다. 내가 영영 이곳을 떠나기 위해 가 버렸는데도 모든 것은 이전과 같았고 나의 부재를 가리키는 것이 아무것도 없었기 때문에 실망했던 것이다.

나는 문간에 쓰러져 있던 놋항아리를 바라보면서 어머니에게 물었다. "글쎄, 이게 내가 영영 이곳에 다시 돌아오지 못한다는 징조였나요?"

어머니는 웃으면서 행복한 표정을 짓고 있었다.

이리하여 나는 내 마지막 점심을 집에서 어머니와 바쿠 아저씨 그리고 그의 아내와 함께 먹었다. 그러고 나서 다시 더운 길을 따라 피아르코에 이르니 비행기가 대기하고 있었다. 나는 세관 직원 중의 한 사람을 알아봤다. 그는 내 가방을 열어 보지도 않았다.

비행기에 타라는 방송이 나왔다. 쌀쌀하고도 무심한 방송이었다.

나는 어머니를 껴안았다.

나는 바쿠에게 말했다. "바쿠 아저씨, 아저씨께 좀 전까진 말해 주고 싶지 않았는데요, 자동차의 철자(凸子)가 쿵쿵거리는 것 같던데요."

그의 눈은 반짝이기 시작했다.

나는 그들을 떠나 재빨리 비행기 쪽으로 걸어갔다. 나는 뒤를 돌아보지 않았고, 내 앞에 놓인 내 자신의 그림자만 내려다보았는데 그것은 포장된 활주로 위에서 난쟁이가 춤추는 것처럼 보였다.

좌절과 광기의 변주곡들
― V. S. 나이폴의 『미겔 스트리트』

1

V. S. 나이폴(Vidiadhar Surajprasad Naipaul)은 1932년에 서인도제도 남단에 있는 트리니다드섬에서 태어났다. 베네수엘라 근해에 있는 이 섬은 오랫동안 영국의 식민지로 있다가, 인접한 토바고섬과 더불어 1962년에 트리니다드 토바고 공화국으로 독립했다. 나이폴은 이 나라 국민의 약 40퍼센트를 구성하고 있는 인도계 이주민의 후손으로 태어났는데 18세가 되던 해에 이 식민지를 떠나 종주국이던 영국으로 건너간 후, 일시적인 방문 목적 이외에는 다시 트리니다드로 돌아가지 않았다. 영국에서 그는 옥스퍼드의 유니버시티 칼리지에 다니며 영문학을 공부하였고, 23세 때부터 창작을 시작했다. 1957년에 『신비한 안수자』라는 작품을 처음으로 출판한 후 그는 많은 장단편 소설을 발표하여 중요한 문학상을 모두 받다시피

하였다. 그는 오늘날까지 모두 10여 권의 소설 이외에도 여러 권의 여행기 등 산문집을 출판했다. 그는 결혼했으나 아이는 없는 듯하고 채식주의자이며 크리켓 시합을 즐긴다. 오래전부터 노벨문학상 수상 후보자로 거론되어 오던 그는 2001년에 드디어 그 상을 받았다.

그는 흔히 서인도제도 출신의 대표적 작가니, 제3세계 문학의 기수니 하는 호칭으로 불리고 있는데, 따지고 보면 이런 호칭은 타당하기도 하고 동시에 당치 않기도 하다. 그가 자신이 십팔 년이나 살았던 트리니다드의 현실에 대한 체험을 토대로 창작을 하고 있다는 사실은 이런 호칭들이 그에게 얼마나 합당한가를 잘 보여 주고 있지만, 한편 그의 작품이 지닌 호소력은 단순히 트리니다드 지방의 거주자들에게만 미치는 것이 아니라 전 세계의 독자들에게까지 미치고 있기 때문에, 그가 한 좁은 지역의 지방색만을 대표한다고 여긴다면 이는 그에게 공평치 못한 대접이 될 것이다.

나이폴은 작품의 무대를 트리니다드섬, 특히 이 섬의 수도인 포트오브스페인에 설정하고 있다. 『미겔 스트리트(Miguel street)』는 포트오브스페인에서도 하류 계층이 사는 미겔 스트리트 거주민들의 성격을 스케치한 연작 소설이다. 우리가 이 책에 수록된 각 작품들의 의미를 제대로 이해할 수 있으려면 등장인물들이 처해 있던 문화적, 사회적 상황을 잘 알아 두어야 할 필요가 있다. 나이폴은 1960년 9월에, 그러니까 그가 트리니다드를 떠난 지 십 년 만에, 이 섬나라를 다시 찾아간 후 카리브해 일대에 관한 여행기를 써서 발표한 일이 있다. 이 『대서양 중간 항로(The Middle Passage: The Caribbean Revisited)』(1962)라는 책의 제2장에는 「트리니다드」라는 제목이 붙어 있는데 이 글에서 저자는 자기의 감회를 냉철하게 피력하고 있다. 이 감회의 기조는 나이폴이 어린 시절을 보냈던 이 섬나라의 지적, 문화적 분위기가 얼마나 숨막히는 것이었던가를 술회하는 데 맞춰져 있다. 그는 이 분위기의 성격을 '식민지 사회의 타락적 상황'이라는 말로 요약하면서, 이 사회가 능률과 품위를 얼마나 배격하고 있었으며, 얼마만큼이나 도덕적 퇴폐와 무기력에 휩싸여 있었던가를 아무 거리낌 없이 설파하고 있다.

트리니다드는 17세기부터 정착되기 시작한 섬으로서 스페인과 영국의 통치를 받아오면서 아프리카의 노예를 수입하다가 19세기에 이르러서는 인도로부터 이주 정착민을 받아들였다. 그러므로 흑인과 인도인을 주축으로 한 주민의 구성은 다양하며, 나이폴의 말을 빌리건대, 서로 다른 '집단' 및 '패거리'는 있었지만 '공동체적 사회'는 없었다. 어쩌다 서로 모여 살게 된 주민들 사이에 민족주의적 감정이나 전통 의식 같은 것은 찾아볼 수가 없었고, 바로 이 점은 트리니다드에서의 삶을 보람 없게 만드는 가장 큰 요소가 되고 있었다. 흔히 볼 수 있는 다른 식민지, 가령 일제 치하 한반도의 경우만 해도 식민지 사회의 타락적 양상이 지배하고 있음에도 불구하고 오랫동안 이곳에서 문화를 창조하며 살아오던 백성들을 결속게 하는 민족주의적 감정이 있었다. 또 이런 식민지에는 오랜 전통이 뿌리내리고 있기 때문에 강제로 부과된 외래 문화가 좀처럼 영향력을 발휘하기 힘들다. 그러나 트리니다드와 같은 특수한 상황에서 구성된 식민지 사회는 좀 특수한 형태를 띠고 있기 때문에 '식민지'에 대한 우리의 통념으로는 그 사회의 성격이 쉽게 이해되지 않을 수도 있다.

민족주의나 반제국주의적 감정이 전혀 없다시피 한 지역이기 때문에 개인이 이 섬이나 이 섬의 주민들에 대해서 충성심 같은 것을 보일 리가 만무하다. 따라서 1946년에 소위 민주주의라는 것이 도입되었을 때 정치적 타락상이 빚어진 것도 당연하다. 또 민족적 자부심의 결여는 식민지라는 폐쇄 사회에서 살아오던 노예의 후손들로 하여금 사회의 공익보다는 개인의 이익을 먼저 생각하도록 함으로써 그들의 섬을 '하나의 추악한 세계'나 도덕적 '정글'로 만들어 놓고 말았다. 그러므로 시험 문제의 유출, 절도, 폭행, 중혼, 뇌물 수수 같은 타락 현상이 이 사회에 만연하고 있는 것도 너무나 당연하다고 할 수 있다.

이런 사회에서는 인간이 존엄성을 지키기도 어렵지만 자기 실현의 기회를 가지기는 더욱 어렵다. 왜냐하면 나이폴의 말대로 이 섬나라는 '비창조적 사회'로서 주민이 어떤 개성을 발휘하거나 개인적 능력을 개발하는 것을 허용하지 않기 때문이다. 트리니다드 탐방기의 첫 부분에서 나이폴은 다음과 같이 말하고 있다.

그곳에서는 성공담이라고는 들어볼 수 없고 오직 실패담만 들을 수 있었다. 재기발랄한 사람들이라든가 장학금 취득자들은 어려서 죽거나, 미쳐 버리거나, 알코올 중독자가 되었다. 장래가 촉망되던 크리켓 선수들도 당국자들과의 불화로 말미암아 파멸하고 말았다. (……)

트리니다드에서는 개인적 재능이 한갓 쓸모없는 것이었기 때문에 사람들은 재능보다도 음모를 앞세웠다. 트리니다드 사람들은 크고 작은 음모를 꾸미고 실천하는 데 아주 숙달되어 있었다.

주민들이 접할 수 있던 교양과 문화도 기껏해야 이류 신문이나 라디오 방송을 통해 그들에게 부과되는 저급한 것들에 불과했다. 개인적 재능을 실현할 기회가 허용되지 않을 뿐더러 실현해 보았자 아무런 보상도 받지 못하는 사회이기 때문에 주민들이 건전하게 즐길 수 있는 오락이라고는 크리켓 시합밖에 없었다. 그러므로 나이폴이 크리켓이야말로 늘 단순한 시합 이상의 무엇이며 크리켓 선수는 '우리의 유일한 영웅상'이었다고 말하고 있는 것도 쉽게 이해할 수 있다.

전통과 사회적 인습이 아무런 지배적 역할도 하지 못하는 트리니다드에서는 어떤 행위를 위한 준칙이 없기 마련이다. 누구나 자기 멋대로 말하고, 자기 멋대로 입고, 자기 멋대로 먹을 수가 있다. 그러므로 아무런 개성적 자기실현이 허용되지 않는 곳이지만 참으로 어처구니 없게도 개인적 자유(자유라기보다는 차라리 방종에 가까운 것이지만)는 허용되고 있는 셈이다. 이런 개인의 참모습에 대해 나이폴은 다음과 같이 말하고 있다.

그는 적응력이 강하다. 그는 냉소적이다. 그에게는 자기나름의 엄격한 사회적 인습이 없기 때문에 남들의 인습을 재미있게 여긴다. 그는 타고난 아나키스트로서 저명한 사람들을 평가할 때 그들의 가치 기준에 따라 평가하는 일이 결코 없었다. 만약 우리가 괴짜라는 말을 가지고서 개인적 인격을 표현하되 남으로부터 조롱받을까 두려워하는 일이 없고 어떤 계층의 기강이 가하는 제약을 아랑곳하지 않는 성격을 뜻한다면, 그는 실로 타고난 괴짜라고 할 수가 있다.

식민지의 타락적 분위기 속에서 아무런 민족주의적 감정이 없을 뿐더러 전통 속에 뿌리내리지도 못한 사람들이 도덕적 아나키즘의 늪에 깊이 빠진 채 살고 있는 곳이라면 누구도 자기의 꿈을 실현할 수가 없다. 『미겔 스트리트』를 보면 적어도 열여섯 가지의 실패담이 나와 있지만, 이 실패와 그 끝에 오는 실의를 극복하기 위해 사람들은 많은 경우에 현실 도피의 길을 모색한다. 그러나 대체로 이 도피의 기도는 좌절되고 말며 도피를 기도하던 사람들은 이전보다 더 깊은 현실의 수렁 속에 빠지게 된다. 그러므로 나이폴이 알고 있던 1930년대와 1940년대의 트리니다드는 무엇인가 크게 잘못된 사회였다. 대부분의 사람들은 자기네가 처한 상황이 잘못된 것인 줄도 모르고 있었고 또 일부 식자층도 질식적인 분위기로 말미암아 그 상황을 제대로 인식할 수가 없었을 뿐더러 인식하려 들지도 않았다. 빌려온 문화 속에서 살고 있는 사람들일수록 자기의 참모습을 인식할 필요성이 그만큼 더 절실했을 것임에도 불구하고 아무도 이들에게 자기 발견을 위한 충격을 가해 주지 않았다. 이런 관점에서 볼 때 나이폴이 청년기에 트리니다드를 떠난 후에야 비로소 자기의 참모습을 찾을 수가 있었다든가, 트리니다드의 상황에 대한 참다운 평가를 내릴 수 있었다는 것도 당연하다.

2

나이폴의 작품들은 대부분 이와 같은 자기 성찰의 기도 끝에 빚어진 산물들이다. 그는 자기가 청소년 시절을 보냈던 트리니다드에 대한 공포감에 얼마나 시달리고 있었는지를 말하고 있다. 그는 또 트리니다드에 대한 악몽의 정체가 무엇인지를 파헤쳐 보기 위해 소설을 썼다고 말하고 있는데, 이 점은 소설 창작이 곧 그의 경우 자기 발견의 충동에 의해 이루어진 것임을 말해 주고 있기도 하다. 이런 의미에서 가장 중요한 작품이 바로 『미겔 스트리트』이다. 이 작품은 소년 '나'의 관점에서 쓰여진 열일곱 편의 단편으로 구성되어 있는데, 마지막 작품을 제외한 열여섯 편이 모두 미겔 스트리트의 주민들에 대한 개별적 성격 묘사에 치중하고 있다. 이들은 모두 앞에서 설명한 바 있는 트리니다드의 식민지 상황이 빚어낸 대표적 희생자들로서 트리니다드의 삶이 지닌 부조리를 자기 나름으로 드러내는 데 각각 한몫을 하고 있다.

백인들의 식민지에서 오랫동안 노예 생활을 해 온 흑인들이라든가 노예에 준하는 이주민 생활을 해 온 인도인들이 인구의 주축을 이루는 트리니다드에서 주민들이 자기네와 같은 갈색이나 흑색 피부를 가진 사람들을 멸시하는 것은 별로 놀라운 사실이 못 된다. 왜냐하면 그들은 오랜 세월에 걸쳐 예속 생활을 해오는 동안 열등감을 느껴왔고 그에 따른 자기 멸시의 습성에 깊이 젖어 버렸기 때문이다. 일제의 다스림을 받은 한국인이 흔히 "우리 한국 사람들은 이래서 못쓴단 말이야. 일본인들 같으면 이렇지 않을 거야."라는 말을 별 저항감 없이 뇌까리는 것을 흔히 들을 수가 있는데 이와 꼭 같은 사고 방식이 트리니다드의 주민들에게는 더욱 깊이 심어져 있었다. 그러므로 「경계심」의 주인공 볼로가 "그렇기 때문에 흑인들은 출세하지 못하는 거야."라고 말하고, 「군인들이 오기까지」의 주인공 에드워드가 "웃기지 말라고. 도대체 트리니다드 같은 곳에 무슨 놈의 장기를 가진 사람이 있을라고."라고 말하는 것도 별로 이상할 것이 없다.

　적어도 1940년대까지 서인도 제도의 유색인종들은 자기 성찰을 해야겠다는 시도를 본격적으로 하지 않았다. 오래된 자기 멸시의 감정을 민족적 자부심으로 바꾸려는 노력은 더구나 찾아볼 수가 없었다. 그러므로 「사랑, 사랑, 사랑만이」에서 백인 토니를 놓고 해트가 "그 친구를 오래 바라보다가는 구역질이 날 것 같단 말이야. 흰 피부색도 가끔은 아주 더럽게 보일 때가 있다는 것을 알아야 해."라고 논평하는 것도 오래된 백색 피부 숭상벽을 암시할지언정 결코 유색인종의 새로운 자기 인식이 시작된 징후라고 단정할 수는 없다. 나이폴은 "트리니다드에서 사람들이 인종 문제를 말할 때 그들은 흑인과 백인 간의 문제를 의미하지 않는다. 오히려 그들은 흑인과 인도인 간의 대립관계를 의미할 뿐이다."라고 말하고 있거니와, 이 식민지 섬의 피치자들은 통치자들에 대한 반감을 적어도 의도적으로 드러내는 일은 없다. 그들은 백인들의 가치를 곧 자기네의 가치라고 여기면서 이를 무비판적으로 수용하고 있으며, 이 가치 추구에 있어서 자기네가 백인들에 비해 크게 뒤지고 있음을 알고 자기 자신들을 멸시하고 있을 뿐이다.

「군인들이 오기까지」의 주인공 에드워드는 양키 풍물을 숭상하고 이를 무비판적으로 추구하는 대표적 인물인데 이는 트리니다드 주민의 속물 근성을 단적으로 반영한다. 제2차 세계 대전이 발발하고 미군들이 진주해 오자 에드워드는 미군 부대에 취직한 후 미군들의 생활 습속을 흉내 내는 데 열중한다.

에드워드는 미국인들에게 완전히 굴복하고 말았다. 그는 미국인식으로 옷을 차려입기 시작했고, 껌을 씹기 시작했으며, 미국식 악센트로 말하려고 했다. 우리는 일요일이 아닌 날에는 그를 잘 볼 수조차 없었지만 만날 때마다 그는 우리에게 열등감을 심어 주었다.

그러므로 8·15 해방과 동란을 겪어 나가면서 미군과 그들의 생활 습속에 대해 우리 민족이 보였던 반응을 아직도 생생히 기억하는 우리에게 이 구절이 결코 남의 이야기가 아니라

뼈저린 우리 자신들의 이야기이기도 한 것처럼 느껴지는 것은 당연하다.

노예로 끌려왔거나 생업을 찾아 이주해 온 사람들의 후예들은 어느새 자기네 선조가 뿌리를 내리고 살던 땅의 전통이나 문화적 유산 따위는 송두리째 망각해 버린 채 그들을 통치해 온 사람들이 그들에게 부과한 낯선 가치만을 무분별하게 추구함으로써 스스로를 정신적 노예의 상태까지 타락시키고만 셈이다. 그래서 그들은 잡지나 영화를 통해서 접해 본 백인 문화야말로 곧 자기네 자신의 문화라는 얼토당토않은 착각을 하게 된다. 바로 이 점을 두고 나이폴은 다음과 같이 개탄하고 있다.

기독교 및 헬레니즘의 전통이야말로 백인들의 백인됨을 대표하는 것이라고 볼 수도 있겠거니와, 바로 이 전통을 추구함에 있어서 (주민들은) 자기네의 과거를 부정하고 자기 자신을 멸시하지 않을 수 없었다. 그들은 검은 피부를 희게 만들 수 있는 양 덤비고 있었던 셈이다. 집단수용소에 오래 갇혀 있다 보면 사람들이 참으로 자기네가 죄를 지은 것으로 믿게 된다는 말이 있다. 기독교 및 헬레니즘의 전통을 추종하는 가운데 서인도제도 주민들은 어느새 자기의 검은 피부를 죄악시하게 되었다. …… 그들은 자기네가 갈망하던 백인 문화가 지닌 여러 가지 편견의 타당성을 한 번도 진지하게 의심해 보지 않았다.

이 섬나라의 주민들은 오랜 세월에 걸쳐 육체적 질곡을 겪어

오는 가운데 결국 정신적인 예속 상태까지 자초해 버린 셈이다. 이처럼 물심양면의 예속 상태가 그들의 통치자였던 백인의 문화를 배격하기는커녕 오히려 이를 숭상하고 열렬히 추종하는 가운데 이루어졌다는 사실은 참으로 어처구니없는 일이다.

『미겔 스트리트』의 등장인물들의 성격에서 드러나는 다른 하나의 주목할 만한 특징은 그들이 빠져 있는 깊은 권태와 무위, 그리고 도덕적 타락상이다. 오랫동안 식민지에서 살아오느라 주민들은 노동과 일에서 보람을 찾기 보다도 무위와 나태에 퇴폐적으로 탐닉하는 습성이 들어 버렸다. 「보가트」의 표제 인물인 보가트는 스스로 양복 재단사임을 내세우면서도 양복을 짓는 일이 없고 아침부터 밤까지 트럼프패 떼기에만 열중하고 있다. 소설의 서술자인 '나'에게 내가 아는 한 세상에서 가장 권태로운 사람으로 비치는 보가트는 아무 일도 하지 않으면서도 용하게 살아나가는 미겔 스트리트의 주민들 중의 한 사람이다. 「이름 없는 물건」의 주인공 포포는 목공을 자처하면서도 아무런 유용한 물건을 만드는 일이 없고 오직 이름 없는 물건만을 만드는 데 열중한다. 그도 또한 돈벌이 따위에는 아무 관심이 없었다는 점에 있어서 그의 이웃인 보가트와 생활의 궤를 같이한다고 할 수 있다. 보가트나 포포 같은 사람들이 아무 일도 하지 않으면서도 결코 굶어 죽는 일이 없다는 사실이야말로 작가의 말대로 '미겔 스트리트에서의 삶이 빚는 기적 중의 하나'이다.

「맨맨」의 표제 인물을 그리면서 나이폴은 이렇게 말한다.

"맨맨은 일을 한 적이 없었다. 그러나 그는 한 번도 빈둥대지는 않았다." 맨맨은 각급 의원선거 때마다 으레 출마하여 어김없이 세 표씩 얻곤 했는데 이 출마벽은 쓰여진 낱말에 대한 그의 편집광적 애착과 더불어 그로 하여금 일을 하지 않으면서도 가장 바쁜 사람이 되게 한다. 그의 편집광 증세가 전도사의 탈을 쓰고 나타날 때 그는 십자가 수난이라는 엄청난 행사까지 벌이게 되고 결국은 정신병원에 갇히는 신세로 전락하고 만다.

편집광 증세에 희생된 또 하나의 인물은 「기계의 천재」에 나오는 바쿠이다. 그는 새 차나 헌 차를 막론하고 자기가 소유하는 자동차를 분해해서 다시 맞추는 것을 일과로 삼는데, 이때 그는 차의 고장 여부는 아랑곳하지 않으며 오직 모든 차가 언제나 고장 상태에 있으리라는 단정하에 분해 수리를 시도한다. 그것은 자동차의 모든 움직이는 부품의 소리가 그의 귀에 늘 고장난 상태로 들리기 때문이다. 그러므로 멀쩡한 새 차를 고친답시고 엔진을 분해하는 바쿠도 부질없이 늘 바쁜 미겔 스트리트의 전형적 주민이라 할 수 있다.

무위와 권태가 빚은 광기는 자칭 시인 B. 워즈워스의 경우 과대망상증이 되어 나타난다. B. 워즈워스는 스스로 '세계에서 가장 위대한 시인'으로 자처하면서 '세계에서 가장 위대한 시'를 쓰고 있는 중이라고 자랑한다. 그러나 사실은 미겔 스트리트의 다른 많은 주민처럼 그도 또한 삶에 환멸을 느낀 듯한 자세로 생활에 임하고 있을 뿐이다. 그러므로 산책 중에 경관으로부터 "여기서 무엇을 하고 있는 거요?"라는 질문을 받은 그가 "나는 지난 사십 년간 바로 그것을 내 자신에게 묻고 있었지요."라고 답하는 것은 너무나 시사적이다.

　에드워드는 과대망상증에 희생된 또 하나의 인물이다. 「군
인들이 오기까지」에서 그는 동네 아이들을 데리고 바닷가로
게잡이를 나가는데 대형트럭이 있어야 그날 밤에 잡은 게를
모두 싣고 올 수 있으리라고 생각하는 대목에서 우리는 그의
과대망상증이 발작하는 예를 볼 수 있다. 결국 에드워드 일행
은 게를 한 마리도 잡지 못한 채 잠시 동안 살인 기도 혐의만
받은 후 빈 손으로 돌아가지만, 이 에피소드 속에 드러난 에드
워드의 광기는 이 소설의 저류에 깔린 모든 행위의 '부질없음'
이라는 주제를 노골적으로 드러내고 있다.

　편집광 증세의 또 다른 예를 우리는 「경계심」의 주인공 볼
로에게서 찾아볼 수 있다. 그는 신문에 나는 것은 모두 거짓말
이라는 것을 굳게 믿는데 여기에는 물론 그럴 듯한 이유가 있
었다. 신문 광고를 믿고 사기를 당했다든가 신문의 현상 퀴즈
에 미친 듯이 응모했다가 번번이 실패하자 결국 그는 깊은 신
문 불신증에 걸리게 되었던 것이다. 만년에 이르러 그는 복권
구입에 정신을 쏟게 되며 오랫동안 복권을 구입한 끝에 결국
당첨이 되었을 때, 아이러니컬하게도 그의 신문 불신증이 발
작하게 된다. 볼로가 신문에 난 것은 믿을 수가 없다고 하면서
복권을 찢어 버리고 마는 대목에서 우리는 희극을 읽지만, 한
편 깊은 연민과 우수마저 느끼지 않을 수 없는 것은 그의 광
기가 사회적 부조리 때문에 생겨난 것이라는 심증이 가기 때
문이다.

작품 해설

전통과 인습이 가하는 도덕적 제약이 거의 없는 트리니다드에서 사람들이 도덕적 퇴락을 겪는 것은 당연한 일이다. 이 퇴락은 개인의 사생활과 공공생활을 가릴 것 없이 모든 면에서 드러난다. 사생활에 있어서의 타락상부터 살펴보면, 우선 가족 구타의 습성을 들 수 있다. 구타는 주로 아내와 자식들을 상대로 행해지는데 경우에 따라서는 거의 제도화되어 있다는 인상을 주기도 한다. 「꽃불 전문가」에서 모건이 열 명의 자녀에게 가하는 매질은 단순한 교육적 처벌을 넘어서는, 완벽하게 제도화된 구타 행위라 할 수 있다. 「기계의 천재」에서는 바쿠가 크리켓 방망이로 아내를 구타하는데, 구타를 당하는 바쿠 부인은 참으로 신통하게도 그 방망이를 늘 소중하게 보관해 둔다. 이 밖에도 「조지와 핑크하우스」의 조지라든가 「사랑, 사랑, 사랑만이」의 토니 등도 대표적인 폭행자로 꼽힐 수 있다. 이 모든 잔혹 행위는 더러 사디스틱한 변태적 쾌감 추구를 암시하기도 한다. 또 바쿠 부인의 경우에 있어서처럼, 폭행에 대해서 마조히스틱한 반응을 나타내는 수도 있기 때문에 가족 구타는 특히 주목할 만하다.

한편 럼주 마시기는 미겔 스트리트의 주민들에게 널리 퍼져 있는 습속이다. 위에서 언급한 조지나 토니 같은 패덕한들의 경우는 음주가 단순한 음주의 경지를 넘어서서 알코올 중독 증세까지 나타내고 있으며, 그들의 살인적인 구타벽도 실은 음주벽과 관련되어 있다고 할 수 있다.

이 밖에도, 주민들이 공공생활에서 범하는 탈선 행위는 여러 가지가 있다. 그중 몇 가지만 들어본다면 절도(「이름 없는 물건」의 포포), 상해(「해트」의 해트), 사기(「경계심」의 조합주택협회 및 「해트」의 해트), 뇌물 공여(「내가 미겔 스트리트를 떠난 경위」의 어머니), 직무 유기(「타이터스 호이트」의 버스 차장), 중혼(「보가트」의 보가트), 간통(「해트」의 돌리), 성적 난잡 행위(「어머니의 본능」의 로라), 매음(「조지와 핑크 하우스」의 조지) 등이 있으므로 『미겔 스트리트』에 실린 열일곱 편의 스케치 중 거의 모두가 등장인물들의 도덕적 타락상을 한두 가지씩 드러내고 있다고 할 수 있다.

위에서 언급한 중혼, 간통, 매음과 같은 성범죄가 트리니다드섬을 휩쓸고 있으리라는 것은 작품을 통해서 쉽게 짐작할 수 있다. 그러나 참으로 우리의 주목을 끄는 것은 이런 범죄적 성 문제가 아니라 나이폴이 지니고 있을 성싶은 성에 대한 파탄적 비전이다. 정식으로 결혼한 부부간의 관계라든가 혼전 관계를 그릴 때 가장 잘 드러나는 이 작가적 비전은 다산적인 여성상과 이와 대립되는 못난 남성상을 그리는 가운데 고조된다. 모건 부인이라든가 로라 같은 여인은 여성의 다산적 성격을 대표하는 인물들이지만 그들의 남편인 모건이라든가 나사니엘 같은 인물들은 엄처시하에 기를 펴지 못하는 남성을 대표한다.

『미겔 스트리트』에서는 혼전 성 관계로 인한 피해도 남성이 일방적으로 당한다. 「푸른 수레」의 주인공 에도스는 누가 보아도 자기의 혈통이 아님이 분명한 아이를 자기 자식으로 받아서 키우도록 강요당한다. 또 에드워드와 해트 같은 사람들은 잘못 선택한 여자들과 결혼하게 된 결과 온갖 사회적 수모와 파탄을 겪게 된다. 남녀 관계에서 남성이 일방적으로 당하기만 하는 것이 『미겔 스트리트』에 한하는 현상인지 아니면 트리니다드섬에 풍미하는 현상인지를 가려서 말하기란 어렵다. 그러나 식민지에서 오랫동안 노예 생활을 해오는 가운데, 여성은 다산성을 통한 우위를 점해 오는 반면에 남성은 원래의 남성다움을 잃고 연약한 존재로 전락했기 때문에 위에서 보인 바와 같은 못난 남성상이 형성되었는지도 모를 일이다. 딱히 성문제와 관련해서 어떻다고 단정할 수는 없지만, 「겁쟁이」에 나오는 빅 풋 같은 인물도 그 큰 체격과 힘으로 인해 적어도 외관상으로는 억센 남성으로 보이지만 끝내 보잘것없는 겁쟁이로 판명되는 것으로 보아 유약한 남성상의 범주를 벗어나지 못하고 있다.

지금까지 살펴본 바와 마찬가지로 트리니다드가 여러 가지 부정적인 측면을 가지고 있는 곳이기는 하지만 긍정적이고 보상적인 측면을 전혀 가지고 있지 않은 것은 아니다. 첫째, 비록 민족적 유대감이라고는 찾아볼 수 없는 섬나라지만 개개 인간 간에는 흐뭇한 인정의 다리가 놓여 있다. 미겔 스트리트의 주민이 토니 같은 패덕한이 보이는 인간 혐오증을 용납하지 못한다든가 자기네 사회의 일원이던 에드워드가 미국 풍물을 추종한 나머지 친구들을 저버리는 것을 개탄하는 것도 모두 이 눈에 보이지 않는 인정이 그들을 결속하고 있었기 때문이다. 「B. 워즈워스」에서 서술자인 소년 '나'가 이 영락한 자칭 시인 워즈워스에게 보이는 동정심이라든가 「해트」에서 부정한 아내를 상해한 죄로 감옥에 들어가게 된 해트를 위해 주민들이 함께 겪는 마음의 고통도 모두 이 보잘것없는 식민지 사회의 핍박받는 주민들 간에 흐뭇한 공감적 인간애가 형성되어 있음을 말해 준다.

둘째, 대부분의 주민들은 궁핍한 생활에서나마 각각 심미적 생활을 추구하고 있다. '이름 없는 물건'을 만드는 데 여념이 없는 목공 포포를 서술자 '나'는 '시적(詩的)인 사람'이라고 부르고 있거니와, 돈벌이를 초월한 창작 행위에 종사하고 있는 포포야말로 어떤 의미에서는 진정한 예술가인지도 모른다. 이 밖에도 꽃불 전문가 모건, 화가 에드워드 등도 제 나름대로 아름다움을 숭상하며 이를 창조하는 일에 골몰하는 사람들이다. 아름다운 새를 수집하는 해트도 생활에서 아름다움을 추구하는 대표적 인물이다. 서술자 '나'는 해트를 다음과 같이 평가한다.

나는 해트만큼 인생을 즐기는 사람을 만나지 못했다. 그는 새롭거나 화려한 짓은 하나도 하지 않았다. 사실 그는 매일같이 똑같은 것들을 반복하고 있었지만 늘 자기가 하는 일을 즐기고 있었다. 그런데 이따금 그는 자기가 하는 아주 평범한 일에다 기발한 맛을 더하는 재주를 보이기도 했다.

해트의 기발한 상상력은 그로 하여금 아주 사소한 것을 가지고서도 미스터리를 만들어 내게 하는데, 따지고 보면 이런 소질은 주민들에게 널리 퍼져 있기도 하다. 그래서 그들은 황당무계한 이야기를 꾸며낼 수 있고 자기네 주변에서 일어나는 사건을 소재로 하여 '칼립소'를 지어 부를 수도 있다. 나이폴은 "트리니다드 사람들은 '칼립소'를 통해서만 현실을 다루고 있다."고 말한 바 있거니와, 그들이 낭패와 실의를 보상하기 위해 이런 위트와 서정에 넘치는 노래를 지어 부를 수 있는 것도 그들에게 타고난 심미적 성향이 있기 때문에 가능할 것이다.

3

앞에서 우리는 트리니다드의 생활이 지닌 부정적인 면과 보상적인 면을 차례로 살펴보았다. 그런데 이 두 면 사이에 균형이 전혀 이루어질 수 없을 정도로 부정적인 면은 보상적인 면을 압도하고 있다. 『미겔 스트리트』에서 마지막 에피소드를 제외한 열여섯 편이 거의 모두 실패나 좌절을 주제로 하고 있는 것을 보면 이 점을 쉽게 알 수 있다. 이 섬나라에 뿌리를 내리지 못한 채 실패와 좌절을 겪어 나가야만 하는 주민들의 심경은 '이런 곳에서 우리가 기대할 수 있는 게 도대체 뭐야?'(「겁쟁이」)라는 해트의 논평 속에 잘 요약되어 있다. 그러므로 이 연작 작품집 속에 여러 형태의 탈출 기도가 그려지고 있는 것도 당연한 귀결이라 할 수 있다. 그러나 이 탈출 기도가 대개의 경우 좌절되고 마는 데에 문제가 있다. 두 가지의 전형적인 예를 들어보자.

첫째, 「그가 선택한 직업」의 주인공인 엘리아스는 주정뱅이요 무뢰한인 조지의 아들로 태어났지만 머리 좋은 소년으로 인정받자 타이터스 호이트 선생의 개인지도를 받게 된다. 그는 교육을 받음으로써 몹쓸 현실을 탈출해야겠다고 마음을 먹고 학업에 전념한다. 그는 처음에 의사가 되어야겠다고 결심하지만 상급 시험에 실패하자 위생검사관이 되는 데 만족하려 한다. 그러나 삼 년 동안 내리 위생검사관 채용시험에 낙방한 후에 결국은 거리의 쓰레기 수거원이 되어 생계를 유지하지 않을 수 없게 된다.

「경계심」의 주인공인 이발사 볼로가 당하는 탈출 기도의 좌절은 엘리아스의 좌절보다도 더 상징적이다. 앞에서 언급한 대로 그는 조합주택협회로부터 사기를 당하고 신문의 퀴즈 현상모집에 응모했다가 무수히 실패한 후 트리니다드에서의 삶에 회의를 느끼고 베네수엘라로 탈출하려 한다. 그러나 돈을 받고 그를 베네수엘라로 데려다주겠다고 약속한 밀선의 선장은 밤새도록 배를 운행한 후에 그를 다시 트리니다드에 내려놓고 말았다. 고통스러운 현실에서 탈출하기 위한 그의 몸부림은 결국 제자리걸음을 하고 있었던 셈이다. 이 순환적 원점 회귀는 트리니다드의 주민들이 처한 운명을 상징적으로 시사해 주고 있다. 『미겔 스트리트』에서 주민들이 이 운명을 극복할 가망성은 아주 희박하다는 사실을 알기 위해서는 우리가 볼로 및 엘리아스 이외에도 빅 풋(「겁쟁이」), 모건(「꽃불 전문가」), 에드워드(「군인들이 오기까지」) 및 해트(「해트」) 등의 운명을 살펴보기만 하면 된다. 이들이 당하는 실패, 좌절, 그리고 그 끝에 오는 실의의 과정을 하나씩 살펴볼 때 우리의 마음에

작품 해설

떠오르는 것은 사회적 결정론이라는 어구이다. 이들의 운명을 결정하는 세력은 생물학적인 면보다도 사회환경적인 면에서 더 심각하게 작용함으로써 이들에게 벗어나기 어려운 질곡을 씌우고 있는데, 이 사회환경적 세력이란 물론 식민지 사회의 타락적 환경에서 빚어진 것들이다.

이 소설에서 탈출에 성공하는 유일한 인물은 서술자인 '나'이다. 나이폴(이 소설은 자서전적 기록이므로 '나'와 나이폴은 사실상 같은 인물로 보아도 무방하지 않을까 싶다.)은 트리니다드 탐방기에서 이렇게 말하고 있다.

나는 트리니다드에 머물고 싶어 한 적이 한번도 없었다. 내가 4학년생이었을 때 나는 케네디의 개정판 라틴어 교본의 끝장에다 오 년 안에 떠나겠다는 맹세를 써 넣었다. 그런데 실제로는 육 년 후에 떠날 수가 있었다. 그 후에 영국에 살면서 여러 해 동안 나는 침실을 겸한 거실에서 전등을 켜 놓은 채 잠이 들었다가 열대의 트리니다드로 되돌아가게 된 악몽을 꾸고 깨어나곤 했다.

『미겔 스트리트』의 마지막 에피소드(「내가 미겔 스트리트를 떠난 경위」)는 감동적이다. 이 에피소드에서, 이제는 중등학교 과정을 마치고 청년이 되어 세관에 취직한 '나'는 난폭한 생활을 하던 중 어머니로부터 꾸중을 듣고 "따지고 보면 내 잘못도 아니에요. 모두 트리니다드의 책임이죠. 이곳에서는 술이나 마셔야지 그 밖에 할 일이 있겠어요?"라고 답한다. 그래서 '나'

는 딱히 무엇이 되어야겠다는 결심도 없이 우선 트리니다드부터 떠나야겠다고 마음을 먹는다. 그는 장학금을 얻으러 가네시를 찾아가서도 "무엇을 특별히 공부해야겠다는 건 아닙니다. 그저 이곳을 떠나야겠다는 것뿐입니다."라고 실토하는데 이것은 그의 심경을 솔직히 고백한 것이라 할 수 있다.

나이폴이 자기가 성장한 이 '작고, 멀고, 보잘것없는' 섬나라에 대해 이만큼의 인식이라도 성취할 수 있기까지는 오랜 시간이 걸렸다. 그는 미겔 스트리트의 주민들이 겪는 궁핍과 고난을 오랫동안 지켜 보아야 했고, 또 많은 경우에 몸소 그것을 체험해야 했다. 그는 해트 같은 세속적 지혜와 예언자적 비전을 갖춘 사람과 부단히 접촉함으로써 자아와 주위의 세계에 대한 인식을 거듭해 나가야 했다. 그러므로 어떤 의미에서는 『미겔 스트리트』의 처음 열여섯 편의 스케치가 마지막 에피소드를 쓰기 위한 포석이라고 할 수도 있고, 이렇게 볼 때 『미겔 스트리트』는 넓은 의미의 교양소설이라고 할 수 있다.

4

나이폴은 「꽃불 전문가」의 어느 한 대목에서 자기가 쓰고 있는 단편들을 '스케치'라고 부른 바가 있다. 이 말의 뜻은 아마도 각 단편이 하나의 중심인물을 가지고 있고 그 인물의 성격이 집중적으로 스케치되고 있다는 것을 뜻할 것이다. 『미겔 스트리트』에는 이런 스케치들이 열일곱 편 수록되어 있는데 각 스케치는 독립해서도 제 나름의 읽을거리를 구성할 수 있을 정도로 자족적인 성격을 지니고 있다. 가령 보가트나 포포에 대한 이야기를 몰라도 우리는 맨맨에 대한 이야기를 즐길수 있다. 그러나 맨맨의 이야기를 더욱 즐길 수 있자면 우리는 보가트나 포포를 포함한 다른 모든 등장인물들에 대한 이야기를 알고 있어야 한다. 그것은 각 스케치가 여느 단편집에수록된 단편과는 달리 완전히 독립된 것이 아니고 『미겔 스트리트』라는 연작 작품집의 일부를 이루고 있기 때문이다. 가령 모건이나 로라에 대한 이야기를 뺀다고 해도 『미겔 스트리트』라는 작품집이 치명적인 타격을 입게 되지는 않을 것이지만, 그 이야기를 모른다면 우리가 다른 스케치들을 읽는 재미또한 크게 줄어들지도 모른다. 이처럼 각 스케치는 각각 상호보족적인 역할을 하면서 『미겔 스트리트』라는 작품 전체의 빼지 못할 일부를 구성하고 있다.

연작 단편집은 그 성질상 하나의 통일적 개념을 필요로 한다. 즉 『미겔 스트리트』를 산만한 작품집이 아닌 하나의 '연작' 소설로 만들자면 각 토막의 이야기들을 '연계'하는 하나의구심점이 있어야 한다는 말이다. 연작 소설이라고 하면 우리는 흔히 셔우드 앤더슨의 『와인스버그, 오하이오』를 생각하는데, 이 작품집 속에서는 젊은 기자 조지 윌라드가 의식의 구심점 역할을 하고 있다. 『미겔 스트리트』에서 통합적 의식은 물론 서술자 '나'의 것이다. 트리니다드의 풍습인지는 몰라도 『미겔 스트리트』에서는 소년들이 청장년들과 섞여서 놀고 또 그들이 생활에 깊이 개입하고 있기 때문에 '나'는 어른들의 세계를 어려서부터 목격하고 체험할 수가 있었던 것 같다. 그러므로 그는 일인칭 서술이 지닌 제약을 어느 정도 극복하고 많은 것을 본 대로 들은 대로 서술할 수 있다. 그러나 '나'는 엄격히 '본 대로' '들은 대로' 서술하고 있지는 않다. 오히려 그는 상상력을 통하여 본 것과 들은 것을 재구성함으로써 '전지적'인 작가가 누리는 자유도 어느 정도까지는 활용하고 있는 듯하다.

『미겔 스트리트』는 나이폴 자신의 체험을 소재로 해서 쓰인 것이지만 단순한 자서전적 논픽션은 아니다. 작가는 각 스케치 속에 중심인물의 성격을 공들여 묘사하고, 그들의 행동을 극화하는 한편, 이야기에 일정한 플롯을 부여함으로써 자기의 체험담이 르포르타주의 경지를 넘어서서 소설의 영역으로 들어가게 했다. 물론 여기서 『미겔 스트리트』의 얼마가 나이폴의 '자서전'이고 얼마가 '허구'인지를 가릴 수는 없다. 그러나 일반 독자들은 이런 것을 구분해야 할 필요를 전혀 느끼지 않으며, '자서전'적 요소와 '허구'적 요소가 섞여서 만들어진 하나의 '소설'만을 읽고 싶어 한다.

우리가 『미겔 스트리트』를 읽고서 남의 이야기 같지 않다고 생각한다면 그것은 이 소설 속에 보편적 호소력이 들어 있다는 증거이다. 만약에 『미겔 스트리트』가 트리니다드에서의 생활에 대한 평면적인 보고에 그친다면 이 '작고, 멀고, 보잘것없는' 섬나라에 대한 이야기는 보편적인 호소력을 지닐 수가 없을 것이다. 이 호소력은 트리니다드라는 한 특수한 섬나라의 이야기에서 우리가 인간 생활에 편재하는 진실을 찾을 수 있을 때에 비로소 우러나올 수 있다. 그런데 이 보편적 진실성은 '허구'의 속성이기도 하며, '허구'에 의해서 가장 잘 창조될 수 있다.

나이폴은 앞에서 언급한 몇 가지의 소설 기교를 구사하는 것 이외에, 체험을 작품의 소재로 이용함에 있어서도 각별한 주의를 쏟고 있다. 그는 소재와 자기 사이에 일정한 거리를 유지함으로써 체험담을 서술할 때 작가가 흔히 빠질지도 모르는 센티멘털리즘을 극복하는 한편, 아이러닉한 작가적 초연성을 지키고 있다. 나이폴이 도덕적 비루함이나 명백한 광기를 여러 곳에서 다루면서도 흥분하지 않는다든가, 사회적으로 못난이들임에 틀림 없는 하천한 인물들에게도 따뜻한 공감의 눈길을 돌릴 수 있다든가, 또 본질적으로 비극적인 소재에 가벼운 희극적 터치를 가할 수 있는 것도 모두 이런 초연성을 지킬 수 있기 때문에 가능하다. 이 초연성이 자아내는 아이러니는 서술자 '나'의 어조에 깔려 있으므로 이것을 제대로 간파하는 것은 곧 이 작품을 읽는 재미를 배가시키는 길이기도 하다.

2003년 이상옥

---

* 『미겔 스트리트』의 초역판은 1981년에 민음사의 이데아총서 제2권으로 처음 간행된 후 한동안 절판 상태에 있다가 2001년에 새로 조판된 책이 나왔다. 이번에 『미겔 스트리트』를 민음사의 세계문학전집에 편입하기에 앞서 새 조판본을 원문과 대조해 보니 불만스러운 점이 한두 군데가 아니었다. 딱히 오역된 곳은 별로 없었으나 몇 군데 빠져 버린 대목이 눈에 띄었고 이십 년이라는 세월이 흐르는 동안 우리말의 어법이 변한 탓인지 부적절해 보이는 표현도 무수히 많았다. 이 모두를 바로잡으려는 노력이 이 소설의 읽힘새를 높이는 데 얼마만큼이나 보탬이 되었는지 모르겠다.

작가 연보

1932년	8월 17일 카리브해의 영국령 트리니다드섬에서 인도계 부모로부터 출생했다.
1948년	트리니다드 정청의 해외 유학 장학금을 취득했다.
1950년	영국 옥스퍼드 대학 입학, 유니버시티 칼리지에서 문학을 전공했다.
1953년	부친 사망. 영문학으로 학사 학위를 취득했다.
1955년	결혼. BBC의 카리브 지역 프로그램을 담당했다.
1956년	트리니다드로 돌아갔다.
1957년	첫 소설 『신비한 안수자(The Mystic Masseur)』를 발표했다.
1959년	『미겔 스트리트(Miguel Street)』를 간행했다.
1960년	트리니다드 토바고 정부 장학금으로 트리니다

드에서 12월부터 이듬해 4월까지 연구 및 집필했다.

1961년	『미겔 스트리트』로 서머싯 몸 상을 수상했다. 소설 『비스와스 씨의 집(A House for Mr Biswsas)』을 출간했다.
1962년	카리브 지역 탐방기 『대서양 중간 항로(The Middle Passage)』를 출간했다.
1963년	『스톤 씨와 나이츠 컴패니언(Mr. Stone and the Knights Companion)』으로 호손든 상을 수상했다.
1968년	『흉내(The Mimic Men)』(1967)로 W.H. 스미스 상을 수상했다.
1971년	『자유 국가에서(In a Free State)』로 부커 상을 수상했다.
1974년	『콘래드의 암흑』을 포함한 콘래드 관련 논설문을 집필했다.
1975년	『게릴라(Guerillas)』를 출간했다. 인도 여행.
1977년	『인도─상처 입은 문명(India: A Wounded Civilization)』을 출간했다.
1979년	『강의 만곡부(A Bend in the River)』를 출간했다.
1981년	『신자들 사이에서 ─ 이슬람 기행(Among the Believers: An Islamic Journey)』을 출간했다.
1986년	잉거솔 상을 수상했다.
1989년	기사 훈위(騎士勳位).
1990년	트리니다드 토바고 최고 훈장 '트리니티 크로스'

수훈.

1993년	일생의 업적으로 제1회 데이비드 코언 상을 수상했다.
1996년	2월에 부인과 사별. 4월에 재혼했다.
2001년	노벨 문학상을 수상했다.
2002년	『작가와 세계(Writer and the World)』를 출간했다.
2010년	『아프리카의 마스크(The Masque of Africa)』를 출간했다.

세계문학전집 92

미겔 스트리트

1판 1쇄 펴냄 1981년 11월 20일
2판 1쇄 펴냄 2001년 10월 15일
3판 1쇄 펴냄 2003년 11월 29일
3판 35쇄 펴냄 2023년 10월 17일

지은이 V. S. 나이폴
옮긴이 이상옥
발행인 박근섭, 박상준
펴낸곳 (주)민음사

출판등록 1966. 5. 19. (제 16-490호)
서울특별시 강남구 도산대로1길 62(신사동) 강남출판문화센터 5층 (우편번호 06027)
대표전화 02-515-2000 팩시밀리 02-515-2007
www.minumsa.com

한국어 판 ⓒ (주)민음사, 2003, 2013, 2021. Printed in Seoul, Korea

ISBN 978-89-374-6092-0 04800
ISBN 978-89-374-6000-5 (세트)

세계문학전집 목록

세계문학전집은 계속 간행됩니다.